PUTA LIVRO BOM

JASON MOTT

PUTA LIVRO BOM

OU
A HISTÓRIA RIGOROSAMENTE FACTUAL,
CEM POR CENTO GENUÍNA, DE UM MENINO LOUCO,
SONHADOR E AZARADO NASCIDO NOS ESTADOS UNIDOS

Tradução
Rogerio W. Galindo

1ª edição

EDITORA RECORD
RIO DE JANEIRO • SÃO PAULO
2023

CIP-BRASIL. CATALOGAÇÃO NA PUBLICAÇÃO
SINDICATO NACIONAL DOS EDITORES DE LIVROS, RJ

M872p   Mott, Jason
          Puta livro bom / Jason Mott ; tradução Rogerio W. Galindo. - 1. ed. - Rio de Janeiro : Record, 2023.

          Tradução de: Hell of a book
          ISBN 978-65-5587-818-9

          1. Romance americano. I. Galindo, Rogerio W. II. Título.

                                CDD: 813
23-86007   CDU: 82-31(73)

Meri Gleice Rodrigues de Souza - Bibliotecária - CRB-7/6439

Título original:
Hell of a Book

Copyright © 2021 by Jason Mott

Este livro foi publicado mediante acordo com Dutton, um selo do Penguin Publishing Group, uma divisão da Penguin Random House LLC.

Artes do miolo: silhuetas por Vividfour/shutterstock.com; chapéu por LU_Designer/shutterstock.com

Texto revisado segundo o Acordo Ortográfico da Língua Portuguesa de 1990.

Todos os direitos reservados. Proibida a reprodução, no todo ou em parte, através de quaisquer meios. Os direitos morais do autor foram assegurados.

Direitos exclusivos de publicação em língua portuguesa somente para o Brasil adquiridos pela
EDITORA RECORD LTDA.
Rua Argentina, 171 – Rio de Janeiro, RJ – 20921-380 – Tel.: (21) 2585-2000, que se reserva a propriedade literária desta tradução.

Impresso no Brasil

ISBN 978-65-5587-818-9

Seja um leitor preferencial Record.
Cadastre-se no site www.record.com.br
e receba informações sobre nossos
lançamentos e nossas promoções.

Atendimento e venda direta ao leitor:
sac@record.com.br

Para todos os outros meninos loucos

— Quando você se vê no espelho,
você gosta do que vê?

     — Eu tento não olhar. Acho que muita
     gente como eu é assim.

— Quando você diz "gente como eu", o que
você quer dizer?

No canto da pequena sala de estar na pequena casa de campo no fim de uma estrada de terra sob o céu azul da Carolina, o menino de pele preta de cinco anos estava sentado de joelhos encolhidos contra o peito e com os braços pequenos e pretos abraçando as pernas e se esforçava ao máximo para conter o riso que sacudia o peito.

A mãe, sentada no sofá com as mãos pretas cruzadas no colo e a testa franzida formando sulcos feito os campos do Sr. Johnson no fim do inverno, cerrou os lábios e ficou futucando o tecido cinza do vestido esfarrapado que usava. Tinha comprado esse vestido antes mesmo de o menino vir ao mundo. Os dois envelheciam juntos. Ano após ano, a estampa floral desvanecia, um tom mais claro por vez. A costura da bainha já havia perdido o controle de tudo. Os pontos tinham se partido e os fiapos pendiam para onde quer que pudessem sair. E agora, depois de sete anos de trabalho duro, parecia que o vestido não ia mais conseguir manter o tecido frágil inteiro por muito tempo.

— Achou? — perguntou a mãe do menino ao marido quando ele entrou na sala.

— Não — respondeu o pai. Era um homem alto com olhos enormes e de porte comprido, desengonçado, o que lhe rendeu o apelido de "Negão Mais Magro do Mundo" quando criança. O apelido o acompanhou ao longo dos anos, talhado em suas costas da infância à idade adulta, e, como jamais encontrou cura para sua magreza quase mitológica, o homem passou a usar roupas de mangas compridas aonde quer que fosse porque o ar retido nas mangas passava a impressão de que ele era maior. Ao menos ele achava isso.

Era um homem que havia temido olhos alheios a vida toda. Como poderia não querer que o filho aprendesse o truque impossível da invisibilidade?

— Não tem problema — disse ele. — Vamos encontrar ele logo, logo. Sei disso. Tenho certeza de que ele está bem, onde quer que esteja. Ele sabe se virar. Vai ficar bem.

Ele sentou ao lado da esposa no sofá marrom surrado e enrolou os dedos finos feito gravetos nos passarinhos agitados que eram as mãos dela. Levou aquelas mãos aos lábios e as beijou.

— Ele é um bom garoto — disse o pai. — Não ia sair e ir embora assim. A gente vai achar ele.

— É o melhor garoto do mundo — falou a mãe.

— Pode ser que ele tenha ido na floresta procurar frutinhas. Aposto que ele foi para lá.

— Você acha mesmo?

O pai pensou por um instante.

— Não tenho certeza, mas tenho esperança, boneca.

A mãe do menino riu do "boneca" e passou a mão no canto do olho. Ela estava chorando?

A onda de riso que havia tanto fazia cócegas na garganta do menino enfim — enquanto ele estava ali sentado, invisível e despercebido a um braço de distância — desapareceu ao ver as lágrimas da mãe. Seus braços apertaram mais as pernas.

Não devia ter feito isso. Não devia ter deixado os dois tão preocupados. Eram pais bons e detestavam se preocupar com ele. Uma bola de chumbo de arrependimento se formou no estômago do menino. Ela ressoou e tamborilou por todo o seu corpo. Precisava parar de pregar essa peça neles... mas como?

O que podia fazer? Ele estava a pouco mais de meio metro do sofá onde os pais estavam sentados, mas a culpa que sentiu pelas lágrimas da mãe conteve as mãos que iam se esticar, tocá-la e contar que estava tudo bem. Conteve a língua que diria o nome dela e a livraria do medo.

Em sua mente de cinco anos, não havia como fazer os dois entenderem que tudo não tinha passado de uma brincadeira. Jamais conseguiria explicar que era para ser divertido. Mais que divertido, uma comemoração! Afinal, ele tinha conseguido! Fazia três anos que a mãe e o pai tentavam ensiná-lo a não ser visto, a se tornar "Invisível". Esse foi o nome que o pai bolou. Ele disse a palavra com um tom fantástico. Falou com as mãos no ar, movendo-as para a frente e para trás suavemente, como se tocasse um instrumento mágico.

—Você vai se tornar o Invisível — dizia o pai do menino. Às vezes ele acrescentava um "Uuuuuuu" quase assustador no fim. — Você vai passar a vida toda invisível e seguro — disse o pai. — ... Dá para imaginar?

Eram as palavras "invisível e seguro" que faziam o pai sorrir. Era o sorriso preferido do menino, como se estivesse vendo o pai ganhar tudo o que sempre quis da vida.

Invisível e seguro.

Palavras sagradas.

— O que que a gente faz? — perguntou a mãe para o marido.

— Desiste? — respondeu o pai. Ele colocou a mão esquálida na testa e pareceu muito teatral de repente, do jeito que às vezes as pessoas faziam nos filmes. No entanto, o menino pensou ter visto o esboço de um sorriso escondido nas sombras do rosto do pai. — Quero dizer — continuou o pai —, se ele não vai voltar, talvez a gente devesse aproveitar. A gente podia fazer as malas e partir para algum lugar no oeste. Ouvi dizer que tem muita criança lá que precisa de pais bons como a gente.

A mãe sorriu como se o marido tivesse contado uma piada. O humor era um dos dons dele. As piadas do pai pintavam as paredes de casa com pinceladas de riso.

Mas, embora soubesse que o pai estava fazendo troça, o menino ouviu suas palavras e imaginou os pais o abandonando, e, outra vez, a maré de medo cresceu dentro dele.

— Não, não, não — disse a mãe.

E o medo diminuiu na hora.

— Você tem razão — disse o pai. — A gente nunca que ia abandonar ele. É um menino bom demais. Não tem outro igual no mundo. Então o que que a gente faz?

— Tenho uma ideia — declarou a mãe. A voz dela tinha tanta empolgação que transbordou e derramou no menino. A mãe sempre tinha as melhores ideias. — Vamos cozinhar tudo que é comida que ele gosta. Tudo. Um banquete como faziam antigamente. E o cheiro vai atravessar o mundo todo até chegar nele. Aí ele volta para casa!

O menino quase gritou de felicidade. Um grande jantar com todas as suas comidas preferidas. Tudo servido na mesa da cozinha, um prato do lado do outro. A ideia de que o cheiro das comidas que ele adorava podia sair pelo mundo e trazê-lo de volta para casa... parecia coisa dos livros que ele lia antes de dormir: só mitos, sonho e esplendor.

O pai se recostou por um instante e olhou para a mãe de olhos semicerrados.

— As comidas preferidas dele? — disse ele, coçando o queixo preto e fino. — Será que vai funcionar?

— Eu sei que vai — respondeu a mãe. — Ele vai sentir o cheiro. O frango. O macarrão com queijo. Talvez até uma torta de batata-doce. Ele nunca diz não para torta de batata-doce.

— Torta? — O pai do menino lambeu os lábios. — Acho que a sua ideia está no caminho certo. Acho instigante. Como você.

Ele deu um beijo no pescoço da esposa e ela soltou uma risadinha ritmada que às vezes deixava escapar à noite quando os dois estavam sozinhos no quarto com a porta fechada.

— Para com isso. — Ela riu.

— Sei não — disse o pai, um sorriso irônico na boca. — Ainda acho que a gente devia ir para o oeste e arrumar um filho novo. Ouvi dizer que tem uns lá que até legume comem.

A mãe riu, e o menino quase riu também.

— Não. — Ela gargalhou. — Vamos cozinhar e ele volta para a gente. Você vai ver.

Ela se levantou, alisou o velho vestido, como sempre fazia, e foi para a cozinha. Por um instante, o pai ficou na sala e coçou o queixo de novo.

— Bem, garoto — sussurrou ele —, onde quer que você esteja, espero que saiba que eu jamais iria para o oeste procurar outro filho. Você é o único pentelhinho que eu quero.

Depois ele se levantou, foi para a cozinha e começou a ajudar a esposa.

Não demorou muito para a casa se encher dos cheiros e dos sons das coisas preferidas do menino. O frango frito na frigideira pesada de ferro e o macarrão com queijo borbulhando no forno. Tinha morango açucarado, uva moscatel e o resto de um bolo inglês que o menino tinha esquecido. Apesar de o garoto ainda estar escondido, o estômago dele roncava tão alto que ele teve medo de ser descoberto. Mas a mãe e o pai não pareciam ouvir, por isso ele pôde continuar sentado — apesar da fome que fazia doer o estômago —, fechar os olhos e sentir todos os aromas.

Naquele momento, invisível e imerso no amor dos pais, ele se sentiu feliz como nunca na vida. E logo, apesar da fome, dormiu.

Acordou com o pai levantando-o nos braços.

— Achei você — disse o pai.

Ele carregou o filho até a sala de jantar, com a mesa coberta de todas as comidas preferidas do menino.

— Achamos! — gritou a mãe ao ver o filho. Depois abraçou o menino tão forte que ele não conseguia respirar. Era o tipo preferido de abraço dele. Era como derreter na terra durante o verão.

E, quando o abraço acabou, a mãe lhe deu um beijo e perguntou:

— Por onde você esteve?

— Eu consegui! — exclamou o menino. — Consegui de verdade!

— Conseguiu o quê? — perguntou o pai.

— Fiquei invisível!

Os olhos dos pais se abriram feito magnólias.

— Não! — exclamou o pai com alegria, de novo parecendo teatral como os atores na TV.

— Você conseguiu mesmo? — perguntou a mãe, igualmente feliz.

— Consegui — trinou o garoto, quase rindo. — Eu estava na sala esse tempo todo. Invisível, como você disse. Funcionou mesmo, mamãe!

Então a mãe o abraçou e os três dançaram, e riram, e sorriram como nunca tinham feito antes. Naquele momento, as preocupações deles desapareceram. Era como se os três de repente levitassem, flutuassem até o céu azul que se espalhava sobre a pequena casa de campo que a família chamava de lar.

No dia seguinte, o menino, ainda embriagado de doces e encanto, perguntou ao pai:

— É sério mesmo que você não conseguia me ver?

— Tanto faz se eu conseguia te ver ou não — respondeu o pai. — O que importa é que você se sentiu seguro.

É preciso se lembrar disto aqui: acima de tudo, esta é uma história de amor. Jamais se esqueça disso.

Mas, agora que tiramos isso do caminho, vamos nos conhecer:

São três da manhã.

São três da manhã e eu estou em algum lugar no Centro-Oeste — um daqueles estados nas planícies onde todo mundo parece mais simpático do que deveria. Estou num hotel. No corredor. Correndo. Não, na verdade estou em disparada. Disparo pelo corredor desse hotel no Centro-Oeste. Mencionei que estou pelado? Porque estou.

Além disso: estou sendo perseguido.

Uns cinco metros atrás de mim — também correndo, mas vestido — tem um cara grande sacudindo um cabideiro de madeira. Às vezes ele segura o cabideiro feito um cassetete. Outras vezes segura acima da cabeça feito um machado. Ele é surpreendentemente rápido para um homem desse tamanho.

O sujeito enorme com o cabideiro enorme usa roupas caras da Old Navy: calça cáqui reta bege à prova de manchas, colete de tricô com estampa de losangos, mocassim marrom que pode ou não ser de couro sintético. É pai de família, com certeza. Família de comercial de margarina. Um cachorro chamado Max. Uma gata chamada Princesa. Um aquário que está no décimo segundo peixinho dourado chamado "Sortudo". Tem um Camry e mora numa rua sem saída, numa casa com cerca de madeira. Tem piscina no quintal. Um bom plano de previdência privada.

O sujeito é tudo o que um adulto responsável deveria ser.

Parece ter a minha idade — deixando o conforto decadente dos trinta e relutantemente batendo à porta grisalha dos quarenta. E, por um instante, enquanto nós dois corremos por esse luxuoso corredor de hotel — pés batendo no tapete, pulmões queimando, braços bombeando feito poços de petróleo —, penso em parar e perguntar como ele construiu essa vida. Como fez tudo se encaixar tão bem. Como conseguiu fazer tudo que eu não consegui. Quero saber qual é o segredo dele.

Mas, enquanto olho para trás, vejo o sujeito empunhar aquele cabideiro como um machado e gritar:

— A minha mulher! Aquela é a minha mulher! A mãe dos meus filhos!

Não. Não vai ser hoje que vou descobrir o segredo de gente como ele. Tudo o que posso fazer é ficar longe daquele cabideiro. Então abaixo a cabeça e tento lembrar o que o meu treinador de atletismo da escola dizia: "Joelhos para o alto. Cabeça para o alto. Velocidade alta."

É em momentos como esse que lembro por que não saio com mulheres casadas. Inevitavelmente isso leva a encontros com homens casados.

De qualquer forma, o sujeito raivoso atrás de mim tem uma passada boa, mas eu dou mais passadas. Ser rápido tem tudo a ver com isso. Essa é outra coisa que o meu antigo treinador de atletismo me disse. "Pé para o alto. Pé para baixo. Bum-bum-bum-bum! Acelera! Acelera!"

E é isso que eu faço. Acelero.

Também gosto de pensar que estar nu me dá algum tipo de vantagem. Não usar roupa significa que se está carregando menos peso. Isso sempre deixa mais rápido.

E, é claro, aos poucos consigo me afastar dele e do cabideiro. Mas o problema é que todo corredor de hotel, como toda vida e toda história, uma hora leva a uma espécie de fim. Seja um elevador ou uma porta corta-fogo. Neste caso, é um elevador. Aquelas portas deslizantes reluzentes espreitam lá na frente quando eu e ele fazemos uma curva no corredor.

É ali que ele vai me pegar. Na porta do elevador. Eu sei disso. Ele sabe disso. O cabideiro de madeira enorme na mão direita dele sabe disso.

Em geral não sou do tipo que reza, mas não há ateus nas trincheiras nem na mira da raiva de um corno. Então, faço uma oraçãozinha e tento me concentrar em manter os joelhos para o alto.

Consigo abrir um pouco mais de distância.

— A nossa filha quase fez um comercial para a Target! — grita o marido furioso atrás de mim. — Nós somos uma família! Não se brinca com a família de um homem!

Em qualquer outro contexto, eu daria parabéns para o cara. Isso é uma baita conquista. Tipo, sério, a gente está falando da Target! Quase conseguir isso... cara, não é pouca coisa!

Bem quando estou chegando ao beco sem saída onde ficam os elevadores, onde vou ter que parar e onde esse sujeito grande e furioso e o seu cabideiro finalmente vão poder fazer o que quiserem comigo, o elevador apita e as portas prateadas se abrem com a suavidade dos portões celestiais.

A minha heroína sai do elevador. Pela cara, deve ter por baixo uns oitenta anos. Pequena. Magra. Cabelo azul ralo coroando a cabeça como esporos de dente-de-leão. Maquiagem pesada parecendo reboco. Costas artríticas curvadas com o peso de dois punhados de sacolas de supermercado e da própria existência octogenária.

Por que ela está fazendo compras às três da manhã não parece ser uma questão importante agora.

— Senhora! — grito.

Ela ergue os olhos. Me vê — os meus joelhos para o alto, a minha cabeça para o alto, a minha velocidade alta, a minha nudez. Vê o homem atrás de mim com o cabideiro-machado. Ela encolhe os ombros, dá meia-volta e retorna para o elevador.

— A senhora poderia segurar o elevador? — grito.

O sujeito furioso atrás de mim grita alguma coisa sobre as despesas com duas filhas que usam aparelho.

As portas do elevador começam a se fechar e mudo para uma marcha que nem sabia que tinha. Não passo de um borrão de joelhos, cotovelos e pele nua. Até os meus genitais se encolheram para formar uma dobra aerodinâmica.

Estou perto o suficiente para dar um mergulho quando as portas do elevador começam a se fechar. Eu salto.

É tudo em câmera lenta. Navego no ar pelo que parece uma hora. Quando passo voando pela Cabelinho Azul — pouco antes de eu dar de cara com os fundos do elevador —, vejo pelo sorriso no seu rosto que essa não é a sua primeira aventura noturna. Ela já aprontou das suas. Dançou nas águas das madrugadas da vida.

Dou de cara com a parede do elevador uma fração de segundo antes de bater o corpo. A força cinética me prende lá feito um inseto num para-brisa, depois a gravidade dá as caras de novo e me estabaco no chão.

— Trigésimo segundo, por favor — digo assim que o meu corpo nu para no chão do elevador. A Cabelinho Azul atende o meu pedido e aperta o botão no painel.

Nós dois vemos as portas se fecharem bem na hora em que o marido com o olhar assassino — um sujeito que não deve ser má pessoa — chega atrasado um instante ao elevador e não tem o que fazer além de me ver partir. Ele grita algo indecifrável quando as portas se fecham diante dele. Algo a ver com responsabilidade. Algo a ver com família, casamento e amor.

Depois ele some e ficamos só eu e a Cabelinho Azul. Nós dois observamos o elevador contar os andares do hotel, um a um. Imagino que o silêncio seja desconfortável para ela. A maioria das pessoas não gosta de silêncios. Aprendi isso no meu antigo emprego. Eu ganhava a vida atendendo telefone. O dia todo, o meu trabalho se resumia a conversar com pessoas. Não sou exatamente um cara sociável. Odiava aquele trabalho. Mas a ironia é que, trabalhando lá, aprendi a conversar muito bem com as pessoas. Se tem uma coisa que eu sei é como fazer as pessoas se sentirem confortáveis.

— Que noite — digo.

— Eu podia te contar umas histórias — responde a Cabelinho Azul, rápida feito um raio.

— Tenho certeza. Só de olhar dá para ver que a senhora sabe das coisas.

— Vida é caos — diz a mulher, soando de repente como um oráculo. — É basicamente uma mula que saiu em disparada destruindo tudo pelo caminho.

— E que mula.

— É mesmo.

Indico com um aceno de cabeça as sacolas de compras.

— O butim foi bom?

— Fenomenal — responde ela. — Simplesmente fenomenal.

Ela indica com um aceno de cabeça os meus genitais expostos.

— Depilação com cera?

— Não, senhora. Navalha.

— Raspa bem assim?

— Cinco lâminas. Cabeça giratória. Maravilha da era moderna.

A mulher faz que sim com a cabeça. Depois pigarreia, contorce os cantos dos lábios finos e velhos numa carranca fina e velha e diz:

— Ouviu falar daquele garoto?

— Que garoto?

— Aquele da TV. — Ela balança a cabeça e o seu cabelo azul tremula suavemente como o cabelo de uma ninfa marinha que viu as marés subirem e descerem vezes demais. — Terrível. Terrível de verdade.

— É mesmo, senhora — digo.

A verdade é que não ouvi falar desse garoto da TV, seja lá quem for, que deixa a mulher tão triste de repente, mas não tenho que saber do que ela está falando para exibir a quantidade apropriada de tristeza e preocupação. Viro os cantos da boca numa carranca que combina com a da Cabelinho Azul. Não quero franzir demais a testa e dar a entender que estou tentando me tornar o centro dessa coisa terrível — seja lá o que tenha acontecido. Mas também não quero deixar de franzir a testa o suficiente e parecer indiferente. Há uma arte em saber quão triste se deveria estar em momentos como esse.

— Uma pena — comento. — Não consigo acreditar que uma coisa dessas possa acontecer nesse mundo. — Balanço a cabeça.

A velha faz um muxoxo em profunda desaprovação.

— Triste demais — diz ela. — Muito, muito triste.

Não digo nada por um tempo. Deixo o ar esfriar entre nós. Um momento de silêncio por essa história triste de um menino que não sei quem é por quem nós dois estamos lamentando agora. Quero que essa estranha maravilhosa saiba que me importo com esse garoto, porque se importar com as pessoas é o que pessoas boas fazem. Acima de tudo, quero que pensem em mim como uma pessoa boa.

O elevador apita, quebrando o silêncio. As portas se abrem no meu andar.

— Bem — digo, saindo para o corredor macio e vazio que não tem maridos furiosos nem cabideiros de madeira —, acho que é aqui que a gente se separa. Obrigado de novo pela ajuda. E Deus abençoe aquele pobre menino.

Faço um aceno final. Sinto que devo dizer algo significativo sobre encontros casuais, o fascínio dos estranhos, felizes acasos... esse tipo de coisa. Mas nada me vem à mente, então giro nos calcanhares e começo a minha caminhada nua de volta ao meu quarto.

Depois de alguns passos no corredor, ouço a mulher chamar:

— Oi!

— Diga.

— Você parece familiar. Eu já te vi antes? Você é famoso?

— Não somos todos? — digo.

Ela faz que sim com a cabeça e volta para o elevador. As portas se fecham e nunca mais vou vê-la. Não porque não queira. Mas porque é assim que as coisas são. A vida decide.

Sigo pelo restante do caminho para o meu quarto me sentindo de bem com a vida. Essa noite foi uma aventura e tanto. Conheci uma mulher adorável. Conheci o marido dela — que tenho certeza de que deve ser adorável nas circunstâncias certas. Até conheci uma senhorinha fofa com talento para conversa. Tenho ar fresco na pele nua.

O que mais uma pessoa pode pedir nessa vida?

Só quando chego à porta do quarto percebo que deixei a chave na calça que ficou no quarto da esposa do marido furioso.

Como é tarde da noite, o saguão do hotel está quase vazio. É um daqueles hotéis grandes com chão excessivamente polido e pé-direito tão alto que, se prestar atenção, dá para ouvir a própria respiração. É um lugar misterioso, em especial quando está lotado. O salão inteiro soa como uma grande estação de trem. As vozes se misturam naquele murmúrio assonante familiar, e de repente parece que toda conversa que se teve na vida volta às pressas, e, mesmo que não queira, quase se chega a acreditar que a qualquer momento um trem pode vir estrepitando bem na sua frente, logo atrás do balcão do *concierge*, carregando todo mundo que você já conheceu. É estranho, mas tenho essa sensação em seis de cada sete dias da minha vida.

— Posso ajudar? — pergunta a mulher que trabalha na recepção. A calma no seu tom faz parecer que ela teve que lidar todo dia com hóspedes nus no hotel.

— Parece que fiquei trancado fora do quarto — digo.

— Ah, lamento muito — responde ela, animada, a voz quase uma cantiga. — Vou ajudar a resolver isso, pode ter certeza. Qual quarto?

— 3.218.

Ela digita no teclado.

— Você vê muita gente nua no saguão a essa hora? — pergunto.

— Defina "muita" — diz ela com um sorriso cheio de dentes e levemente torto que é caloroso como a luz do sol em agosto. Depois de digitar mais algumas coisas, ela diz: — Agora, só preciso de algum tipo de identificação.

Estico a mão para o porta-revistas perto dela. Pego um exemplar da *Entertainment Weekly*. O meu lindo rosto está bem ali na capa, gigante, ofuscando até mesmo a manchete sobre o mais novo filme espetacular de Nic Cage, embaixo da manchete em Helvetica semi-negrito: **O ESCRITOR QUE É A NOVIDADE MAIS QUENTE DOS ESTADOS UNIDOS.** Seguro a revista perto do rosto e digo:

— Isso serve?

Como o meu rosto e um exemplar da *Entertainment Weekly* não se qualificam como "identificação aceitável", a recepcionista e eu estamos juntos no elevador. Ainda estou nu. Ela ainda não parece se importar. A política do hotel diz que ela precisa ver uma carta de motorista, que, por sorte, não estava na minha calça — continua no quarto de certa mulher casada e de um marido com um cabideiro. Por isso, ela está subindo para permitir que eu entre no meu quarto para poder lhe mostrar que sou quem eu e a *Entertainment Weekly* estamos dizendo que sou.

Ela tem cheiro de baunilha.

— Você tem cheiro de maçã, colega — diz ela, talvez lendo a minha mente, talvez não, e me olha com um sorriso, tomando o cuidado de manter o olhar acima da minha cintura. É o tipo de sorriso que às vezes me deixa sem saber o que fazer. O tipo de sorriso que diz que talvez ela goste de mim. E, acredite ou não, nunca sei bem como agir quando uma mulher me oferece esse tipo de atenção. Então só fico lá, pensando em como isso que ela acabou de dizer é aleatório.

— Eu sei que é uma coisa bem aleatória de se dizer — continua ela, o que torna a situação ainda mais insólita. — Mas acho que é uma experiência bem aleatória, sabe?

— Sei — digo. Quero dizer a ela que "uma experiência bem aleatória" ficaria bem na minha lápide um dia, mas acho que pode soar meio mórbido, e acho que mórbido não é o que o momento exige. Então, em vez da observação da lápide, digo apenas algo como: — É incrível o tipo de coisa que a gente percebe às vezes. Faz pensar se as coisas não foram sempre assim.

— Sei o que você quer dizer — diz ela. — Além do mais, li que, se você conhece uma pessoa e ela tem cheiro de maçã, o que se está sentindo mesmo é o cheiro dos feromônios. Você sabe o que são feromônios, não sabe, colega?

— Feromônios, é? — Passo um segundo pensando na palavra "feromônios". Uma boa palavra, essa. Parece nítida na página e dá uma sensação boa na língua. — Por que você fica me chamando de "colega"?

— Qual é o problema? — rebate ela. — Você não é um bom colega?

Em algum lugar lá pelo décimo sexto andar, começo a perceber que ela talvez esteja flertando comigo, e mesmo antes do décimo sexto eu sabia que ela era bonita daquele jeito corporativo e por isso acho que é hora de dizer que, caramba, ela também é bem estilosa. Então preparo o meu melhor sotaque Bogart e digo, olhando para ela de cima a baixo:

— Belos pilares esses que te sustentam.

— São uma boa sustentação — diz ela de pronto. É como se tivesse lido o mesmo roteiro que eu. Ela é uma caricatura, assim como eu, e, neste exato instante na minha vida, bom, essa é a minha situação preferida.

— Eu sempre soube que o céu tinha que ter algum tipo de sustentação — digo.

— Isso é uma citação ou algo assim?

— Ou algo assim.

Esse é um daqueles momentos em que não sei dizer quanto — e isso vale para quase todo momento da minha vida, para ser sincero — é real e quanto é imaginado. Eu tenho um problema. Tenho vários problemas, na verdade. O mais interessante é essa coisa de a minha imaginação ganhar vida própria. É meio como sonhar acordado, só que não passa quando eu quero. Continua. Às vezes as pessoas chamam isso de transtorno, mas sou o tipo de cara do copo meio cheio, então não caio nesse jargão barato.

Basicamente, sou um sonhador. Mas os meus devaneios tendem a persistir por mais tempo e com mais intensidade do que os da maioria das pessoas. Pelo menos foi o que todo médico com que me consultei disse. O resultado disso é que a realidade é uma coisa muito fluida no meu mundo. Provavelmente foi por isso que entrei nessa de escrever.

Outra coisa que você precisa saber sobre mim, além da minha tendência a ter uma imaginação hiperativa, é que sou viciado em filmes antigos em preto e branco. Você conhece o tipo. Aqueles com homens que falam rápido e mulheres que falam mais rápido ainda.

Nesse momento, a minha imaginação e eu poderíamos facilmente mudar a iluminação nesse elevador e seria uma cena adequada para *Pacto de sangue*. A mesma iluminação com sombras fortes e diálogos que parecem disparados por uma metralhadora. Ninguém hoje fala como os personagens daquele filme. Talvez ninguém nunca tenha falado daquele jeito. Então talvez não seja exatamente assim que o diálogo entre nós se deu. Ou talvez seja. Como falei, tenho a sensação de que ela leu o mesmo roteiro que eu. Raramente me preocupo com os fatos, só com a realidade que a minha imaginação e eu escolhemos ver.

— Você é confiante — diz a recepcionista que cheira à baunilha.

— E um confidente para quem precisa. Quer compartilhar alguma coisa comigo?

— Você é sempre rápido assim?

— Devia me ver dirigindo nas curvas.

E então ela sorri.

Entramos no quarto aos tropeços. É difícil saber onde o meu corpo termina e o dela começa. É tudo só pele, nervos e calor, e aquele frio na barriga que dá quando se sabe — e estou falando de quando se sabe MESMO — que conheceu alguém especial. Alguém que vai ficar. Alguém cujo rosto você vai ver muitas e muitas vezes ao longo dos anos e que vai fazer você viver uma vida mais especial por isso.

Talvez *ela* seja essa pessoa especial. Talvez isso seja amor.

É intenso nesse nível. Mas às vezes o amor acontece assim, não? É como ser atingido por um raio em vez de ser levado por uma onda. Você conhece alguém e sente um calor lá dentro e, quando a pessoa coloca a mão na sua, você sente cada centímetro do corpo dela, é como mergulhar o dedo num rio e ser capaz de sentir o oceano inteiro.

E sinto isso com essa mulher. Pelo menos é o que a minha imaginação me diz.

A manhã chega e eu acordo ainda sem saber em que cidade do Centro-Oeste estou, e a recepcionista já acordou, foi embora e deixou um recadinho no travesseiro dela que diz: "Você é um bom colega, colega!" E, à luz desse novo dia, não acho que a noite passada tenha sido amor, mas sim uma maneira fantástica de interagir com outra alma. Pense nisto: foram mais de quatro bilhões de anos para a vida dela e a minha se encontrarem naquele elevador. Se isso não é especial, não sei o que é.

Portanto, agora estou me sentindo muito bem sobre destino, sobre sina e sobre ser um bom colega, e também estou morrendo de fome.

Quero panquecas, suco de laranja e talvez um pouco de vodca para colocar no supracitado suco de laranja.

Me visto e saio.

Lá embaixo, o café da manhã está a todo vapor. O hotel é meio classudo, mas, quando se trata de alimentar pessoas, não é muito melhor que um Holiday Inn da vida — um bom hotel, a propósito; só acho que, por trezentos dólares a noite — mesmo que a editora esteja pagando a conta —, eu esperava um pouco mais. Mas, como não sou exigente, sigo a fila do bufê, pego o meu prato e me sento no canto mais afastado, olhando a cidade — seja lá que cidade for — e me pergunto o que o dia reserva para mim.

É mais ou menos nessa hora que sinto que estou sendo observado. É um daqueles instintos animalescos. Algo que dispara um alarme e uma leve preocupação. Como estar na sombra de um carvalho e ter a impressão de que ele vai desabar na sua cabeça.

— Oi — diz uma voz.

Eu me viro e vejo um menino ao lado da minha mesa.

Imagino que tenha uns dez anos. Meio desengonçado, calmo e com cara de nerd, diriam alguns. O tipo de criança que passou tempo demais com livros e tempo de menos assumindo as rédeas da vida. Às vezes você vê uma criança e já sabe. Dá para ver o seu futuro inteiro nos seus próprios olhos. Esse menino é assim: ele é o seu futuro inteiro visto de relance.

Mas tudo isso vem depois da pele. Ele é preto. Mas não só preto, ele tem uma pele inacreditavelmente preta. A pele mais preta que já vi. É como o céu nublado do oceano na calada da noite. É como entrar em cavernas antigas que nunca viram a luz do sol. O tipo de pele preta que me faz pensar que ele deve estar usando alguma maquiagem. O tipo de negritude que me faz me perguntar se o que estou vendo é real ou se é o começo de um problema ocular ou neurológico.

Os lábios dele se movem, mas estou tão impressionado com a cor da pele que não consigo ouvir o que diz.

— O que você disse? — pergunto.

— Posso sentar aqui? — Ele aponta para a minha cadeira e senta antes que eu tenha tempo de autorizar.

O menino está com um prato de panquecas e salsicha tão parecido com o meu que sou forçado a respeitá-lo. Quando ele começa a comer, corro os olhos ao redor tentando encontrar, entre essas refinadas pessoas no café da manhã, os pais dele. A última coisa que quero é que algum pai assustado venha até a minha mesa gritando porque estou tomando café com o filho dele. Esse tipo de publicidade pode ser fatal para a turnê de divulgação de um livro.

Sem ver ninguém que pudesse ser o progenitor dessa pele esplendorosamente preta, me conformo em conhecer o meu novo amigo, então começo a fazer o tipo de brincadeira que faço com todo mundo.

— Você tem cara de quem já aprontou um bocado, Garoto.

— É, acho que sim — concede o Garoto.

Ele mantém os olhos no café da manhã enquanto fala, o que me agrada porque isso permite que eu olhe para as profundezas da sua pele sem deixá-lo desconfortável. A negritude do garoto é hipnótica. O tipo de coisa que é preciso ver para crer. Olhar para a pele desse garoto me faz sentir como se estivesse caindo. Como se ele estivesse me atraindo. Como se eu jamais tivesse estado separado dele e a sua pele — toda sombra e escuridão — estivesse só tentando me levar de volta para o meu lugar para me proteger.

— É normal — diz o Garoto.

— O que é normal?

— Ficar encarando assim. É normal. Todo mundo faz isso. — Ele enfia mais uma garfada de panqueca na boca e eu imagino que o gosto deva ser de constrangimento.

— Bobagem — retruco. — Eu não devia ficar encarando ninguém. Não tenho moral para isso. Olha só, ontem de noite eu estava ali na recepção pelado na frente de todo mundo. Pelado como vim ao mundo, como o meu amado e falecido pai diria. Se alguém merece ser encarado, Garoto, sou eu.

O Garoto faz que sim com a cabeça, mas continua olhando para o café da manhã. Conheço a vergonha quando vejo. Uma pontada de culpa percorre a minha espinha.

— Então, a que devo a honra da sua companhia?

Enquanto falo, olho para a televisão na parede dos fundos a tempo de ver o final de uma reportagem sobre um menino morto. Levou um tiro de alguém, mas não sei de quem porque alguém põe na ESPN e de repente tem homens adultos batendo a cabeça uns nos outros e gritando sobre primeiras descidas.

— Cansei de ouvir falar dessa merda — diz o senhor aparentemente responsável pela mudança de canal.

Pela reação dos outros, eles também estão um pouco cansados de ouvir falar dessa merda. Então volto a minha atenção para o Garoto, que ainda não respondeu a minha pergunta.

— Então?

— Só achei que era hora de a gente se conhecer — falou o Garoto. — Só isso.

— Bom, isso parece sinistro — comento com um sorriso.

— Nada — diz o Garoto, mostrando um sorriso cheio de dentes muito brancos. Em contraste com a negritude da pele, pode ser que tenha sido o sorriso mais lindo que já vi. — Nem um pouco.

Começo a ouvir um sotaque nas suas palavras. Algo do sul negro. Ele já disse muito "cês tudo" e "tresantonte" na sua curta vida. Ele soa a Cadillacs velhos e amendoins cozidos, chá gelado e lar. É tão bonito quanto a sua pele e o seu sorriso.

— Faz um tempinho que eu queria falar com você — diz o Garoto.

Dou o meu melhor sorriso de "É sempre bom conhecer um fã" e pergunto:

— Quer que eu autografe o meu livro para você?

O Garoto sorri.

— Nada. Não sou seu fã. Só queria te conhecer.

— Certo — digo. Já conheci fãs assim desde que comecei a turnê de lançamento. Estou aprendendo a lidar com isso. — Bom, é muito bom te conhecer também.

Embora esse garoto seja interessante de observar, tem alguma coisa inquietante nele também. Enquanto ele come, sou tomado por uma vontade de fugir para longe. Quero voltar para o meu quarto. Quero voltar para o meu quarto, me encolher na cama, dormir e não ver esse menino nos meus sonhos.

Me dou conta de que não consigo mais ficar aqui sentado com esse garoto. A minha mente não aguenta mais. Continuo encarando a sua pele e digo a mim mesmo que não devo fazer isso. Quero ficar olhando para ele tanto quanto não quero nunca mais olhar para ele de novo. Algo nele me enche de um senso imediato de amor e ódio. Quero abraçar e afastar o Garoto ao mesmo tempo. E eu sei que tudo isso vem da cor inacreditável da sua pele.

Penso em como deve ser crescer com uma pele dessa. Ir para a escola com essa aparência? Deve ter sido um inferno. Um verdadeiro inferno.

— Bom, foi bom te conhecer e espero que tenha gostado de me conhecer. Eu adoraria dizer alguma coisa sobre destino e o poder dos encontros casuais, o fascínio dos estranhos, felizes acasos ... esse tipo de coisa.

— Beleza — diz o Garoto. — Não precisa ficar. Eu só queria que você me visse. Só isso.

— Bem, considere-se visto. — Faço duas arminhas com a mão para ele e "Pou-pou!".

Ofereço um último sorriso para o Garoto em homenagem à sua retórica gentil e bem fraseada. "Só queria que você me visse." É algo lindo de se dizer a alguém. Afinal, não queremos todos ser vistos?

Antes de partir, me abaixo e digo no meu tom mais sincero:

— Eu te vejo.

E volto para o meu quarto de hotel.

Me espreguiço na cama e tento descansar um pouco antes da próxima viagem da turnê de lançamento. A última coisa que vejo na escuridão antes que o sono me leve é a negritude do Garoto. Vejo a pele. É mais escura que o mais escuro dos sonos. E então ele sorri e os seus dentes brancos perolados brilham como neve em cornisos.

E então o Garoto desaparece. O sorriso permanece, mas depois some também.

Enquanto o sono enfim me domina, ofereço um sincero "pobre garoto" ao menino preto que conheci hoje. Viver com aquela aparência do jeito que o mundo é?... Não desejaria isso a ninguém.

O menino tem dez anos agora. Cinco anos mais velho do que quando os seus pais o fizeram acreditar que ele podia ficar invisível. E nesses cinco anos ele aprendeu que não era verdade. E nunca a mentira dos pais ficava mais evidente que na ida para a escola de manhã.

Ele odiava aquele trajeto mais que qualquer coisa no mundo. Foi nele que ganhou o apelido de "Fuligem".

Fuligem. Sete letras que pairavam sobre ele feito um ímã. Por isso todo dia, quando via o ônibus se aproximar pela estrada de terra, ele se remexia e repetia um mantra várias vezes:

— Não deixa eles te verem. Não deixa eles te verem.

Mesmo que soubesse que toda aquela conversa sobre o Invisível não era verdade, ele ainda era criança o suficiente para querer acreditar que era.

Então toda manhã ele tentava ficar Invisível.

Ele subia no ônibus em silêncio — sem rir nem cumprimentar ninguém — e mantinha os olhos no chão enquanto ia até o seu banco. Depois escorregava para a janela e colocava a mochila no colo, cobria a cabeça com o capuz do moletom e olhava pela janela, respirando devagar e ritmadamente, feito uma gazela entre leões.

E às vezes funcionava. Às vezes ele ficava Invisível. Ou, pelo menos, se sentia assim. Mas era uma invisibilidade provisória, cheia de tensão e ansiedade. Era um tempo que passava ouvindo as conversas das outras crianças, tentando ouvir o seu nome, ouvir as sete letras que havia se tornado: "Fuligem." Era um tipo de esconde-esconde terrível, não do tipo seguro e divertido que o pai e a mãe descreveram quando contaram sobre o Invisível. Mas era o melhor que tinha e, portanto, tirava o melhor que podia disso.

E, nos dias em que não funcionava, quando ele se escondia o melhor que podia, mas não dava certo, sempre falhava do mesmo jeito, sempre por causa da mesma pessoa.

Quando o ônibus parava em frente à casa de Tyrone Greene, Fuligem tremia. Ele se pressionava ainda mais forte contra a janela e prendia a respiração enquanto o menino do oitavo ano entrava no ônibus e atravessava o corredor com passos pesados até os fundos, onde os outros alunos do oitavo ano se sentavam.

Tyrone Greene era o maior aluno do oitavo ano do mundo. O pai dele tinha uma fazenda e mantinha Tyrone no campo o verão todo, e, por causa disso, ele tinha os músculos e as curvas de um homem crescido apesar de ter acabado de completar treze anos. Era o tipo de criança que sabia que o seu corpo lhe dava poder sobre os outros. O tipo de criança que não tinha medo de usar esse poder. O tipo de criança que tinha dado ao menino o apelido de "Fuligem".

Nos vinte minutos seguintes, Fuligem não se mexia. Ele olhava pela janela, vendo trailers velhos, magnólias e os extensos campos. Contava o tempo, esperando que a escola, de repente, aparecesse e ele pudesse respirar e sair do ônibus antes de atrair a atenção de Tyrone.

— Opa! — chamou uma voz de barítono dos fundos do ônibus. Fuligem tremeu. — Opa, Fuligem? — chamou Tyrone. — Fuligem? Neguinho, tá me ouvindo? Responde!

O queixo de Fuligem ficou tenso como uma parreira e ele fechou os olhos o mais forte que pôde. O corpo inteiro endureceu. Ele sussurrou para si mesmo:

— Você está invisível e seguro. Você está invisível e seguro. Você está...

O mantra foi interrompido pelo baque do corpo pesado de Tyrone caindo no banco ao lado dele.

— Fuligem? — rosnou Tyrone. — Não me ignora, seu neguinho nerd. Isso me deixa puto.

— Que foi? — finalmente respondeu Fuligem. Ele manteve o rosto na janela porque sabia que as lágrimas não iam demorar a chegar e, se pudesse escolher, ia guardá-las para si mesmo.

— Ô, cara — disse Tyrone, a voz mais suave de repente. — Ô, vira pra mim, neguinho. Tô tentando falar contigo, entendeu?

Fuligem baixou o capuz e virou para Tyrone. Ele era grande como um homem, com nariz pontudo, pele marrom-clara e um sorriso meio torto.

— Por que você tá tentando me ignorar, Fuligem? Você sabe que é o meu neguinho. — O sorriso de Tyrone se alargou, como sempre. — A gente tá de boa, né?

Ele ofereceu a mão grande, cheia de calos, para cumprimentar.

Fuligem olhou para a mão no ar por um instante. Isso também era parte da rotina dele com Tyrone. Era uma cerimônia terrível que renascia infinitas vezes, dia após dia, ao longo dos anos como a esperança de sermos verdadeiramente amados.

— Não vai me cumprimentar? — perguntou Tyrone. A dureza havia voltado à voz dele. — Não me deixa no vácuo, Fuligem.

Como não tinha opção, Fuligem apertou a mão de Tyrone.

— Isso mesmo — comemorou Tyrone. — Esse é o meu neguinho.

Os outros garotos no ônibus observavam e ouviam. Eles também, querendo ou não, eram parte da cerimônia. Os que estavam na frente se debruçavam sobre o encosto dos bancos, observando.

Alguns sorriam. Outros não, mas também não desviavam o olhar. Era nesses garotos que Fuligem mais pensava. Ficava se perguntando como podiam ficar olhando sem falar nada. Mas ele também sabia que faria o mesmo.

Todo aluno do oitavo ano que estava nos fundos foi para o meio do ônibus, todos sentados e inclinados num semicírculo em torno de Fuligem e Tyrone, atraídos pela força gravitacional da crueldade.

— E aí, como você tá, Fuligem? Tudo bem, cara? A família tá bem? E todo o resto?

—Ã-hã — respondeu Fuligem. Falou do jeito mais duro que pôde, tentando colocar força na palavra para fazê-la soar maior do que era.

— Ã-hã? Que bom ouvir isso, de verdade. O seu pai ainda é magro pra caralho, aposto.

Tyrone olhou para os outros garotos, depois se voltou para Fuligem.

— Ô... posso te fazer uma pergunta, cara?

O menino sentiu um bolo na garganta. Tentou engoli-lo — a vergonha, o medo, as lágrimas que estavam a caminho —, mas ele estava entalado e o menino quase vomitou. Pigarreou e virou de novo para a janela, desejando que acontecesse algo que o tirasse dali.

Queria poder desaparecer de novo, se tornar totalmente invisível como fez naquele dia. Por anos, a mãe e o pai o fizeram fechar os olhos e dizer, muitas e muitas vezes: "Estou invisível e seguro. Estou invisível e seguro." Mas nunca funcionava. Às vezes o pai suspirava pesado quando o menino falhava mais uma vez em ficar invisível. A mãe de Fuligem era mais paciente, ou talvez ficasse mais triste, quando o filho não conseguia realizar a magia.

— Tudo bem — dizia ela. — Você vai conseguir.

— Isso é verdade? — perguntou Fuligem. — O Darryl da escola disse que as pessoas não podem ficar invisíveis. Ele disse que vocês estão me enganando.

— Não se preocupa com o que o Darryl disse na escola — avisou a mãe. — Só porque ninguém mais consegue não quer dizer que não seja possível.

— Você já conseguiu? E o papai?

— Não — disse a mãe dele, a voz, de repente, num tom de desculpas. — Mas você vai conseguir. Tudo o que importa é que você aprenda a ficar invisível.

— Por quê? — perguntou Fuligem.

— Porque você precisa — era a única resposta que ela dava.

— Ô — disse Tyrone, tirando de Fuligem a esperança de que poderia ser salvo. — Quero saber se posso te fazer uma pergunta. Você não tá me ignorando de novo, tá, neguinho?

— Nada — disse Fuligem. Respirou fundo e limpou a primeira lágrima do canto do olho. Não teria como impedir o que ia acontecer. Agora ele só esperava conseguir suportar tudo sem chorar muito. — Não estou te ignorando. O que você quer saber?

— Legal. Ô, você sabe que é o meu neguinho, né? — começou Tyrone.

— Sei — disse Fuligem. — Sei, sim.

— Por isso eu preciso perguntar, cara... você sabe que você é preto, né?

Fuligem hesitou. Mais uma vez ele desejou ser invisível. Mais uma vez ele, vergonhosa e persistentemente, continuou sem conseguir ficar invisível e seguiu sendo ele mesmo, com a pele inacreditavelmente preta. É óbvio que ele sabia que era preto. Não só uma pessoa de pele escura, mas preto. Preto feito olhos fechados. Preto feito uma noite sem estrelas. Preto feito fuligem de chaminé.

Ele usava casaco de moletom e calça o ano todo na esperança de que as crianças vissem menos da sua pele preta e encontrassem menos motivos para importuná-lo. Mas não adiantava de nada. Ele era o menino chamado Fuligem, e ninguém nunca o deixaria esquecer. Nada do que fizesse ia mudar isso.

— Me diz, Fuligem — cutucou Tyrone. — Você sabe que é preto, né?

Tyrone tinha a pele perfeita. Marrom-clara. Clara feito manteiga. A mais pura das bênçãos. A pele clara atraía as garotas. A pele clara fazia os professores gostarem de você. A pele clara fazia de você uma estrela de Hollywood. A pele clara era tudo. E quase toda pele era mais clara que a dele, então o que isso dizia sobre o seu futuro?

— Sei — disse Fuligem. — Sei, sim. — Ele sorriu, como se um sorriso pudesse barrar a dor.

— Pois é. Mas você não é só preto, neguinho. Você é muito preto. Aposto que sua café. — A primeira risadinha ecoou pelas crianças no ônibus. — Quero dizer, por que você rouba *toda* a escuridão? Por que você é tão mesquinho? — Mais risadas. A algumas fileiras de distância, uma garota soltou uma gargalhada estridente. — Neguinho, a sua mãe deve ter sido cega e ela queria que você fosse parecido com o que ela via. Neguinho, aposto que, quando você sai do carro do seu pai, a luz do óleo acende.

As risadinhas se transformaram em gargalhadas. O ônibus inteiro estava se divertindo agora.

— Por que você tem que ser tão preto? — perguntou Tyrone. — Tipo, não só por quê, mas como? Como você pode ser tão preto? É o sol? É isso? Tipo, cacete, irmão, você é superpreto. Você é preto com uma dose extra de preto. Você é o meu neguinho e tal, mas, caramba... Você é todo preto!

Toda vez que Tyrone dizia a palavra "preto", Fuligem se encolhia e a onda de risadas ao redor aumentava um pouco mais. Fuligem engoliu em seco de novo e tentou encontrar algum lugar para desviar os olhos de Tyrone, mas não havia para onde pudesse olhar. Tyrone era o espelho que refletia a negritude que Fuligem queria ser e jamais poderia. Tyrone era a negritude que não precisava ser negra. O cabelo dele era sedoso e os cachos não precisavam de produtos químicos, o nariz era reto e fino, os lábios eram igualmente finos, e ainda assim ele podia ser preto quando quisesse e outra coisa quando lhe convinha.

O que mais se poderia querer?

— Tipo, sério — continuou Tyrone —, o que te faz ser tão preto, neguinho? Por que tão preto?

Fuligem balançou a cabeça e riu de nervoso.

— Você é maluco.

— Não estou brincando. Por que tão preto?

— Cara...

— Por que você é tão preto?

— Só... para. Tá?

— Não. Só depois que você me responder. Por que você é tão preto assim?

— Por que você está fazendo isso?

— Por que você é tão preto?

— Me deixa em paz.

— Me faz parar. Por que você é tão preto?

— Por favor...

— Por que você é tão preto?

— Por favor, Tyrone.

— Por que você é tão preto?

— Para!

— Por que você é tão preto?

O rosto de Fuligem estava molhado de lágrimas. As risadas ecoavam pela estrutura metálica do ônibus até tudo sacudir como o chão de uma igreja batista durante a adoração. A risada continuou até Fuligem ir chorar no canto e o motorista do ônibus mandar todo mundo voltar para o lugar.

Tyrone ficou.

— Por que você tá chorando, neguinho? Caraca. Você sabe que eu estou só brincando com você.

Depois ele desapareceu nos fundos do ônibus, seguido pelos outros alunos do oitavo ano, todos sorrindo feito anjos.

Na noite daquele dia, enquanto o restante da casa dormia, Fuligem ficou sentado no quarto tentando não chorar, mas sem conseguir. O som do seu choro acordou o pai, que veio, sentou no pé da cama de Fuligem e se limitou a dizer:

— Não escuta o que os outros dizem. Isso é problema deles. Você é lindo, filho.

— Por que eu tenho que ser assim? — perguntou Fuligem.

Os soluços isolados viraram um choro contínuo.

— Um dia você vai aprender a amar quem você é — disse o pai, mas Fuligem não ouviu por causa do som da tristeza. E então o pai de Fuligem deitou na cama com o filho e deu um abraço nele e acalmou o menino que chorava enquanto, lá fora, estrelas brilhavam e a noite cor de ébano envolvia a terra e suas canções.

Desculpa. Não me apresentei. Sou um autor. O meu nome é ____. Talvez você já me conheça ou talvez não, mas provavelmente já ouviu falar do meu livro. Parece que está vendendo bem. O título é *Puta livro bom*. E, pelo que as resenhas dizem, é um puta livro bom.

Está nas lojas físicas. Está na internet. Tem versão para Kindle e para Kobo, iPad e Audible. Venderam os direitos para filme — dizem que Joseph Gordon-Levitt e Donald Glover estão interessados. Estamos até negociando para fazer uma HQ. O dono da minha editora está feliz. O meu editor está feliz. A empresa para a qual eu pago o meu empréstimo estudantil está feliz. A minha agente e assessora de imprensa está... bem... ela está envolvida, e acho que isso é o mais próximo de felicidade a que uma assessora é capaz de chegar.

Mas não estou aqui para falar do meu livro. Pelo menos ainda não. Tenho que voltar um pouco no tempo.

Cresci numa casa pequena numa cidade pequena na Carolina do Norte de que você nunca deve ter ouvido falar porque aquele lugar nunca produziu nada de relevante ou fez qualquer coisa além de ficar lá feito água parada enquanto o tempo passava.

Você não sabe o nome dos meus pais, mas tenho certeza de que consegue imaginar. Imagine o meu pai, alto e magro. Foi serralheiro a vida toda. Imagine a minha mãe, baixinha e gorducha. Foi mãe a vida toda. Em algum lugar dessa equação comum, cresci um menino magrelo que lia um monte de livro. Eu era bem mediano na escola. Um prodígio da mediocridade.

Tinha catorze anos quando decidi ser escritor. Na época, era mais simples. Comecei escrevendo finais alternativos para os meus livros e mitos preferidos. Na minha versão da *Odisseia*, Atena nunca aparece e Odisseu enfrenta os pretendentes numa batalha real. Ele perde um braço na luta, mas dali em diante passa a ser conhecido como Odisseu, o Mutilado, que, obviamente, é um nome muito melhor.

Mesmo quando comecei a escrever, não era nada impressionante. Os meus personagens eram simplórios. Eu não sabia escrever uma cena decente. Toda frase acabava num advérbio. O maior triunfo das minhas primeiras tentativas de descrição criativa pode ser resumido na vez em que descrevi uma árvore como "um ser alto e composto de madeira com ramificações como as de uma árvore".

Mas eu gostava de contar histórias. E esse era o único requisito para ser escritor na época, quando eu ainda estava tentando ser escritor. A ironia é que, quando me tornei escritor, a minha vida deixou de ter a ver com escrita. Engraçado isso.

No ensino médio, eu era o garoto magrelo com um caso grave de acne que não falava com ninguém e com quem ninguém falava. Nunca me apaixonei. Ou melhor, me apaixonei, mas nunca fui correspondido. As noites de sexta e sábado eu passava no meu quarto com uma tigela de Cheetos e um enredo tão complicado que eu precisava de três lousas só para acompanhar. Na noite do baile de formatura, enquanto todo mundo da minha idade estava aprendendo a geometria do sexo oposto no bancos traseiros de carros e em quartos de casas sem pais, eu estava deitado no chão da sala de casa com uma caneta entre os dentes e uma fita do Boyz II Men tocando baixinho enquanto eu tentava entender por que o personagem principal do meu terceiro livro — um detetive chamado "D.T." — era um homem que nunca se deu bem na vida, sofria por causa disso e, estranhamente, nunca conseguia lembrar como amarrar os sapatos. Eu queria que fosse um traço de personalidade adorável, mas acabou parecendo que ele tinha Alzheimer. Mais tarde, à medida que continuava escrevendo sobre ele, D.T., o Detetive, ele passaria a me lembrar o meu pai, mas por razões diferentes.

Quando eu tinha catorze anos, diagnosticaram o meu problema de sonhar acordado. Eu via coisas. Via dragões ao pôr do sol e arco-íris à meia-noite. Tinha amigos que só eu conseguia ver e o meu cachorro conversava comigo. Foi uma época estranha. E era um pouco demais para uma vidinha no campo. Acho que assustei muito os meus pais naqueles primeiros meses. Tentamos médicos e remédios, mas no fim simplesmente aprendi a ficar quieto e uma hora comecei a entender o que era real e o que só eu via e experimentava.

Aprender essa diferença fez os meus pais sentirem que o filho era são novamente — batistas, eles prontamente disseram glória a Deus — e acabou sendo o meu maior dom. Mundos inteiros eram meus e só meus. Pessoas, criaturas e visões inimagináveis para a maioria das pessoas eram um lugar onde eu vivia.

Continuou assim por anos. Uma era de sonhos, ilusões e da inabilidade social que recobre todo adolescente.

Antes de escrever *Puta livro bom*, trabalhei no inferno do atendimento ao cliente. Fui caixa no Walmart, vendi panelas e frigideiras no Bed Bath & Beyond, servi espaguete empapado e *breadsticks* sem-fim no Olive Garden. A lista é longa. Se tem um cliente precisando de alguma coisa por aí, é provável que eu tenha atendido essa pessoa. Mas o emprego que eu tive pouco antes de a minha vida mudar era em uma operadora de telefonia celular conhecida internacionalmente que, para evitar litígios, vamos chamar apenas de "Grande Empresa de Telefonia Celular". Como Sharon, minha agente, gosta de dizer:

"Não seja processado a menos que possa garantir que vai ser uma boa publicidade para o seu livro."

Vamos voltar um pouco no tempo. Desfrutar da lembrança de como as coisas eram antes. Nesse contexto, as regras ditam que, quando a lembrança é colocada num livro, ela é chamada de história de fundo.

Então, me imagine numa baia no segundo andar de uma central de atendimento de três andares nas axilas suadas do sudeste da Carolina do Norte. Estou sentado à mesa usando fones de ouvido, conversando com alguém que nunca vou conhecer, mas que, à sua maneira, era uma senhora bem bacana.

— Sim, senhora — digo para a mulher ao telefone. Ela está no Brooklyn e eu na Carolina do Norte. Ela tem um daqueles sotaques esplêndidos de Nova York, cheio de ordens e urgência, mas parece bacana. Ela ri das minhas piadas e é uma das clientes mais sãs que tive hoje.

— Então, o que você acha? — pergunta ela.

— Bom, eu não acho que ele esteja traindo a senhora — respondo. O que só em parte é mentira. A verdade é que não acho que ela esteja sendo traída, mas o fato de sentir a necessidade de me ligar e me fazer vasculhar seis meses de registros telefônicos mostra que definitivamente o casamento deles está com problemas.

— E por que você acha isso? — pergunta ela.

— Acho que vocês só precisam aprender a se comunicar melhor — digo. — A senhora é bem bacana, ou pelo menos parece daqui desse lado da linha, e, pelo que ouvi, ele parece estar sendo bom para a senhora. Então acho que vocês deviam passar um fim de semana em um hotel. Sabe, dançar agarradinho até parar de pensar e só sentir. Quando foi a última vez que a senhora fez isso?

— Mil novecentos e noventa e quatro — responde ela.

— Mil novecentos e noventa e quatro foi um bom ano.

— Foi um ano maravilhoso — responde ela.

— Jean-Claude Van Damme era o rei do mundo naquela época.

— E não se esqueça do Seagal.

— Nunca me esqueço do Seagal.

Ela suspira, e é um daqueles suspiros longos e relaxantes que mostram que ela enfim se libertou daquilo que a estava incomodando. Ela enfim está se arrastando para fora do relacionamento e voltando para si mesma. Nós todos nos perdemos uns nos outros. E às vezes é necessário um absoluto estranho que por acaso trabalha na empresa de telefonia para ajudar você a se livrar do problema. Não é culpa de ninguém.

Então a mulher de Nova York e eu não esquecemos mais o Seagal pelo resto da conversa — que não dura muito depois disso. Ela conseguiu o que queria. Eu amarrei um torniquete no casamento dela e a fiz economizar quinze dólares na conta mensal do celular. Uma vitória para mim. Uma perda para a Grande Empresa de Telefonia Celular.

Me despeço com uma das minhas citações clássicas de Bogart:

— Um brinde a você, garota.

Ela começa a dizer alguma coisa, mas o meu dedo já está no botão para encerrar a ligação. A última coisa que ouço é algo como:

— Você ouviu falar do tirot...

E então ela se foi.

O trabalho é basicamente esse: conhecer alguém, criar um vínculo, ajudar a pessoa e, quando chegar a hora, se despedir.

Imediatamente depois que a Sra. 1994 vai embora, o meu amigo Sean vem até a minha baia. O Sean é um cara legal. O tipo de cara com quem você se orgulharia de ir para a guerra se surgisse a oportunidade. Um sujeito simples e direto, como dizem.

— E aí, como vai a manhã? — pergunta Sean.

— Conheci uma mulher apaixonada por noventa e quatro — comento.

— Noventa e quatro foi um bom ano.

— Foi o que eu disse.

— Eu bem que podia atender alguém legal assim. Acabei de passar uma hora no telefone com um piloto.

— Que merda.

Só para explicar: pilotos são pessoas terríveis. Simplesmente terríveis, terríveis — pelo menos quando se trata do mundo do atendimento ao cliente. Talvez seja toda aquela arrogância que eles aprendem na escola de aviação vendo reprises de *Top Gun* antes de subirem aos céus em algo que é basicamente um elefante de aço gigante. Acho que eles se imaginam sendo perseguidos por MIGs russos e essas coisas.

Seja qual for a razão, quando se tornam consumidores, pilotos surgem do outro lado da linha dando ordens. Sempre dá para saber que é um piloto ao telefone porque eles sempre dizem que são pilotos.

— Sou piloto! — gritam eles. E aí dizem: — Se eu cometer um erro, pessoas podem morrer! Você entende o que isso significa?

Ao que parece, significa que eles podem gritar com você e te chamar de imbecil, idiota, retardado, bicha, cadela, puta e o que mais passar pela cabeça deles.

— Pilotos — digo para Sean. — Malditos pilotos.

— Nem me fala.

— Quantas vezes ele mandou você se foder?

— Perdi a conta no dezessete. — Sean balança a cabeça. — Ah, você ouviu aquela história do menino?

— Que menino? — pergunto.

— O menino que...

Bem nessa hora, um alarme dispara perto. É uma daquelas sirenes rápidas, irritantes, que te fazem sentir a eletricidade correndo pelos dedos.

— Merda — diz Sean, beliscando o nariz de frustração.

— Estou surpreso que tenha demorado tanto — comento.

De algum lugar no mar de baias, como um tsunami de aporrinhação, lá vêm eles... a Equipe de Cultura Corporativa. A Equipe de

Cultura Corporativa são as pessoas da Grande Empresa de Telefonia Celular responsáveis por salvar a nossa sanidade no mar de insanidade que é esse emprego.

Trabalhar no serviço de atendimento ao cliente é uma merda. E trabalhar no serviço de atendimento ao cliente na Grande Empresa de Telefonia Celular — ou de qualquer empresa de telefonia — é ainda pior. Ninguém liga para o serviço de atendimento ao cliente porque está feliz. Ninguém liga para dizer "Oi, rapaz ou moça, estou tendo um ótimo dia. Só queria te contar."

Ah, não.

Eles ligam com problemas. E nove em cada dez casos o problema é uma coisa que não tem nada a ver comigo ou com os meus colegas de trabalho.

A sua ligação caiu? Foi a torre de celular que fez isso. Não eu.

A sua conta de telefone aumentou por causa dos seus filhos? Foram o Joãozinho ou a Mariazinha que fizeram isso. Não eu.

O seu celular caiu numa poça de água? A culpa é da gravidade. Não minha.

O seu celular foi comido pelo seu guaxinim de estimação? Foi Guaco, o Guaxinim, que fez isso — isso aconteceu mesmo. Não eu.

Você estava viajando pela Europa e o seu telefone avisou que as ligações teriam acréscimo no valor por causa do roaming, mas você usou mesmo assim e agora tem uma conta de cinco mil dólares? Você e a rede externa que você usou fizeram isso. Não eu.

Mas, quando você ligou, fui eu que atendi. Eu ou um dos meus amados colegas. Oito horas por dia, trezentos e sessenta e cinco dias por ano: somos as pessoas em quem você põe a culpa.

Tente ficar sentado lá por quatro anos e não enlouquecer. Pouca gente aguenta. Pouca gente nasceu para isso. E o número diminui a cada dia que passa. Metade de quem trabalha na Grande Empresa de Telefonia Celular toma ansiolíticos e antidepressivos. E um número significativo tem arma.

Por causa de tudo isso, as pessoas adquiriram o hábito de pedir demissão. Elas pedem com frequência e em grande estilo. O nosso escritório tinha a maior rotatividade da cidade. Maior que a da força policial. Maior que a da fábrica de papel da região, onde pelo menos duas vezes por ano alguém perdia uma extremidade do corpo numa lâmina de serra. Então, quando os chefes se deram conta de que todo mundo estava pedindo demissão, criaram a Equipe de Cultura Corporativa.

A Equipe de Cultura Corporativa sorri demais. A Equipe de Cultura Corporativa gargalha demais. A Equipe de Cultura Corporativa está sempre empolgada demais com toda e qualquer coisa que aconteça no decorrer de um dia comum. Mas esse é o trabalho deles. Eles existem para impedir que você peça demissão, para evitar que você grite com o Sr. Idiota que acabou de ligar e para lhe lembrar que ele não é um ferrado que precisa trabalhar num emprego como o seu. Eles existem para impedir que você entre no prédio um dia com uma raiva que pode lhe causar problemas.

Então, quando o alarme dispara, a gente sabe que eles estão chegando. É como o toque de uma antiga trombeta convocando para a batalha. Respira-se fundo e espera-se a horda.

Sean e eu ficamos observando enquanto a Equipe de Cultura Corporativa surge do mundo perdido da indução empresarial. Os sorrisos deles à frente como estandartes militares. Eles carregam cestas cheias de guloseimas que às vezes caem no chão, deixando uma trilha açucarada, marcando o caminho sagrado para que outros sigam.

Depois de correr os olhos brevemente ao redor, vejo para onde estão indo. Umas poucas fileiras à frente no Inferno das Baias, uma jovem loira — jovem demais e com uma aparência excessivamente otimista para ter trabalhado aqui por muito tempo — acabou de se levantar com um sorriso no rosto. Ela cobre o microfone com a mão e declara:

— Acabei de manter um cliente!

A Grande Empresa de Telefonia Celular adora quando alguém consegue impedir que um cliente cancele um serviço. É o que ela mais ama no mundo.

Ela olha em volta procurando alguém para cumprimentá-la. Consegue uma pessoa. Um cumprimento meio fracote. Só novatos que ainda não tiveram a alma consumida se importam de verdade em manter clientes. Veteranos só querem sobreviver.

Mas a Equipe de Cultura Corporativa mais que compensa isso quando finalmente chega até ela. Eles tiram a cobertura de uma de suas cestas e revelam uma variedade de donuts. Colocam a mão na cesta, tiram dois com cobertura de chocolate e põem na mesa diante dela. Depois enchem a mão de bombons e jogam nela feito confete.

— Parabéns! — grita a líder da Equipe de Cultura Corporativa. Ela é uma mulher loira alta eternamente magra demais e que está eternamente maquiada demais. É como se a Barbie tivesse ganhado vida e não encontrasse nenhum jeito melhor de passar o tempo. Depois ela envelheceu um pouco e casou com um sujeito que não era o Ken e veio trabalhar para a máquina corporativa.

Depois de soterrar de donuts e bombons a empolgada atendente que garante clientes, a Equipe de Cultura Corporativa desaparece no ar em meio à colmeia de baias. Uma hora eles estão ali, no momento seguinte sumiram. Então, na minha mente eles estão em todo lugar. Sempre prontos para atacar. Sempre prontos para sorrir para mim, e torcer, e me dar donuts porque economizei trinta e dois centavos para a empresa ou algo assim.

— A hora dela vai chegar — diz Sean.

— Eu sei.

— Então, o menino — começa Sean. — Ele...

Mas, assim que as palavras deixam a sua boca, o alarme da Equipe de Cultura Corporativa toca de novo. Parece um pato sendo eletrocutado. Eles surgem de novo, de lugares nunca vistos e de tempos imemoriais. Já sinto cheiro de fogo, enxofre e guloseimas de confeitaria.

Corro os olhos de novo pelo Inferno de Baias para ver aonde estão indo. Não muito longe da mulher que acabou de se levantar e gritar com orgulho que havia mantido um cliente tem outra sentada. Os olhos dela estão inchados, a mão treme, e, se eu pudesse escutar de perto, ouviria um cliente gritando do outro lado da linha. Ele termina a ligação chamando-a de "piranha destruidora de lares".

Que lar ele a culpa de destruir, duvido que algum de nós vá descobrir.

A mulher está a isso aqui de ter uma crise. A isso aqui de chorar e, talvez, até sair do prédio — enfim pedir demissão desse emprego e se tornar a heroína que todos queremos ser. Mas a Equipe de Cultura Corporativa está ali.

Eles cercam a mesa: os mesmos sorrisos, a mesma risada, a mesma trilha de bombons espalhados pelo chão. Sem dizer nada, colocam donuts com cobertura de chocolate na mesa dela e um monte de bombons.

— Mas eu sou diabética — chora a mulher, lágrimas escorrendo pelo rosto.

Então uma mulher alta e um tanto atraente olha para nós dois. Ela sorri e acena, tentando sorrir para nós dois, mas claramente tentando acenar para Sean. Ele acena como se recusasse uma fatia de bolo de ameixa.

— Como está indo isso aí? — pergunto.

— O problema é que continua indo — responde Sean.

— Não entendo. Ela parece bacana. Talvez até para casar.

— Parece, né?

— Então qual o problema?

— Jesus.

— Ah — digo.

— Ela exagera um tantinho... um tantinho na...

— Glória a Deus! — grito, fazendo uma saudação ao mesmo tempo.

48

— Ã-hã — diz Sean. — É isso. A gente não consegue passar da entrada sem falar da Segunda Vinda e do destino da minha alma imoral.

— Alma *imortal*.

— Não é assim que ela chama.

— Você contou que é ateu?

— Contei.

— E o que ela disse?

— Eu te perdoo.

— Tem que se respeitar isso.

Sean dá uma olhada na minha mesa. Largado nela caindo aos pedaços está o meu mais recente manuscrito. Ainda um desastre a essa altura. Ainda não floresceu para se transformar no *Puta livro bom*. Neste exato momento, nenhum personagem sabe o que quer. E, como eles não sabem o que querem, não sabem por que fazem o que fazem. São só bolas de bilhar batendo umas nas outras. E ninguém quer ler nada assim — mesmo que seja assim que as pessoas levem as suas vidas. O naturalismo morreu — pelo menos no mercado.

— E aí, como vai esse negócio? — pergunta Sean.

— Um desastre — respondo.

— Mas que tipo de desastre?

— Vietnã.

— Sabe — diz Sean —, li um artigo outro dia que dizia que tem pouca gente que entende a referência ao Vietnã usada desse jeito. Quando você usa assim, está falando sozinho. É melhor falar do Afeganistão.

— Então se eu disser Afeganistão vou parecer mais jovem?

— Exato.

— Que mundo louco — comento.

— Nem me fala — diz Sean. — É tipo o que aconteceu com aquele menino.

Apesar de não fazer a menor ideia do que ele está falando, digo:

— É... uma pena.

Porque, como já falei, é o que se diz.

***

Boa parte disso não é tão importante. Não no panorama geral. É só para falar um pouco sobre onde eu estava antes de chegar aqui. Porque o lugar onde estou agora é meio surreal, e a minha terapeuta disse que uma das melhores coisas que posso fazer para me ajudar a lidar com a depressão é manter os pés plantados firmes na realidade enquanto escrevo sobre o passado.

— O passado é a raiz a partir da qual o presente cresce — afirmou ela. E isso é suficientemente verdadeiro, acho. — Você gosta do que vê no espelho?

Tento não pensar muito no passado ou no espelho se puder evitar. Porra, eu penso no presente o mínimo possível. A realidade como um todo — passado ou presente — simplesmente não é um bom lugar para ficar de bobeira, na minha opinião. Existem formas e lugares melhores de passar o tempo.

A realidade é cheia de más notícias. Pegue o celular e entre em qualquer site de notícias que você frequente e garanto que vai ver uma lista enorme de atrocidades. O planeta está derretendo. Pessoas são traficadas, assassinadas e molestadas. É demais. Cheguei a essa conclusão faz muito tempo. A minha terapeuta diz que a minha condição é causada por algum tipo de trauma que sofri, mas não caio nessa. Não tenho nenhum trauma de que me lembre. Claro, tive a minha cota de azar, mas isso é diferente de trauma. A minha terapeuta disse que talvez eu nem saiba qual é o trauma. Pode ser muito ruim ou muito sutil. Ela fala sobre o trauma em relação àquela metáfora da "raiz de onde as coisas crescem". Ela diz que alguma coisa fez com que eu rompesse as fronteiras entre realidade e imaginação. Ela diz que isso não é bom para mim.

Eu digo que isso me trouxe até aqui, então por que parar agora?

Ela diz que uma hora isso vai acabar comigo.

— Lembra como você desenhava bem, Willie? — perguntou papai Henry, tossindo. — Se lembra disso?
Ele sorriu e se recostou de volta na cadeira que a saúde em declínio não o deixava abandonar.

— Mais ou menos — respondeu o pai de Fuligem.

Papai Henry era avô de Fuligem. Ele morava numa casa de repouso do outro lado de Whiteville, uma cidadezinha pacata do sul num distritozinho do sul com um longo histórico de produção de morangos e linchamentos. Algumas vezes por ano, Fuligem e o pai faziam a viagem de três horas que só terminava depois da visita de uma hora. Durante o trajeto, Fuligem observava o corpo do pai se retesar a cada quilômetro. Ele se sentava ao volante da caminhonete, magrelo e esguio feito uma garça depenada. Virava o volante de um lado para o outro, as mãos finas apertando-o tanto que as veias das costas saltavam.

— Ele é o seu avô — disse o pai de Fuligem para ele, olhando para a frente enquanto falava, como se estivesse dirigindo rumo a uma tempestade. — É por isso que a gente está indo. Só por isso.

— Sim, senhor.

Fuligem nunca entendeu por que o pai ficava tão tenso quando iam visitar papai Henry. Do ponto de vista dele, papai Henry era uma simpática coleção de rugas. Ele sorria muito — os grandes lábios escuros transformados num sorriso de fatias de ameixa — e os olhos brilhavam feito vidro quando ele via Fuligem. A maioria das pessoas não sorria ao ver Fuligem. Elas ficavam encarando. Encaravam a negritude inacreditável da sua pele como se a própria noite tivesse vindo encontrá-las. Ou, se não encaravam, viravam o rosto, o que era quase pior. Mas papai Henry não. Toda vez que Fuligem entrava na sala, papai Henry esticava as mãos artríticas, envolvia o neto no abraço mais apertado que seu corpo envelhecido conseguia dar e dizia:

— Esse é o meu menino. Olha ele aqui.

Papai Henry era uma criatura mágica. Cheio de histórias sobre como as coisas eram. Pessoas e lugares que existiram no mundo, mas que desapareceram há tempos para se tornar história e mito. Ele falava sobre videiras de uva moscatel que cresciam onde hoje só há rodovias e asfalto. Falava de pereiras — altas feito foguetes tentando alcançar o calcanhar do céu — que viviam em lugares onde hoje há conjuntos habitacionais e a bagunça do trânsito. Às vezes ele até falava da esposa que não viveu o suficiente e sobre como ele tentava, sem conseguir, não odiar o Deus que a tirou dele.

Até onde Fuligem conseguia ver, era um homem bom. E o fato de que estava morrendo deixava tudo ainda mais triste. Por isso Fuligem nunca entendeu a raiva que o pai sentia do velho. Pelo menos não até papai Henry perguntar sobre os desenhos do filho.

Papai Henry se virou para Fuligem e sorriu, assobiou com espanto e disse:

— Quando tinha a sua idade, ele conseguia desenhar qualquer coisa. As pessoas eram tão reais que parecia que dava para esticar a mão e agarrar o desenho. Dava para passar os dedos pelos cabelos. Acariciar o rosto. Sentir o hálito delas de um jeito tão vívido que eu sempre sabia o que cada uma tinha comido no café da manhã. Não é, Willie?

— Não lembro — respondeu o pai de Fuligem.

— Bom, eu lembro — vociferou papai Henry. Depois ele sacudiu a mão e apontou para uma caixinha no canto da sala. — Pega aquilo para mim? — disse ele para Fuligem, sussurrando um pouco como as pessoas fazem quando querem atiçar a curiosidade de uma criança.

— Não faz isso — falou o pai. O queixo dele estava tenso, uma linha escura emoldurando o rosto marrom.

— Não me diz o que fazer — retrucou papai Henry. Depois, voltou sua atenção para Fuligem. — Agora vai pegar aquela caixa que eu te pedi.

— Sim, senhor — disse Fuligem.

Ele se aproximou lentamente, olhando para o pai de vez em quando, esperando por um "não" firme que o detivesse. Mas o "não" nunca veio. O seu pai era tão vítima dos pais quanto ele. Por isso o homem ficou ali parado, cerrando e relaxando a mandíbula, desejando poder dizer algo mais.

Era uma caixinha daquelas que se usa para embalar sobras de restaurante envolta num X de fita adesiva. A coisa toda cedeu feito um pão macio quando Fuligem pegou.

— A gente precisa mesmo fazer isso? — perguntou o pai dele.

— Xiu — disse papai Henry. Ele apontou para Fuligem com seus braços finos. — Vem. Traz aqui. Abre!

Fuligem se ajoelhou e, depois de fazer mais uma pausa, dando ao pai mais uma chance para pedir que ele parasse, finalmente atendeu ao que o avô pediu. Abriu a caixinha bolorenta.

A primeira coisa que viu foi uma família. Uma pequena família negra de pé numa polaroide apagada. O homem era papai Henry, vibrante e jovem. Um estranho familiar aos olhos de Fuligem. Um homem alto e magro sob um sol brilhante de verão, um fio de sorriso empoleirado no rosto. Ao lado estava uma mulher atarracada de pele preta e cabelo comprido. Usava uma blusa escura, uma saia florida e um sorriso de quem nunca teve um dia ruim na vida. E entre os dois havia um menino, com pouco mais de cinco anos. Usava um pequeno afro e um terno completo com listras vermelhas e azuis e seu sorriso era ainda mais largo que o da mãe.

Fuligem pegou a foto e olhou para o menino. Depois olhou para o pai. Ele nunca tinha visto o pai sorrir daquele jeito, e ainda assim sabia que o homem que conhecia e o menino na foto eram a mesma pessoa.

Ele colocou a foto de lado junto com várias outras. Cada imagem um vislumbre de felicidade. Em uma, papai Henry, de pé na frente de um toca-discos, sorria para a câmera e segurava um disco do Marvin Gaye. Em outra, estava sentado num sofá marrom com o filho nos joelhos, ambos olhando para a câmera numa mistura de confusão e alegria.

Depois de ver todas as fotos, finalmente Fuligem encontrou os desenhos que o avô queria que ele encontrasse. O primeiro foi uma surpresa. Enterrada, empoeirada e murcha, era uma mulher. Ela estava sentada à mesa, apoiada numa mão, olhando solenemente para ele. Ao redor dela, tão real que o menino ficou preocupado que ela pudesse se afogar, estava o oceano, dominado pelo sol da tarde. Fuligem olhou para a imagem, boquiaberto. Quase dava para ouvir as ondas quebrando ao redor da mulher. Ele via o cabelo dela dançando no ar salgado. Se perguntou como havia ido parar no meio do oceano. Ficou maravilhado com a expressão dela, tão real que escondia seus sentimentos sobre o lugar aonde tinha sido levada pela vida. Se ela estava triste, feliz ou com medo de boiar nesse lindo oceano, Fuligem não sabia dizer. A única certeza era que ela sabia como se sentia, e cabia a ele adivinhar a verdade dela.

Havia mais desenhos na caixa. Dezenas. Todos lindos. Todos realistas o suficiente para parecer ganhar vida a qualquer momento. Meteóricos e mundanos, todos eles existiam ali. Homens com espadas ao pé de montanhas altas e sinistras rompendo nuvens púrpura. Mulheres andando por mercados, se inclinando sobre os freezers, decidindo o que fazer para o jantar. Um pássaro voando, penas esticadas sobre as copas das árvores. Uma criança saltando de um trampolim, descendo veloz em direção à superfície cintilante abaixo.

— Olha isso, não é interessante? — perguntou papai Henry, um eco de admiração na voz.

— Uau! — Fuligem suspirou. Ele olhou para o pai como se o visse pela primeira vez.

— Vou sair — avisou ele. Os braços cruzados com força, tensos.

— Por quê? — perguntou Fuligem.

— Ele tem vergonha — afirmou papai Henry.

— Já deu — respondeu o pai de Fuligem.

— Não — disse papai Henry. — Posso estar na porcaria do meu leito de morte, mas ainda posso dizer o que acontece na minha tumba. — Ele pontuou a frase com sua tosse catarrenta. — A culpa não é minha se você tem vergonha dos desenhos. Não vem colocar a culpa em mim!

Mais tosse. O velho agarrou o braço da cadeira até a tosse parar e ele quase tombar de exaustão. Cuspiu algo vermelho na lixeira ao lado da cadeira e recuperou o fôlego.

— Não vem colocar a culpa em mim — repetiu ele.

Por um instante, ninguém falou nada. Os três só ouviram a respiração difícil do moribundo. Todos os três ouviram. Todos os três ouviram algo diferente naquele som.

— Sabe do que ele tem vergonha? — perguntou papai Henry por fim para Fuligem. — Ele tem vergonha porque é todo mundo branco.

O pai de Fuligem pigarreou como se fosse falar, mas não disse nada. Só virou o rosto e olhou pela janela. Enquanto a luz do sol atravessava a janela, o pai de Fuligem pareceu mais magro e menor do que um instante atrás. Nada além de um junco escuro que se projetava do chão, mirando num mundo que não podia alcançar porque esse lugar era onde suas raízes estavam enterradas, gostasse ou não.

— Ele só desenhava gente branca — continuou papai Henry. — Nunca desenhou preto. Isso era o melhor de tudo. — Ele enfiou a mão na caixa, tirou um dos desenhos, o desenho de uma mulher loira apoiada na mão, e sorriu para ela. — Olha isso. Já viu uma mulher branca mais linda? Já viu um desenho mais bonito em algum lugar? Ele tentou desenhar pretos algumas vezes, mas eu impedi. Não tinha futuro nisso. Ainda não tem. — Papai Henry balançou a cabeça e colocou as mãos no peito. Seu rosto ficou tenso de dor. Até que passou, como uma nuvem que anuncia que a chuva não estava longe. — Eu estava tentando garantir um futuro para ele nisso. Ele ia ficar rico desenhando gente branca. Mas ele desistiu. Simplesmente desistiu. Aí cresceu e começou a me odiar por causa disso. Disse que a culpa era minha. Disse que eu fiz ele odiar gente preta. — Papai Henry conseguiu dar uma risada. — Consegue imaginar isso? Como se eu pudesse fazer ele odiar pele preta. — Ele olhou para Fuligem. — Se eu odiasse pele preta, poderia te amar como te amo, menino?

— Terminamos então — disse o pai de Fuligem.

Papai Henry balançou a cabeça.

— Ainda agindo feito um neguinho cretino, né? Não te ensinei nada? — Os punhos fechados. — Você é uma vergonha.

— Vamos embora — falou o pai de Fuligem.

— Não! — disse papai Henry. O tom dele mudou. A raiva e a amargura desapareceram, substituídas por medo e por algo que parecia súplica. — Não vão embora — disse ele devagar. — Me desculpa, tá bom? Por favor. Não leva o menino. Desculpa.

Mas o pai de Fuligem não ouviu. Ele se aproximou, pegou o filho pelo braço e o levou em direção à porta.

— Olha só — disse papai Henry, a voz tremendo. — Não faz isso. Não leva o menino embora. Não passa a vida me culpando. Eu te ajudei. Você não devia ter desistido. Eu só te ajudei! Não fiz você odiar gente preta. Não fiz você se odiar! Você fez isso sozinho!

Papai Henry passou a língua pelos lábios e olhou para o filho. O rosto dele estava consternado. Tinha mais alguma coisa que ele queria dizer, algo mais que queria encontrar palavras para expressar, mas, o que quer que fosse, sua boca falhou e ele sacudiu os punhos e pareceu ainda mais desesperado enquanto via o filho e o neto saindo de sua vida.

— Não foi o que eu quis dizer — disse papai Henry. Havia medo em sua voz. O medo de um homem que sabia que tinha ido longe demais e que, não importava o que fizesse a partir de então, aquilo que uma vez teve em mãos estava perdido para sempre. — Vou parar de falar sobre isso. Prometo. Só não leva o menino. Deixa ele aqui comigo. Me deixa conversar com ele. Tem coisas que ele precisa saber. Tem coisas que eu preciso ensinar para ele sobre como o mundo funciona. Não posso deixar ele crescer igual a você. Não posso deixar ele odiar pessoas que não têm nada a ver com quem ele é. Não posso deixar isso acontecer.

"Gente branca não fez nada contra você. Você nunca foi escravo. Não te venderam nem te chicotearam. Não dá para odiar um grupo inteiro de pessoas por uma coisa que seus ancestrais fizeram. Mas é isso que os pretos nunca vão entender. É isso que eu preciso que ele saiba. Preciso que *ele* não sinta tanta raiva quanto você. — Ele olhou para Fuligem. — Preciso que você seja feliz como o seu pai era, menino. Preciso saber que você não vai entrar em crise e desistir das coisas igual ele. — Os olhos de papai Henry iam do filho para o neto. — Estou tentando ajudar — falou ele olhando para Fuligem. — Disseram que você gosta de histórias — disse papai Henry. — Isso é bom. Tem futuro nisso. Você devia começar a escrever. Mas tem que contar as histórias certas. Tem que contar do jeito certo. Nada de histórias de preto, tá? Tem que fazer direito! — O rosto dele se contorcia a cada palavra, passando de preocupação para raiva, para súplica, até acabar se estabilizando numa espécie de resignação triste. — Por favor. Deixa eu te ajudar... Por favor."

— Diga tchau — disse o pai de Fuligem.

— Tchau, papai Henry — despediu-se Fuligem.

Com lágrimas correndo pelo rosto, papai Henry tentou se levantar da cadeira, mas as pernas falharam. Ele apoiou os braços na cadeira para tentar se libertar da prisão que era o seu corpo, mas falhou nisso também.

Enquanto ia embora, Fuligem viu o velho ainda lutando contra o peso da doença. Ele ficou furioso e se debateu, mas continuou preso à cadeira pela gravidade. Sua respiração acelerou, e essa era a única coisa que o impedia de gritar de raiva.

Mas, no fim, sua raiva só o deixou preso à cadeira, como se ele sempre tivesse estado lá — naquela cadeira, naquela raiva — e ali fosse ficar para sempre.

Foi a última vez que Fuligem viu o avô.

A viagem para casa foram três horas de silêncio. Fuligem queria perguntar por que papai Henry tinha dito aquelas coisas. Queria perguntar sobre os desenhos. Queria perguntar sobre todas as partes do pai que ele não conhecia porque não sobreviveram à jornada que leva da infância à paternidade. Queria perguntar sobre o jeito como papai Henry implorou para que ele ficasse. Queria perguntar sobre o jeito como o velho chorou. Queria perguntar sobre perdão. Queria perguntar sobre amor. Sobre contar histórias. Queria perguntar se seu pai amava ou odiava o que via no espelho todo dia.

Ele queria perguntar.

Mas só ouviu o barulhinho do motor da velha caminhonete abrindo caminho sob um céu recém-estrelado, e, a certa altura, pegou na mão do pai e a apertou, e aquele toque suave foi tudo o que disse.

A turnê de lançamento de *Puta livro bom* me tira do Centro-Oeste — com suas planícies e maridos furiosos — e me manda para algum lugar na Costa Oeste agora. Não como desde sei lá quando. Desde que encontrei aquele garoto, acho. Mas não tenho certeza.

A única coisa que sei com certeza é que desde aquele dia estive em duas cidades na Flórida — me lembro de axilas suadas e de tanta umidade no ar que daria para beber —, três festivais literários em Nova Orleans — me lembro de uma mulher chamada Gladys e de muitos camarões —, uma Barnes & Noble no Novo México — mais calor — e uma conferência de editoras em algum lugar no norte do Noroeste — a mulher que conheci lá se chamava Kim. Ela era simpática.

O pouso do avião aqui no Oeste é um pouco mais turbulento do que o esperado. Quase durmo um pouco no voo, e, quando saio do meu quase cochilo, tudo — da fuselagem a um saquinho de pretzels — está sacudindo. Então, naturalmente, suponho que estamos em queda livre e que a morte é iminente. Seguro a mão do homem sentado ao meu lado e digo que o amo, que estou orgulhoso dele e que espero que haja maratonas de filmes do Nic Cage no outro mundo.

Então o piloto anuncia que pousamos sei lá onde e de repente tudo entre mim e o senhor ao lado parece estranho e deslocado.

Coisas da vida.

Saio do avião com a aparência de um milhão de euros e a sensação de que valho dois pesos. Estou com cheiro de combustível de avião, pretzels e exaustão. Os meus olhos ardem e ainda estou de ressaca da noite selvagem com uma mulher do Colorado e de uns brownies que, não tenho certeza, talvez contivessem certos aditivos alucinógenos ilícitos. É difícil dizer, na verdade. A minha mente já é bem alterada por conta própria, então as drogas, estranhamente, tendem a contrabalançar isso e me deixar preso à realidade.

A realidade não é muito útil no meu trabalho.

Desço a escada rolante do Aeroporto Desconhecido parecendo uma estátua, o que é apropriado porque estou dormindo em pé. Quando chego ao fim, é o quase tombo que me acorda. Retomo a consciência a tempo de evitar cair de cara. Olho para cima e vejo um senhor — que me lembra James Hong, um dos heróis desconhecidos da arte dramática moderna — de pé no meio da multidão que espera os entes queridos. Ele está com um terno cinza elegante e o que parecem ser sapatos italianos de dois mil dólares. A placa que ele segura diz: PUTA LIVRO BOM.

— De acordo com essa placa — digo —, acho que eu sou o Fulano que você está procurando.

— Sou Renny — apresentou-se o homem que não é James Hong quando nos cumprimentamos.

— Prazer em conhecê-lo, Lenny.

— Renny.

— Lenny.

— Renny.

— Lenny.

— Ren-ny!

— Len-ny!

— Não é com l, seu racista cretino! É r-e-n-n-y! Eu estudei em Harvard.

Os viajantes do aeroporto param e olham para nós. A contragosto, não tenho como me opor à atitude de Renny.

— Muito bem — digo. — É Renny.

A esteira de bagagens é um mar de almas misantropas. Todo mundo parece cansado. Ninguém parece feliz por ter chegado aqui, seja lá qual for esta cidade em que estamos. Estão todos olhando fixamente para o carrossel de bagagens como uma matilha de cães de Pavlov, esperando a campainha soar. Todo mundo está estranhamente silencioso, como se tivesse algo acontecendo que eu desconhecesse.

É provável que você não saiba isso sobre mim, mas na verdade eu sou um cara bem tranquilo. Poucas coisas me deixam mais feliz do que só ficar sentado sem falar. Ou de pé sem falar. Ou deitado sem falar. Ou nadando sem falar. Acho que deu para entender. Silêncio é ouro. Talvez mais uma herança de ter trabalhado para a Grande Empresa de Telefonia por todos aqueles anos. Passe quarenta horas por semana falando com pessoas e talvez você acabe querendo não falar com ninguém.

Enquanto esperamos a bagagem chegar, não consigo fugir da animação de Renny. O velhinho simpático é energia pura. Ele fica se balançando para a frente e para trás e parece não saber o que fazer com as mãos. Elas sacodem no fim das mangas como pombas adestradas. Ele olha para mim como um pai orgulhoso — os olhos brilhantes com o começo de lágrimas, o peito estufado quase explodindo.

— Não vou incomodar o senhor — começa Renny. Ele está dando o melhor de si para manter as mãos paradas. Ainda assim, as suas mãos me tocam. Para dar um tapinha na minha cabeça. Para dar um aperto de mão. Fazem qualquer coisa. Ele engole em seco e sorri. — É uma honra conhecê-lo, de verdade.

Ofereço a ele o meu melhor sorriso de autor-em-turnê-de-lançamento. É um sorriso que diz: "Você me conhece melhor que eu mesmo porque ler o meu livro é como ler o meu diário e tenho medo de que diga alguma coisa que me machuque e me faça chorar... mas não vamos causar nenhum constrangimento."

— Esse seu livro — continua Renny —, o senhor não vai acreditar como ele... bom... o impacto que teve... — Ele engole em seco e esfrega o canto do olho. — É... É inacreditável — diz.

— É um puta livro bom.

— Um puta livro bom — confirma Renny.

Então trocamos um aperto de mãos e Renny transforma o aperto num abraço e por um instante não me importo. Talvez seja um humor residual dos brownies especiais que comi na noite passada em sei lá que cidade, ou talvez seja bom às vezes ser abraçado por um estranho. Seja qual for a razão, não tento me soltar. Percebo ali, bem ali, nos braços desse velho que não conheço, que estou sozinho e estive sozinho por anos e que provavelmente vou ficar sozinho pelo resto da vida, e, se ele me segurar mais um pouco, vou começar a chorar bem aqui no meio desse aeroporto e nada nem ninguém vai ser capaz de me impedir.

Fora do aeroporto, Renny me leva para uma limusine preta bem comprida. Ele abre a porta e eu entro no banco traseiro e encontro o menininho negro do café da manhã de muitas cidades atrás sentado do outro lado, com aquela pele inacreditavelmente preta brilhando e aquele sorriso inacreditavelmente brilhante.

— Ah... oi — digo, oferecendo um sorriso.

— Opa — diz o Garoto, acenando aquela mão preta dele. — Tudo bem?

— Tudo. Você me dá licença um instante?

O Garoto faz que sim.

— Claro. Fica à vontade.

Volto a minha atenção para Renny.

— Renny?

— Sim? — diz Renny. Ele parece preocupado. Parece confuso. Talvez até um pouco assustado. Como se tivesse visto um homem adulto falando com alguém que não estava lá. Já vi isso antes ao longo da minha vida.

— Então, somos só eu e você nessa viagem, certo, Renny?

— O quê?

— É bobagem, eu sei. Mas só me escuta, se não for um problema. Somos só eu e você no trajeto hoje, certo? Não tem mais ninguém com a gente?

Inclino muito gentilmente a cabeça para o banco traseiro da limusine. Já fiz isso antes. É um truque antigo. O truque é inclinar a cabeça só o suficiente para fazer com que ele olhe para a pessoa ou a coisa que pode ser fruto da minha imaginação, mas não posso ir longe demais nesse movimento de cabeça. Dessa maneira, se o menino no banco traseiro for real, ele vai me dizer e podemos seguir em frente sem que eu pareça muito estranho. E, se o menino for só fruto da minha imaginação, posso negar e ele vai passar o resto da noite se perguntando se está ficando louco em vez de achar que o maluco sou eu.

É um sistema complexo, mas funciona.

Renny se abaixa e olha para o interior do carro, depois ergue a cabeça de novo.

— Só eu e você — diz ele lenta e tranquilamente. É o tom que as pessoas usam perto de cachorros que não conhecem ou de gente que tomou remédio demais.

Enfio a cabeça dentro do carro de novo e fecho os olhos. O Garoto ainda está lá, com aquela pele preta, e acena com um toque de malícia.

— Você está bem? — pergunta Renny.

— Estou, sim — digo. — Tudo bem. Essa limusine tem divisória?

— Tem — responde Renny.

— Bom — digo. — Vou erguer por um tempo. Não costumo fazer isso porque me sinto meio esnobe. Mas foi um voo longo e...

Renny dispensa a explicação.

— Não precisa se explicar. Eu entendo. Dirijo esse carro faz dez anos. Sei como é. Já andei de limusine e sei como é.

Eu queria perguntar como Renny passou a dirigir limusines depois de andar nelas. Tem uma história aí, e as histórias são o que existe de real. Mas a história de Renny vai ter que esperar um pouco.

Entro no carro, fecho a porta, ergo a divisória e me jogo na aventura diante de mim.

— Tá bom, Garoto — começo.

— Eu estava te esperando.

— Não duvido, Garoto. Então, quer contar um pouco de você?

O Garoto dá uma risadinha abafada.

— Cara, você não quer saber por que o outro cara não consegue me ver?

Há um evidente tom de orgulho na voz do Garoto, como se tivesse enganado o mundo todo, mas não conseguisse guardar segredo. Para a sorte dele, já conheço o seu segredo.

— Eu sei por que ele não estava te vendo.

— Sério?

— Claro, Garoto. Não é a minha primeira vez. Não é o meu primeiro rodeio. Já acendi umas estrelas por aí.

— Você fala estranho.

— Você não é a primeira pessoa que me diz isso. — Apoio a cabeça no encosto e fecho os olhos. Às vezes isso faz os meus delírios desaparecerem. Às vezes não. — Que sotaque bacana o seu. Parece sulista. Da Carolina do Norte, talvez.

— Como você sabe? — diz ele. Está tentando esconder a cadência de repente, mas não consegue.

— Porque eu conheço a minha gente. Sou da Caroleca do Norte.

— Não parece.

— Aprendi a falar sem esse sotaque.

— Por quê?

Abro os olhos e dou uma longa olhada no menino. O sorriso dele diminuiu um pouco, como se houvesse algo na sua mente, algo a ver com por que eu falo do jeito que falo. Mas não vou entrar nessa agora.

— Bom — diz o Garoto —, não se sinta mal pelo cara não conseguir me ver. É só que...

— Eu sei.

— Sabe o quê?

— Já sei por que ele não te vê.

— Tem certeza?

— Claro. Você não é real.

As sobrancelhas do Garoto dão um mergulho confuso. Depois ele ri. Por muito tempo — e alto. A risada sai do pescoço preto dele e passa pelos seus dentes brilhantes e é o som de todas as coisas boas que já aconteceram comigo. Queria que esse menino pudesse rir para sempre.

— Eu não sou real? — pergunta ele quando enfim para de rir o suficiente para falar.

— Não tem problema — digo. — Não é preciso ser real para ser importante. Quero dizer, ajuda, mas não é um pré-requisito.

De novo o Garoto ri.

— Por que eu não sou real?

— Porque eu tenho um problema. Eu vejo coisas. Pessoas também. Dizem que é um tipo de válvula de escape para a pressão da mente, provavelmente causada por algum tipo de trauma. Mas não acredito nisso. Não tive nenhum trauma na vida. Quero dizer, já tive a minha cota de azar, mas nada sério. Nada que mereça um filme água com açúcar ou algo assim. Entende?

— Haha! Não. Não é isso. Ver coisas que não existem... gente louca faz isso. E você não é louco.

— É sempre bom quando um fruto da sua imaginação garante que você não está louco.

— Não, não foi isso que eu quis dizer — fala o Garoto. Ele estende a mão e empurra o meu braço com o punho. — O que eu estou dizendo é que sou real. Então você não está louco. Se eu achasse que estava vendo coisas que não existem, acho que ia ficar assustado. Não, sem dúvida eu ia ficar assustado.

Suspiro. Estou com dor de cabeça e a minha boca parece cheia de algodão. Não estou hidratado o suficiente para esse delírio em particular.

— Tá bom, Garoto. Vou acreditar nessa. Você é real. Claro. Então por que o Renny não te viu? É isso que você quer que eu pergunte, né?

— Porque eu sei ficar invisível quando quero.

Agora é a minha vez de rir.

— Ah, beleza. Isso faz muito mais sentido. Agora tá explicadinho.

— Não, é sério — responde o Garoto gentilmente. — Eu tenho esse dom. Se eu quiser que alguém me veja, a pessoa me vê. E, se eu não quiser que a pessoa me veja, ela não consegue. Massa, né?

— Ã-hã. Bem massa.

Queria estar com uma bebida agora. Sempre tenho vontade de beber quando os meus delírios tentam me convencer de que são reais. É sempre mais fácil quando uma pessoa que não existe simplesmente admite que não existe.

— Então você é uma espécie de super-herói, acho. O Garoto Invisível... que vai salvar o dia invisível!

— Ã-hã — diz o Garoto, animado. — Nunca pensei nesses termos, mas acho que é muito bacana. Como se eu pudesse estar aqui agora, e aí um segundo depois não estou mais. Quando quero. Ninguém pode me ver, nem ouvir, nem encostar em mim se eu não quiser.

Algo parecido com orgulho se imiscui na voz dele, mas é um orgulho meio vazio. O orgulho de quem raramente sente orgulho de alguma coisa. O tipo de orgulho que pode ser nocauteado com uma pena, e por isso raramente brilha em face do mundo. O menininho negro exibe aqueles dentes brancos inacreditavelmente brilhantes para mim, ri, cobre a boca e esconde o riso como Miss Celie fazia, e eu sei que ele passou a vida toda com medo de ser feliz.

— Me desculpa, Garoto — digo, me recostando no banco.

— Pelo quê? — pergunta o Garoto.

— Por qualquer trauma meu que tenha te trazido aqui — respondo. E, antes que eu perceba, o cansaço bate, e estou dormindo.

— Sabe, você é bem estranho, mesmo para um autor de ficção. Renny corta o trânsito da rodovia feito uma faca quente.

— A maioria dos autores de ficção que conheci são meio ridículos. Uns esquisitões. Mas você está num nível diferente. Onde você estudou?

— Na verdade, estudei na Universidade de ____.

— Espera! Uma universidade estadual?

— Isso.

— Desculpa — diz Renny. — Vou usar palavras mais simples — fala ele com um sorrisinho.

Sento direito e olho pela janela, vendo a cidade correr à minha volta.

— Acho que nunca estive em São Francisco antes, Renny. — Eu me acomodo e fecho os olhos. — Parece lindo. Uma maravilha do mundo civilizado. — Arroto e tem gosto de bourbon de avião.

— Você parece bem bêbado — diz Renny.

— Ficar bêbado é um objetivo fugidio — respondo. — É um jeito de ser, como água, ou vapor, ou solvência financeira. Estar bêbado é simplesmente definir um momento. E, como sempre que conseguimos registrar a existência de um momento ele já passou, será que alguém pode estar bêbado de verdade? Tenho certeza de que está na Bíblia, Renny.

— Deve ser uma dessas Bíblias que tem nas universidades estaduais.

— Isso não está nem aqui nem lá — digo. Depois: — Qual é o roteiro, Renny?

Renny pega algo no banco do carona ao lado dele e olha.

— Cinco gravações no rádio. Duas entrevistas na televisão. E depois o evento na livraria à noite.

Me sento virado para a frente e espio o interior do pequeno frigobar na parte traseira do carro de Renny.

— Vamos precisar de um bar maior.

As entrevistas no rádio passam na mesma cadência de perguntas e respostas.

— Então — dizem os entrevistadores —, sobre o que é o seu livro?

E então eu despejo tudo em cima deles. Conto a mesma narrativa linda que conto em toda entrevista. E então eles sorriem e perguntam algumas coisas sérias. E então eu sorrio e dou algumas respostas sérias. E tudo isso enquanto Renny está lá comigo como um parceiro fiel. Ter alguém que o acompanhe quando se está numa turnê é revolucionário. Na verdade, é uma tradição consolidada. O trabalho do assessor é arrebanhar o gado — você — de um lugar a outro e garantir que esteja onde quer que precise estar.

Mas Renny é o tipo de cara que faz muito mais. Um exemplo:

Chegamos ao estúdio de TV depois de todas as entrevistas de rádio. O estúdio é grande, um grande labirinto de baias, e andares, e mesas, e escadas, e o fato de eu já ter feito a limpa no minibar de Renny não torna esse labirinto de Dédalo mais navegável.

Mas Renny está ali. Do meu lado durante todo o caminho.

Em certo momento entramos numa sala pouco antes de eu ir para o estúdio da entrevista e sentamos para esperar a nossa vez enquanto a recepcionista está sentada à mesa e enche a parede atrás dela com Post-its. Só que não é um conjunto aleatório de notas, como se pode esperar. Nada disso. Levo um instante para perceber, mas a mulher está, na verdade, criando alguma coisa na parede atrás dela. Ela tem três cores diferentes de Post-its e cola cada um com uma meticulosidade que eu nunca tinha visto.

E, quanto mais observo a parede de Post-its, mais começo a entender que não é só uma parede de lembretes, é algo muito maior.

Os Post-its se misturam e se sobrepõem uns aos outros, recortando a silhueta de um castelo — gótico e grande — empoleirado num penhasco, balançando sobre um mar agitado. Céu violeta. Pedra cor de ébano. Um mar salgado de papel e tinta balançando ao vento de uma tempestade que se aproxima.

É glorioso. Uma verdadeira obra de arte. E me pergunto se mais alguém consegue ver aquilo. Essas coisas passam despercebidas para a maior parte do mundo, na minha opinião.

Fico sentado ali com Renny ao lado e todo o álcool de Renny na minha corrente sanguínea e encaro os Post-its. Nem imagino quantas horas devem ter sido gastas para criar aquilo. Tudo que vale a pena leva tempo. Talvez o tempo exista para isto: para dar significado às coisas que fazemos; criar um contexto no qual podemos nos demorar em uma coisa até que, finalmente, tenhamos dado àquilo algo que não tem preço, algo que nunca mais teremos de volta: tempo. E, depois que investimos a matéria-prima mais valiosa que podemos ter, de repente aquilo ganha significado e importância. Então talvez o tempo seja apenas a maneira como medimos o significado. Talvez o tempo seja como melhor medimos o amor.

Em certo momento alguém enfia a cabeça pelos fundos do estúdio de TV e chama o meu nome. Renny e eu levantamos e percorremos o caminho em direção à porta do estúdio, e, sem o menor esforço, consigo dar de cara com uma parede. Talvez eu esteja mais bêbado do que imaginava. Por sorte Renny é um bom homem. Ele me pega antes que eu caia no chão, me levanta e me coloca na direção do estúdio sem o menor julgamento.

Depois da entrevista na TV — mais uma sequência comum de perguntas e respostas —, estamos de volta à limusine dele indo para o próximo destino. Mas vejo os olhos de Renny me vigiando pelo retrovisor.

— Tudo bem, Uniesquina? — pergunta Renny.

Apesar de estar acordado, não consigo responder de pronto. As palavras estão na minha cabeça, mas parece que não chegam à boca.

Renny me encara por mais um segundo pelo espelho. Depois, sem tirar os olhos do retrovisor, vira o volante para que a traseira do carro dê uma sacudida por um segundo. Sou jogado de um lado para o outro no banco traseiro e bato a cabeça na porta. Uma experiência chocante, mas pelo menos agora consigo falar.

— É um livro maravilhoso! — exclamo. — Eu me diverti escrevendo. É sobre... — Estou no modo entrevista, respondendo a perguntas sobre o meu livro cujas respostas não sei.

No entanto, antes que eu possa terminar a frase, o meu estômago faz um barulho como uma besta infernal e não tenho certeza de que realmente não tem algo do gênero lá dentro.

— Tudo bem? — pergunta Renny.

Só que não tenho tempo para perguntas agora. Consigo chegar à janela traseira e baixar o vidro a tempo de vomitar na rua. Consigo evitar sujar o carro de Renny — graças à minha compreensão profunda da aerodinâmica —, mas o Ford Fusion novo que vem a toda atrás de nós está no lugar certo para receber a maior parte. Enquanto o vômito acerta o para-brisa deles, o casal de velhos dentro do carro parece horrorizado — mas talvez também um pouco compreensivo. Eles parecem pessoas bacanas enquanto o seu carro branco-pérola é coberto de bile cor de salmão a trinta e seis graus.

Eles enfrentam a situação como heróis.

Para não abusar da natureza magnânima dos dois, enfio a cabeça de volta dentro do carro — depois que parei de vomitar, claro — e pego um exemplar do meu livro. Autografo e coloco a cabeça de volta para fora assim que os dois carros param num semáforo. Jogo o exemplar recém-autografado de *Puta livro bom* no para-brisa deles. Faço um joinha e digo "De nada".

O casal do Ford Fusion cheio de bile sorri. O velho me faz uma saudação.

A parada seguinte de que me lembro é na livraria para a leitura da noite. Renny estaciona e sinto que ele me olha pelo retrovisor de novo. Renny lembra a minha mãe. Cheio de afeto e preocupação. Para ser honesto, não é um sentimento ruim. Mas é uma coisa que não sinto há tanto tempo que honestamente esqueci como é.

A porta se abre de repente e Renny está lá. Como exatamente ele foi do banco da frente para a minha porta sem eu notar, não sei dizer. Mas também não estou no meu estado mais sóbrio e consciente agora. Não estou em condições de explicar esse tipo de coisa.

Renny me ajuda a sair do carro e me coloca em pé encostado no porta-malas. Enquanto ele pega um dos meus livros dentro do carro, as minhas pernas ficam bambas e eu escorrego pela lataria. Rápido como um raio, Renny está lá. Ele me segura pela cintura e me levanta de novo.

— Uniesquina — diz Renny —, você vai ficar bem?

— Maravilhoso — respondo. — Simplesmente maravilhoso. Sou profissional, caralho.

Renny mais uma vez tenta pegar um livro meu no carro para que eu entre no lugar sem parecer um completo bêbado. E, assim que ele tenta, escorrego na lataria do carro de novo.

Mas Renny me pega de novo.

— Meu Deus, Uniesquina!

— Não se preocupe comigo — digo. — Esses texugos nunca vão passar pelas nossas defesas!

Que fique registrado, eu não estava tentando dizer "texugos". Estava tentando dizer "hamsters". E não estava tentando dizer "defesas", estava tentando dizer "túneis".

Que fique registrado também que eu não estava tentando dizer "esses hamsters". Estava tentando dizer "a minha mãe". E não estava tentando dizer "nossos túneis". Estava tentando dizer "aquele derrame".

Que fique registrado ainda que dá até para deixar de fora a parte sobre o derrame e só dizer "a minha mãe não vai sobreviver". Mas as palavras que dizemos parecem nunca superar aquelas que estão na nossa cabeça.

Para acabar com a confusão, Renny dá um tapa na minha cara.

Imediatamente dou um tapa nele também.

— Filho da mãe! — diz Renny.

Ele dá um tapa em mim de novo.

Dou um tapa nele de novo.

— Que droga, Uniesquina!

Nós dois respiramos fundo.

A névoa que me envolve começa a desaparecer. Olho para a minha roupa.

— Não vomitei no terno — asseguro a Renny. — Bogart jamais vomitaria em si mesmo. — Então, sem querer, continuo falando: — Se a minha mãe estivesse aqui, ela estaria chocada, Renny. Ia continuar me amando... mas estaria chocada.

De repente, tem uma coisa na minha garganta. Engulo para não deixar sair.

— A sua mãe era uma pessoa gentil? — pergunta Renny.

— Nem lembro — respondo. O que, acredite ou não, é verdade. — Praticamente esqueci a minha mãe. Sei dizer coisas sobre ela. Sei dizer que ela existiu... essa parte tem uma probabilidade inerente, já que eu existo. Sei dizer que ela era baixinha. Que tinha cabelo comprido quase sempre preso num rabo de cavalo. Mas isso é basicamente tudo que me lembro dela. Todos aqueles anos que ela passou me amando e cuidando de mim se reduziram a uns poucos fatos cosméticos. Tornaram-se menos que uma fotografia na minha mente. A minha mãe é, mais ou menos, um mito que carrego dentro de mim. Ela existe só porque não posso pensar num mundo no qual ela não exista.

Mas em quanto disso eu acredito?

Quem me dera saber.

Não sei até onde foi o travessão aqui porque não tenho certeza de quanto disso eu falei para Renny e de quanto eu só pensei. Talvez eu tenha falado tudo. Talvez não tenha falado nada. Talvez só tenha falado sobre hamsters e meninos invisíveis.

Quando terminamos de nos estapear e estamos quase prontos para entrar em sei lá qual livraria a que viemos esta noite para que eu possa ler *Puta livro bom*, o nosso próprio caos pastelão é interrompido por um caos de outro tipo.

Mais à frente na rua, Renny e eu ouvimos um turbilhão de vozes subindo e descendo ritmadamente. O ar ao nosso redor de repente parece dez graus mais quente, como se aquilo que está vindo fosse precedido por uma energia. É o tipo de coisa que não se pensaria que possa ser real, mas é. Sei que é real porque vejo no rosto de Renny.

Ele olha na direção do som, tão confuso quanto eu. E o meu amigo Renny não está só confuso, parece meio assustado.

Tem alguma coisa vindo. Alguma coisa épica, importante e potencialmente aterrorizante, potencialmente transformadora. Sinto isso nas minhas entranhas.

... Ou talvez seja só a vodca.

Mas não, no fim não era a bebida.

A pouco mais de um quarteirão de distância, uma parede de pessoas emerge de repente de uma rua vizinha. Elas carregam placas e faixas. Gritam, cantam e socam o céu nublado como se ele tivesse feito algo para ofendê-las ou condená-las. São todas crianças e adolescentes. Nem um único adulto misturado ao grupo. O mais velho da massa parece ter acabado de fazer dezesseis na semana passada. O mais novo está de fralda e ainda bebe de uma mamadeira térmica.

Mas, apesar da idade ou do guarda-roupa, eles são uma força a ser levada a sério. Os que vêm na frente da massa parecem ter acabado de trabalhar num jardim. Calças sujas de terra e camisas de mangas compridas cobertas de lama e só Deus sabe o que mais. Seus cabelos estão crespos e bagunçados como se não tivessem tido tempo de se arrumar antes de começarem a cantar as suas partes de "Amazing Grace". Logo no encalço desse grupo vêm os bem-vestidos de terno e gravata e com trajes de domingo cantando versos de "We Shall Not Be Moved" e "We Shall Overcome". Eles fazem um alarido sobre a não violência até mesmo quando "SEM JUSTIÇA! SEM PAZ!" sai da boca de alguns daqueles ao seu redor.

É um tipo de caos organizado, mas pelo menos o esforço é coerente.

Depois chegam os meninos de vermelho, preto e verde com caixas de som. São quatro. No fim da adolescência, rapazes musculosos com um rádio no ombro e "Fight the Power" explodindo nas caixas de som. Todos têm quatro anéis de ouro nos dedos. A-M-O-R e Ó-D-I-O em um par de mãos pretas, D-Á-A-G e R-A-N-A no outro. E o terceiro, de alguma forma inexplicável, diz ME-VEJA-COMO-HUMANO, NE-GÃO! Não tenho ideia de como isso cabe nos dedos dele, mas ali está.

Quando os meninos das caixas de som passam, Chuck D. desaparece e a nova multidão vem com a cueca aparecendo nas calças abaixadas. VIDAS NEGRAS IMPORTAM, seus cartazes, faixas, camisetas e vozes proclamam. O chão treme sob os pés em botas da Timberland novas em folha. Eles citam Kendrick Lamar. "WE GON' BE ALRIGHT", cantam todos juntos, e torço para que seja verdade. Eles seguram pôsteres de fotos de Emmett Till e Tamir Rice, Michael Brown, Philando Castile, George Floyd e todos os outros nomes que serão acrescentados à lista dos Estados Unidos entre o momento em que escrevo isso e o momento em que você vai ler. Me perco lá pelo décimo sétimo rosto com os dizeres "Você não será esquecido". É um oceano de músicas de protesto e de "Fulano-Presente" que pairam sobre nossas cabeças como aquela fruta estranha famosa dependurada nas árvores do sul.

Com o peso das gerações sobre nós, Renny e eu não temos escolha a não ser dar passagem. Levamos o nosso jogo de nos estapear para a calçada não querendo atrapalhar a muralha de jovens marchando em nossa direção. Ambos impressionados com eles. Pelo menos Reny parece estar. Eu ainda estou tentando me lembrar de quem é a vez de dar um tapa. Me recuso a ficar para trás.

— É uma pena — diz Renny. As sobrancelhas tão franzidas de preocupação que estão penduradas na testa feito velhas lagartas cinzentas.

— Uma pena imensa — digo —, é bem isso.

Digo as palavras, mas na verdade não tenho a menor ideia do que ele está falando. Ainda estou enjoado e fazendo o meu melhor para parecer interessado e envolvido tanto no momento de empatia de Renny quanto no momento das crianças de gritar para ouvidos moucos, mas a verdade é que agora eu preferia estar de joelhos depositando os meus pecados no vaso sanitário mais próximo.

— Já ouviu falar daquele menino?

— Já — digo. Não é mentira. Já ouvi muito sobre o menino ultimamente. Só não tenho ideia de qual menino nem do que aconteceu com ele. Tomara que tenha sido alguma coisa boa, embora duvide. Tem tanto menino com quem coisas ruins acontecem.

Renny balança a cabeça.

— Ouvi dizer que tem um vídeo do que aconteceu circulando por aí. Dá para imaginar? Um vídeo de algo assim e colocam na internet para todo mundo ver. É esse o tipo de mundo em que a gente vive, Uniesquina. Dá para pegar o celular agora e ver um menino de dez anos morrer. Pensa só nisso. — Renny balança a cabeça velha sobre o pescoço velho.

— Sinais e maravilhas, era o que a minha mãe dizia.

— É o mundo, Uniesquina.

O olhar de Renny se perde sombrio nos meninos negros que passam em frente à loja e por isso faço o mesmo. É frequente na minha vida que eu me veja fazendo coisas que outros estão fazendo por pura relutância em romper algum tipo de contrato social sobre o que é apropriado fazer. E, agora, parece apropriado olhar — sem economizar no tom solene — para os garotos junto com Renny e demonstrar com o meu olhar que estou apropriadamente chocado e emocionado. Sinto a sua dor, diz o meu olhar; ouço a sua raiva, diz o meu olhar. Estou com vocês, diz o meu olhar — figurativamente, óbvio.

— Que Deus abençoe esses meninos — diz Renny.

— Que Deus abençoe — digo.

Dou uma olhada rápida em Renny para ter certeza de que ele está vendo a minha preocupação e a minha consternação. Parece estar, e me sinto bem comigo mesmo. Talvez eu de fato esteja sentindo algo por essas crianças e sua situação. Talvez não esteja fechado em mim mesmo. Talvez o mundo exterior esteja de fato me atingindo. Talvez a dor de outra pessoa esteja de fato atravessando a minha parede de chumbo de narcisismo e obsessão por mim mesmo. Talvez eu tenha empatia. Talvez eu esteja sendo uma pessoa boa!

— Isso deve ser ainda mais pesado para você.

— De fato, deve sim — afirmo.

— Que tragédia.

— É... tragédia. Uma tragédia que é ainda mais pesada para mim.

— Você só está repetindo o que eu falo? — pergunta Renny, os olhos semicerrados de suspeita.

— Escárnio! — digo. Literalmente digo a palavra. — Claro que não. Não sou o tipo de pessoa que só repete o que alguém fala numa situação assim tão pesada e trágica.

As minhas pernas tremem de novo e acho que preciso de outro tapa na cara, mas não quero pedir. Então fico em pé, sem ser estapeado e tremendo.

— E então? — diz Renny, voltando a atenção dos jovens que acreditam que as suas vidas importam para mim.

— E então o quê?

— E então, o que você acha?

— Acho que é uma tragédia — declaro, confiante.

— E?

— E o quê?

— E o que você pensa sobre isso, Uniesquina? Você é escritor. Devia falar algo sobre essas coisas. E você é negro!

— Sou? — pergunto. Olho para o meu braço e, veja só, Renny está certo. Sou negro!

Uma descoberta surpreendente a se fazer a essa altura da vida!

— Bom, então — digo, encarando a mão preta no fim do meu braço preto e os dedos pretos que a adornam. — Isso é muito, muito interessante. Será que os meus leitores sabem disso?

— Então o que você acha disso tudo? — pergunta Renny. — O que você tem a dizer sobre isso tudo?

Eu quero mesmo responder à pergunta de Renny, mas ainda estou processando a minha negritude repentina. Há quanto tempo eu sou negro? Quando isso aconteceu? Nasci assim? Se for o caso, por que eu não lembro? Ou talvez seja só outra parte do meu problema. Talvez eu não seja negro e esteja só imaginando. Ou talvez tenha sido negro a vida toda e o meu problema me fez enxergar outra coisa?

Tento revisitar a minha vida e encontrar a minha negritude. Os meus pais eram negros? Os meus primos? Agora que estou pensando nisso, parece que me lembro de ter um tio negro. Acho. É tudo tão confuso. É tanta coisa para pensar. E a minha agente? Será que ela sabe que eu sou negro? Os meus leitores? Eles sabem? E se Renny estiver certo? E se o fato de eu ser negro significar que eu deveria fazer tudo de outro jeito?

— Você não devia só ficar parado aí — grunhe Renny, balançando o punho. — Você devia falar alguma coisa. Devia falar sobre a condição negra! Você devia ser uma voz!

— Uma voz? Que voz? A voz do meu povo? Sempre? Cada segundo de cada dia da minha vida? É isso que negros devem fazer o tempo todo? E a condição negra? Que tipo de condição é essa? Você está me dizendo que é tipo um estado de existência do ser? Ou é mais um estado de saúde, como uma doença?

Renny balança a cabeça.

— Não acredito — diz ele num tom que me lembra o do meu pai decepcionado. — Olha só você, um escritor famoso e um escritor maravilhoso. O seu livro... é um puta livro bom.

— Obrigado.

— Cala a boca.

— Desculpa.

— É um puta livro bom. Você tem o dom da palavra. Tem a capacidade de falar coisas que outros não conseguem. Você tira coisas que outras pessoas têm presas dentro delas. E está claro que você consegue fazer isso. O seu livro falou com o meu coração! — Ele bate o pequeno punho no peito estreito. — Mas não tem nada sobre a condição negra nele. Não tem nada sobre *ser* negro.

Penso nas palavras de Renny e olho para as minhas mãos pretas.

— Eu tenho que escrever sobre ser negro? E se eu fosse um artista que só desenhasse personagens brancos? O que isso diria sobre mim?

— Como é?

— O que eu quero dizer é o seguinte: um escritor branco não precisa escrever sobre ser branco. Pode escrever o livro que quiser. Mas, como eu sou negro... — Paro e olho para as minhas mãos para confirmar, e, sim, sou negro mesmo. A história bate. — ... isso significa que só posso escrever sobre negritude? Tenho permissão para escrever sobre outras coisas? Tenho permissão para ser algo mais do que simplesmente a cor da minha pele? Quero dizer, não sei as palavras de cor, mas aquele discurso "Eu tenho um sonho" não falava justamente disso?

Renny está mais silencioso que um barril de bourbon vazio.

— Não estou dizendo que você está errado, Renny. Só estou dizendo que eu não sei. Isso tudo é novo e, para ser honesto, talvez um pouco empolgante? — A sobrancelha esquerda de Renny se arqueia em direção ao céu. — Não, olha só — continuo. — A pessoa vive do mesmo jeito todo dia, sempre. Tem um padrão, uma rotina para isso. Um jeito de fazer as coisas que se resume a um tipo de ruído branco sibilando no fundo da cabeça todo dia. As pessoas sabem tudo sobre si mesmas. Quando se olham no espelho, sabem exatamente no que estão se metendo.

"Mas aqui estou eu, hoje, nesse momento, descobrindo que sou negro. Um *negro*! Um genuíno afro-americano! Uma tremenda descoberta. E, se eu sempre fui negro, o que, pensando na minha vida, acho que pode ser o caso, então me pergunto o que isso fez comigo. Me pergunto como isso vem guiando a minha vida. Tipo, que decisões tomei que não teria tomado se não fosse negro? E o que acontece com o resto do mundo? O que todo mundo viu em mim e pensou sobre mim porque sou negro que eu não vi nem pensei sobre mim?"

Esfrego o queixo em contemplação.

— É um puta enigma, Renny, meu caro. O tipo de coisa que não acontece com frequência. Um quebra-cabeça embrulhado num enigma embrulhado num caramelo. Tenho que saborear isso. Saborear o momento. Tenho que deixar a ficha cair. Deixar que isso realmente se torne parte de mim. Tenho que mergulhar nisso como o chá mergulha na água.

Renny responde com um tapa em cheio no meu rosto. As minhas pernas que estavam bambas se endireitam.

— Meu Deus do céu, Uniesquina. Você é mais esquisito do que eu podia imaginar.

— Um dia de descoberta para nós dois, então.

O rosto de Renny está cheio de preocupação. Preocupação, confusão e pena. Ele olha para mim do jeito que olhei para o Old Yeller pouco antes de o tiro ser disparado.

— É só me levar até a porta, Renny — digo, tentando usar a minha voz mais reconfortante. Aponto para a livraria. — Se você me levar até a porta, eu vou me sair bem. Você vai ver, irmão. Você vai ver.

— Tá bom — diz Renny.

Ele coloca um braço ao meu redor e me conduz em direção à porta enquanto o mar de manifestantes de crianças a adolescentes passa devagar. "Vidas negras importam!", continuam a exclamar em uníssono. É difícil ignorar, mas eu consigo.

Renny e eu cambaleamos juntos como dois bebuns depois de todos os bares terem fechado. Vejo a livraria claramente à frente. Pilhas do meu livro emolduram a vitrine. *Puta livro bom* está lá aos montes, olhando para mim. A capa preta com as letras brancas. O editor chamou de design "simples, mas impactante". Eles imaginaram que isso despertaria a curiosidade e passaria uma sensação de seriedade quando os leitores vissem.

Não tenho certeza se é esse o efeito que o livro provoca nos leitores, mas pode ter certeza de que é o efeito que provoca em mim. Às vezes, quando olho para a capa daquele livro, não tenho a menor ideia do que está lá dentro. É como olhar para um monólito misterioso e antigo, algo que saiu das entranhas do próprio abismo só para me irritar, para me desafiar. Me ponha diante de uma multidão e pergunte sobre o que é o meu livro e você vai receber uma das melhores e mais eloquentes respostas que a equipe de marketing é capaz de bolar.

Mas converse comigo sozinho e pergunte sobre o que é o meu livro e eu jamais serei capaz de responder. Assim como a minha mãe, o meu livro se tornou um mero fantasma na minha cabeça.

— Posso fazer outra pergunta? — diz Renny.

— Claro, Renny. Somos família agora.

— No seu livro...

— É um puta livro bom, Renny.

— Ele é — diz ele. — Um puta livro bom. Mas, quando chega na parte que a mãe morre... e aí, depois que ela morre, a maneira como o filho desmorona...

Eu não sabia que Renny era telepata. Mas vou ter que me concentrar nisso depois. Ainda estou tentando entender a minha negritude e o que ela significa, não posso voltar a uma discussão sobre a minha mãe e se ela está morta ou sobre como Renny parece saber no que estou pensando antes mesmo de eu pensar. Uma coisa da qual me orgulho é o meu profissionalismo como escritor. Trabalhei duro. Aperfeiçoei a coisa. Fiz treinamento de mídia para melhorar — ideia da Sharon. O meu profissionalismo e a minha condição imaginativa são tudo que tenho esses dias. Não posso deixar Renny me tirar da linha.

— É só me levar até a porta, Renny — peço. — Vamos nos concentrar nisso.

— Claro — responde Renny.

Uma porta eletrônica soa quando Renny a abre. Dezenas de rostos brancos se voltam para me cumprimentar. E, por falar em rostos, olha aí o meu rosto estampado na loja toda. A minha foto do autor está pendurada nas colunas, colada nas paredes, olha para mim da capa do meu próprio livro. Não faço ideia de quem é essa pessoa na foto. Quem quer que seja essa pessoa, ela é negra. Tem uns quarenta anos. De aparência comum o suficiente para andar por um aeroporto sem ser notado, mas também com a pele preta o suficiente para que um policial lhe diga que "bate com a descrição".

Então acho que sou negro mesmo. Sempre fui.

Sinais e maravilhas, como dizia a minha mãe.

O lado bom dessa descoberta é que pelo menos não sou tão escuro quanto o Garoto. Pois é, não sou tão claro quanto gostaria de ser, mas pelo menos não sou uma estátua de ébano ambulante como o Garoto. Se tem uma coisa que eu sei sobre ser negro — e sei disso imediatamente, apesar de só ter descoberto a minha negritude faz uns minutos — é que a pele preta é um pecado. Uma doença horrível. A última coisa que se pode querer. Pergunte para qualquer um.

Assim que a campainha da porta toca, os fãs que vieram me ouvir ler e falar sobre o meu livro recebem tratamento completo. Estou arru-

81

madinho. O meu terno está perfeito e sem vômito. O meu cabelo está ajeitado. O meu sorriso está cheio de dentes e sincero. Tudo em mim diz: "Sou um indivíduo saudável, feliz e funcional que veio aqui esta noite feliz, e adoro estar com vocês, e espero que todo mundo esteja vivendo a vida com que sonhou quando era criança e que ainda esteja disposto a sonhar sem limites."

— Boa noite, pessoal! — digo, a minha voz clara feito uma queima de fogos de Quatro de Julho.

Um gêiser de aplausos e comemoração irrompe e transborda para o mundo.

Enquanto isso, assim que a porta se fecha, nas ruas atrás de Renny, a linha sempiterna de crianças marcha nas ruas, carregando seus cartazes, erguendo os punhos e gritando palavras de ordem sobre justiça, violência policial, racismo e vidas negras que importam — a soma de todas as gerações de crianças negras que assume essa tarefa estadunidense em particular —, e não consigo ouvir nenhuma delas por causa do som da minha iminente venda de livros. Me concentro nas pessoas que vieram me dar seu dinheiro.

Afinal, não sou ativista, não sou o tipo de escritor que diz qualquer coisa que possa irritar as pessoas. Uma coisa que o meu negócio me ensinou: esse troço mata a venda de livros. Não. Não sou nada disso... Eu sou profissional.

William via o que estava acontecendo com o filho. O sorriso do menino diminuía um pouco mais a cada dia que ele chegava da escola. A culpa não era das aulas de história, que eram difíceis e intensas. História ainda era uma daquelas coisas que podiam ser parcialmente comprimidas, empurradas para os recessos da lógica, isoladas dos sentimentos. Não, não era a história, eram os acontecimentos atuais que lentamente pesavam sobre seu filho. Todo dia, havia uma nova reportagem sobre alguém que se parecia com ele sendo baleado e morto. Todo dia, o filho via alguém preso, trancafiado na prisão. Todo dia, a maré de coisas ruins subia um pouco mais ao seu redor, comprimindo seus pulmões, ameaçando afogá-lo.

Todo dia, William queria conversar com o filho sobre isso. Todo dia, ele queria sentar com o menino e dizer: "O mundo é assim..." E desse jeito, com essa introdução modesta, ele entraria na realidade da vida do filho. Falaria da cor da pele do filho e o que ela significava. Falaria de todas as pessoas que vieram antes dele e que se pareciam com ele e de todas as coisas que haviam acontecido com ele. Falaria de como as regras eram diferentes. Da realidade e não da ficção que tinha sido apresentada a ele. Ele diria ao filho: "Trate as pessoas como pessoas. Não se importe com a cor da pele de ninguém. Ame abertamente. Ame todo mundo." E aí, no mesmo fôlego, ele teria que dizer para o filho: "Vão te tratar diferente por causa da sua pele. As regras são diferentes para você. É assim que você tem que agir quando encontra a polícia. É assim que você tem que se comportar quando cresce no Sul. Essa é a realidade do seu mundo."

Um dia, William vai ter que dizer tudo isso para o filho e muito, muito mais. E, a cada palavra, o coração do filho vai se partir. A cada palavra, o filho vai ser um pouco menos capaz de amar, um pouco menos capaz de imaginar, um pouco menos capaz de viver. Aquilo era um bonsai de criança. O seu próprio filho.

E, como William não conseguiu se forçar a acabar com o otimismo do filho mais rápido do que o mundo já vinha acabando, não teve a Conversa com ele. Só pregava amor, igualdade e a ideia de que o mundo podia ser um lugar justo. E, quando o filho perguntava por que um menino da sua idade tinha sido baleado e morto por um policial em algum lugar do outro lado do país, William fazia o melhor que podia para responder sem responder.

— É difícil dizer por que esse tipo de coisa acontece — respondeu William. Ele e Fuligem estavam na sala de estar, jogados no velho sofá e trêmulos sob o brilho da televisão enquanto as notícias relatavam os detalhes terríveis da morte do menino. Ele tinha saído para dar uma caminhada quando foi parado pela polícia. Então, de alguma forma, os eventos levaram ao menino morto na calçada. O noticiário mostrou a calçada onde o corpo do menino caiu. Era só concreto comum, agora com uma mancha também comum, como se alguém tivesse derrubado uma garrafa de xarope e ido embora sem limpar. — Não é uma coisa que acontece o tempo todo — disse William. Ele esfregava o dedão no indicador enquanto falava, um hábito que vinha da infância. Algo no movimento o acalmava, e, agora, enquanto conversava com o filho sobre a morte do menino na televisão, queria estar calmo.

— O que o menino estava fazendo de errado? — perguntou Fuligem.

— Nada — respondeu William. Ele pigarreou. — Quero dizer, pelo que disseram até agora, ele não estava fazendo nada de errado. Vão investigar, com certeza. Então vamos tentar não tirar conclusões até saber melhor o que aconteceu.

William acenou com a cabeça em afirmação para si mesmo. Era importante ensinar o filho a não tirar conclusões precipitadas, especialmente diante de uma coisa como essa. Era necessário assimilar esse tipo de notícia devagar. Precisavam considerar, minuto a minuto, e não se deixar derrubar pela notícia. Só assim se sobreviveria à maré no longo prazo. Não se podia simplesmente engolir tudo e deixar que isso tomasse conta da sua forma de pensar. É assim que se perde o otimismo. É assim que se perde a esperança.

E William queria que o filho tivesse esperança até quando fosse possível.

Fuligem não tirava os olhos da televisão enquanto uma imagem aparecia na tela. Ele tinha a idade de Fuligem, pele mais clara, óbvio. Todo mundo era mais claro que Fuligem. Na foto, o menino morto usava boné de beisebol azul e camiseta. O sorriso era largo e brilhante, como uma manhã de inverno depois que a neve caiu silenciosamente tarde da noite.

— Como era o nome dele? — perguntou Fuligem.

— Não sei — respondeu William. — Estão mantendo o nome em sigilo por enquanto.

— Quero saber o nome dele.

— Por quê?

— Para não me esquecer dele — disse Fuligem, encarando a imagem na tela da TV. Ele encarava como se quisesse memorizar tudo que o menino morto era. — Não posso me esquecer dele .

O polegar e o indicador de William se esfregavam mais rápido. Ele engoliu em seco, tentando conter as lágrimas e encontrar palavras para dizer ao filho.

— Você vai se esquecer dele.

Ele tentou encontrar as palavras para dizer:

— Esse menino é só o primeiro de muitos que você vai conhecer ao longo da sua vida. Eles vão formar uma pilha um sobre o outro, semana após semana. Você vai tentar manter todos na cabeça, mas uma hora a sua cabeça vai ficar cheia e eles vão transbordar e ser deixados para trás. E aí, um dia, você vai envelhecer e perceber que esqueceu o nome dele, o nome do primeiro menino negro morto que você prometeu não esquecer, e vai se odiar por isso. Vai odiar a sua memória. Vai odiar o mundo. Vai odiar ter falhado em estancar o fluxo de cadáveres que se empilhavam na sua mente. Você vai tentar consertar isso, e vai falhar, e vai mergulhar na raiva. Você vai se voltar contra si mesmo por não consertar tudo e vai se afogar na tristeza. E vai fazer isso de novo e de novo e de novo por anos, e um dia vai ter um filho e vai ver o seu filho olhando para a mesma estrada que você percorreu e vai querer dizer alguma coisa que ajude, alguma coisa que o salve de tudo... e você não vai saber o que dizer.

William queria dizer todas as palavras certas para Fuligem, mas elas não estavam na sua mente. A única coisa na mente de William era a imagem do seu filho deitado no concreto, morto, como todo menino que passava na televisão.

Tá bom. Vamos parar por um minuto. Vamos voltar alguns meses no tempo. Acho que tem uma coisa que eu devo ter esquecido:

PROFISSIONALISMO.

A palavra está pintada na parede de um escritório no centro de Manhattan em letras de uns trinta centímetros de altura, mais grossas e escuras do que as de qualquer outro letreiro que já vi, como se aquilo estivesse gravado ali desde o início dos tempos e fosse continuar ali muito depois que eu e todo mundo nesse planeta tivermos virado cinzas. Essa palavra vai ficar lá. PROFISSIONALISMO. Ao mesmo tempo um decreto e um desafio.

— Que lugar é esse mesmo? — pergunto.

— Treinamento de mídia — diz Sharon. Ela está digitando com os dedos finos e rápidos um e-mail para alguém. Como toda assessora e agente, Sharon está sempre em contato com pessoas invisíveis.

— O que exatamente é treinamento de mídia?

— Vão treinar você para a mídia — responde Sharon.

A essa altura ainda sou novato nas engrenagens da máquina de livros. Ainda estou impressionado e otimista com tudo. *Puta livro bom* vai ser lançado daqui a seis meses e estou aprendendo o mais rápido que posso. Sharon é a agente que aceitou a minha proposta e depois aceitou o meu manuscrito de *Puta livro bom*. Na verdade, foi ela que bolou o título. Ela fez todo o trabalho de me ajudar a revisá-lo — sempre dizia que nunca era pessoal o suficiente — e depois me ajudou a encontrar uma editora. Por isso, quando Sharon diz que preciso de treinamento de mídia, aceito a sua palavra como um evangelho.

— Pode definir "mídia" para mim? — peço.

Sharon só se concentra no celular e nos e-mails.

— E por que você insiste que eu use um blazer esportivo? Está trinta graus lá fora.

— Você é profissional agora — diz Sharon. — Autor profissional. Autores usam blazer esportivo. Leitores adoram autores que usam blazer esportivo. Nunca se esqueça disso.

Não faço mais perguntas durante a meia hora seguinte enquanto espero o *media trainer* aparecer. A secretária dele, uma loira magra chamada Carrie, oferece alguma coisa para beber a cada dez minutos. O cabelo dela está penteado para trás, o que lhe dá um visual esguio, atlético. Mas, quando ela sorri, é um sorriso delicado e cheio de luz, como alguém que, no meio de uma onda de calor, descobriu que gelo existe.

O sorriso dela me lembra o da minha mãe.

São quase dez da manhã quando o *media trainer* finalmente aparece. O nome dele é Jack. Jack parece ter saído de um anúncio da Christian Dior e decidido nunca mais voltar. Ele é bonito demais para ser verdade, por isso começo a pensar que talvez não seja. Você sabe o que acontece comigo às vezes.

Mas Carrie está vendo Jack, assim como Sharon.

— Eu sou o Jack — diz ele assim que as portas do elevador se abrem. — Sou o Jack, o *media trainer*. Prazer em conhecê-lo — diz ele, saindo do elevador tão rápido que daria para imaginar que estava sendo perseguido por alguém que ameaçava devolvê-lo para o anúncio da Christian Dior.

Ele estendeu a mão para me cumprimentar quando ainda estava a uns quatro metros de distância. A mão vem na minha direção como um torpedo. Mal consigo segurá-la a tempo, com medo de que aquilo me espetasse o bucho. Mesmo estando no centro de Manhattan, Jack tem cheiro de mar.

Ele aperta a minha mão como um pit bull.

— Esperei a semana inteira para apertar a sua mão. Acabei de ler o seu livro e na hora pensei: não vejo a hora de apertar a mão que criou isso! É uma criação incrível. Um livro puro, pulsante, divertido, convulsivo, um puta de um livro realmente bom!

— Obrigado — agradeço, tremendo enquanto ele ainda aperta a minha mão. Ele aperta forte o suficiente para me fazer pensar que, quando o cumprimento finalmente acabar, talvez eu encontre um diamante onde antes ficava a minha mão.

— De nada — diz ele, finalmente largando a minha mão. Nada de diamante. Só carne machucada. — ... Você é negro?

— Sou.

Prova, na memória, de que fui negro esse tempo todo, aparentemente.

— Você não me disse que ele era negro — diz Jack a Sharon.

— Eu queria ver se você detectava pelo texto.

— Não detectei.

— Bom.

— Muito bom — elogia Jack, empolgado.

— O que ser negro tem a ver com isso? E o que vocês querem dizer quando dizem que é bom que não dá para dizer que sou negro?

— Está vendo com o que estou lidando aqui? — pergunta Sharon, revirando os olhos.

— Sem problemas — comenta Jack.

— Não sabia que poderia ser um problema — eu digo.

— Podemos trabalhar com qualquer coisa aqui — continua Jack. — Qualquer coisa. Tive um cliente uma vez que era espião russo. Matou dezessete estadunidenses ao longo da vida. Mesmo assim fiz dele um best-seller. Se eu consegui lidar com aquilo, consigo lidar com isso.

— Eu sabia que você era capaz — diz Sharon.

— Por aqui — responde Jack.

Jack, o Media Trainer, leva a mim e a Sharon para uma salinha de reuniões com uma grande mesa oval e umas cadeiras em volta. Há uma camerazinha no centro da mesa e alguns microfones. No canto da sala, mais uma câmera e um púlpito, e mais microfones, como se o presidente dos Estados Unidos pudesse aparecer em breve para uma coletiva.

— Então é isso — diz Jack com orgulho, abrindo os braços como um apresentador de programa de auditório. — É nessa sala que eu vou te treinar até você ser você mesmo.

— Me treinar para ser eu mesmo?

— Isso.

— Eu já não sou eu?

— Não — responde Jack. — Nesse momento você é você. Mas vou te ajudar a se tornar você de verdade. Vou te ajudar a se tornar a melhor versão de você de todos os tempos. Você nem vai se reconhecer quando eu terminar.

— Então a minha aparência vai mudar?

— Isso pode ser bom — diz Sharon, sentando-se à mesa. Ela ainda não tirou o olho do celular. — Esse seu guarda-roupa chique sertanejo tipo "ara como eu sô invergonhado" nunca vai dar certo em Chicago.

Jack, o Media Trainer, ri.

— A Sharon está certa, como sempre. Você acreditaria se eu dissesse que sim, que você vai ficar fisicamente diferente depois disso?

— Não — respondi. — Eu não acreditaria.

— Claro que não — diz Jack. — Mas fatos existem objetivamente, independentemente de você acreditar ou não neles. Por isso são fatos. O mundo é redondo mesmo que a linha do horizonte seja reta.

Ele solta outra risada de apresentador de programa de auditório, dá um tapa no meu ombro e me leva para uma cadeira.

— Vai ser uma metamorfose completa.

— Tipo Kafka? — pergunto.

— É um rapper?

Ele se senta do outro lado da mesa, então está bem na minha frente enquanto fala, como um recrutador do Exército com penteado perfeito e de unhas bem-cuidadas.

— Então é isso que a gente vai fazer — começa ele. — Vou te ajudar a se conhecer. Vou te ajudar a conhecer o seu livro.

— Eu conheço o meu livro. Fui eu que escrevi.

— De novo, está vendo com o que estou lidando aqui? — interrompe Sharon. Ela tira os olhos do e-mail por tempo suficiente para balançar a cabeça, desapontada.

— Tá bom — diz Jack para mim, sorrindo como um pai cujo filho deixou escapar o xixi. — Você só acha que conhece o livro. Mas não conhece. Não de verdade. Um escritor não conhece o próprio trabalho muito mais que a si mesmo. E convenhamos: no fim das contas, somos todos estranhos a nós mesmos.

— Hein?

É nesse momento que decido que Jack, o Media Trainer, não é uma pessoa real. Ou, pelo menos, é real, mas as coisas que ele está dizendo são fruto da minha imaginação. O jeito como ele fala me lembra o do personagem John em *Puta livro bom*. John era uma boa pessoa baseada no meu pai. Falava rápido e em parágrafos longos, sempre consciente do que queria falar muito antes de abrir a boca. Era uma mistura de Fred MacMurray, Humphrey Bogart e de todas as vezes em que o meu pai e eu sentávamos para assistir a um filme sobre homens que falavam rápido, usavam chapéu e viviam em mundos confusos em preto e branco.

— Pense nisso — diz Jack, o Media Trainer. — Você já sentiu alguma emoção que não sabia explicar? Talvez tenha visto algum comercial de televisão para um serviço de ligação a distância e começado a chorar. Ou então leu um texto em algum lugar e de repente ficou bravo, apesar de ter lido exatamente o mesmo sentimento e a mesma ideia daquela passagem muitas vezes antes. Mas alguma coisa naquela maneira específica como está escrito dessa vez simplesmente te deixa furioso. Isso já aconteceu com você, não aconteceu?

Não quero responder a nenhuma das perguntas de Jack. Mesmo que seja só fruto da minha imaginação, ele está me direcionando, guiando a conversa como um GPS para algum destino que planejou muito antes de me conhecer. Ele está me treinando para a mídia, uma palavra de cada vez. Só quero ficar sentado aqui e deixar que ele fale. Não quero dar nenhuma resposta.

Então encontro um meio-termo e decido dar as respostas mais curtas que puder.

— Acho que sim — digo.

— Claro que sim. Acontece com todo mundo. E aí a gente fica sentado feito idiota, irritado ou triste, sem nem saber por quê. — Ele balança a cabeça contemplativo. — Somos criaturas complicadas, cada um de nós. Todos temos um labirinto dentro de nós, e é fácil se perder nele.

— Então eu sou um labirinto agora?

— Você está certíssimo! — Jack bate o punho na mesa. — E você está nesse labirinto. Esse mundo selvagem, caótico de desejos e vontades, solipsismo e egomania. Você só consegue ver o mundo através dos seus olhos, e é isso que te leva ao coração do próprio labirinto, ao...

— Por favor, não diga "Coração das Trevas".

— ... Coração das Trevas! E você não quer arrastar os outros para esse labirinto escuro, quer?

— Acho que não.

— É claro que não — diz Jack. Ele se levanta na cadeira. — Fazer isso com alguém seria terrível. Levar a pessoa para dentro do labirinto e... — Jack para por um instante. — Sabe de uma coisa, eu já repeti demais a palavra "labirinto". Que outra palavra existe para "labirinto"?

— Hum...

Estou muito ocupado tentando aceitar o fato de que tenho um labirinto dentro de mim para pensar em qualquer outra coisa.

— Carrie! — grita Jack.

— Sim? — responde a recepcionista da outra sala.

— Me fala um outro nome para "labirinto"?

— Aquele filme com o David Bowie?

— Não, não tem nada a ver com o filme. Um sinônimo para a palavra "labirinto".

— Ah. Só um minuto.

Ficamos sentados, esperamos e ouvimos o barulho dos dedos de Carrie digitando freneticamente no teclado do computador.

— Dédalo — grita ela por fim.

— O quê? — responde Jack.

— Dédalo.

Jack reflete por um instante.

— Ela está certa — confirmo, enfim capaz de contribuir com a conversa.

— Que seja — diz Jack. — Bom... onde eu estava?

— Você estava dizendo que eu não devia levar as pessoas para o meu dédalo.

— Exatamente! — diz Jack. — Você é um dédalo! E o seu livro é um dédalo. *Puta livro bom* é um dédalo! E o meu trabalho é te ensinar a ajudar as pessoas a encontrar um jeito de transitar por esses dois dédalos. Não podemos deixar as pessoas entrarem em você, o autor, e se perderem. Queremos que todas elas voltem para casa em segurança depois de entrar em você e, através de você, no seu livro. Afinal de contas, o autor é o livro e o livro é o autor.

— Não sei se me sinto confortável com isso — digo. De repente, me sinto pequeno e confuso.

— Sobre as pessoas entrarem em você?

— Isso.

— Você não é homofóbico, é? Porque eu não aceito esse tipo de coisa!

— Homofobia não vende livro — acrescenta Sharon, de repente desviando os olhos do celular e me encarando. — Em média, estamos falando de uma queda de vinte e dois por cento nas vendas em comparação com autores não homofóbicos.

— Eu não sou homofóbico. Isso não tem nada a ver com homossexualidade. É só o jeito que você disse.

— Tem certeza? — pergunta Sharon. — Não me importo se você for, mas, se for, preciso me preparar.

— Eu não sou homofóbico!

— Então por que você não gosta de falar sobre pessoas entrando em você?

— Porque eu não sou um túnel, uma casa, ou um shopping, ou qualquer outra estrutura em que se possa entrar. Eu sou uma pessoa.

— Uma pessoa homofóbica? — pergunta Carrie da outra sala.

— Não — grito para o vento. — Sou só um escritor. Sou só um cara que gosta de livros e queria escrever um. E escrevi. É só isso. Eu só escrevi um livro!

— Certo — diz Jack, o Media Trainer, orgulhoso. — Você escreveu um puta livro bom! E agora está aqui. Você é um autor, não um escritor, nem um leitor, não um encanador, ou matemático, ou pesquisador de virologia. Você é um autor publicado, uma coisa que nunca foi antes. Uma coisa que poucas pessoas são de verdade e que ainda menos sabem ser. E, não se engane, existe um jeito certo e um errado de ser um autor. Já vi isso derrubar gente. Já vi gente enlouquecer por isso. Já vi...

— Você vai citar Ginsberg, não vai?

— ... as melhores mentes da minha geração destruídas por serem autores! Famintas, histéricas...

Jack continua nisso por uns dez minutos mais ou menos.

Depois que eles estão — quase — convencidos de que não sou homofóbico e depois de eu ser — quase — convencido de que tenho um dédalo literal dentro de mim, enfim começamos a falar sobre *Puta livro bom*.

— Olha só, tenho uma boa notícia para você — afirma Jack.

— Ótimo — digo, finalmente feliz por ele ter parado de falar sobre labirintos e pessoas entrando em mim.

— Você escreveu um bom livro.

— Obrigado.

— Não me agradeça — diz Jack. — Estou só feliz que você tenha escrito. A maioria das pessoas que vêm aqui escreve livros terríveis. E está tudo bem escrever um livro terrível. Na verdade, a maioria dos livros é horrível quando se analisa. Assim como a maior parte das pessoas é horrível.

— Quanto cinismo.

— Você está mudando de assunto.

— Foi você que falou disso.

— Não vem ao caso.

Conversar com Jack está começando a me dar dor de cabeça.

— Estou te fazendo um elogio — continua Jack. — Ter um produto de qualidade facilita o meu trabalho. E o seu livro... — Ele respira fundo. Os olhos lacrimejam um pouco. Acho que ele está prestes a chorar. — Olha... o seu livro é especial.

— Obrigado.

Bem nessa hora, Sharon desvia os olhos do celular e faz um muxoxo.

— Dá para acreditar?

— Não — diz Jack imediatamente. — Ele é inacreditável, não é? Mas já fiz mais com menos, então não se preocupe.

— Não — corrige Sharon. — Estou falando disso aqui.

Ela ergue o telefone e mostra para nós. Na telinha vemos a imagem de um homem e uma mulher negros tomados pela dor em pé num púlpito, chorando e tentando falar. É uma fotografia, então não há palavras sendo ditas, só uma imagem de tristeza, revolta e tragédia.

95

— Isso é tão triste — diz Jack, tirando os olhos do celular e olhando para mim.

— Não — intervém Sharon.

Há um tom em sua voz que nunca ouvi antes. É quase amargura causada pela preocupação. Eu não sabia que ela era o tipo de mulher que se preocupava com alguma coisa.

— Vocês não estão vendo — exige Sharon. E Jack e eu nos inclinamos sobre a mesa, de olhos semicerrados para ver o que ela está encarando. Mas tudo o que vemos é a foto de um casal em pé num púlpito chorando. Não há nem uma manchete que descreva a causa da tristeza que estamos vendo.

— Tá bom — diz Jack.

Sharon bate o punho com unhas bem-cuidadas na mesa.

— Vocês não estão olhando! — grita ela.

Por um minuto e meio, Jack e eu olhamos para a foto que ela tenta nos mostrar. Passamos tanto tempo olhando que a tela apaga e Sharon precisa digitar a senha para acendê-la de novo.

— Atiraram nele — diz Sharon. Lágrimas se acumulam nos cantos dos seus olhos.

E é nesse momento que Jack e eu entendemos o que está acontecendo. Em algum lugar, um menino foi baleado e os pais estão de luto. Jack e eu damos um ao outro um aceno de confirmação.

— Ai, não — digo.

— Isso é terrível — fala Jack.

— Meu Deus — continuo. — Quando é que isso vai parar?

— Não dá para ler o jornal hoje em dia sem ver uma coisa dessas. — Jack balança a cabeça. — Quando eu era criança, nada disso acontecia. E agora está em todo canto. Virou uma coisa corriqueira. Parece uma epidemia.

— Ã-hã — acrescento —, uma epidemia.

Quero dizer alguma coisa melhor do que isso, mas tenho medo de falar algo errado. Eu já disse muita coisa errada por causa da minha dificuldade em distinguir entre o real e o imaginário. E, quando se passa tempo suficiente num mundo que provavelmente é imaginário, tende-se a não se importar tanto com as anomalias que encontra. Quando se questiona se as pessoas são reais ou não, não tem como evitar certo estoicismo diante da notícia da morte de alguém. Não que se seja uma pessoa ruim, é só que se tem dificuldade em se envolver emocionalmente na vida de alguém que pode ou não ser real.

E vamos encarar os fatos: nesse mundo em que vivemos, é difícil pensar em alguém como sendo real. Todo mundo é uma mera imagem numa tela em algum lugar. Mesmo as pessoas que conhecemos e encontramos pessoalmente acabam sendo reduzidas a uma imagem na tela conforme interagimos com elas e com as suas redes sociais. Então, quando Sharon mostra para mim e para Jack a família enlutada na tela, só posso oferecer a quantidade normal de preocupação por essas pessoas que nunca conheci e nunca vou conhecer. E tudo bem. É isso que as pessoas são. A ciência provou que há um número limitado de pessoas com quem podemos realmente nos importar. É só uma limitação do nosso cérebro e das nossas emoções. Portanto, não tem nada de errado nisso. Isso não faz de você uma pessoa ruim. Eu não passo a ser uma pessoa ruim — nem Jack — se, quando vemos o homem e a mulher parados no púlpito chorando, a única coisa que conseguimos demonstrar é uma falsa preocupação.

Não somos pessoas ruins, somos só pessoas.

— Armas demais — digo.

— Pois é — responde Jack. — Armas demais. Para que isso? Por que temos tantas armas? Por que estamos sempre tentando atirar em pessoas que não fizeram nada contra nós? Isso faz algum sentido? E nem venha me falar da falta de cuidado com a saúde mental nesse país. É criminoso.

— Pois é — digo. — Você ouviu falar do outro tiroteio? — Não sei de que outro tiroteio estou falando, mas sempre tem outro tiroteio, então é sempre uma aposta segura perguntar se a pessoa ouviu falar do outro. Faz você parecer informado, solidário e todas aquelas outras coisas que pessoas boas são.

Jack faz que sim com a cabeça de novo.

— Ouvi — diz ele. — Terrível. Terrível mesmo. É o tipo de coisa que faz você se perguntar sobre a natureza das pessoas. Por que elas fazem isso? Por que fazer uma coisa dessas? O que move essas pessoas? Quem são elas?

Jack e eu continuamos conversando sobre as pessoas, sobre a tragédia e sobre como nós dois estamos fartos do processo e dos tiroteios e esperamos estar dando a Sharon tudo de que ela precisa para se sentir bem e para pensar que nenhum de nós é uma pessoa ruim. Afinal, não somos pessoas ruins. Somos só pessoas presas no ciclo da humanidade e tentando sobreviver.

As gotas finas de água nos cantos dos olhos de Sharon se transformaram em lágrimas. Elas correm pelo seu rosto — mas não estragam a maquiagem —, e Sharon seca os olhos e funga.

— Era só uma criança — diz ela. — Fazer isso com uma criança. Não entendo.

Jack e eu sabemos que não devemos dizer nada. É o tipo de momento em que não se oferece palavras, só se deixa o silêncio fazer o trabalho de expressar a dor. Então, eu e ele franzimos os lábios e acenamos com a cabeça solenemente e permanecemos assim até Sharon dizer:

— Preciso sair por um instante.

Jack e eu permanecemos em silêncio enquanto ela sai. Tentamos deixar espaço para o luto dela.

— Sabe — digo —, acho que preciso de um momento para mim.

— Sim, sim — diz Jack. — Faça isso. Todos nós precisamos de tempo para pensar nessas coisas impossíveis de entender. Toda essa gente morta... o que fazer com essas pessoas?

Parece uma pergunta retórica, então aproveito e vou ao banheiro. E, lá, o Garoto espera por mim.

***

— Então, qual a sua opinião sobre tudo isso? — pergunto ao Garoto.

(Ele já estava lá no passado. Como pude me esquecer *disso*? Mas, para falar a verdade, não posso ficar tão surpreso. Como eu disse antes: não posso confiar na minha mente. Nunca sei o que é passado, o que é presente e o que nunca aconteceu de verdade.)

Ele encolhe os ombros, estoico como Marco Aurélio depois de uma dose de alprazolam.

— Bom, acho que é uma tragédia — começo, cheio de justa indignação. — É uma completa tragédia. Cansei de ver isso. Cansei de ligar a televisão para ver o jornal e descobrir que teve mais alguém assassinado.

— Mas as pessoas sempre morreram, não é? — pergunta o Garoto.

— Verdade — respondo. — E não é como se o jornal estivesse causando mortes. Digo, a CNN e a Fox News não estão saindo por aí matando gente na rua. Mas esses canais alimentam o ar de medo generalizado que todo mundo sente. Essa é a trilha sonora dos Estados Unidos agora. A gente dança e requebra ao som dessa playlist. Agora o país marca a passagem do tempo com gente sendo baleada. Tipo, onde você estava quando Sandy Hook aconteceu? E você lembra com quem estava saindo quando atiraram naquele prédio comercial? Mas acontece tanto que você tem que perguntar: "Qual prédio comercial?" — Tento oferecer ao garoto um sorriso de consolo pelo mundo em que vive. — Mas é como as coisas são. Não há mal nenhum nisso. Cada geração teve sua cota de tragédias. Acontece que nós ouvimos falar mais sobre as nossas tragédias. A taxa de homicídios é a mais baixa desde a década de oitenta. E eu sei que você é muito jovem para entender, mas acredite quando digo que os anos oitenta foram o auge das coisas ruins, do crime, dos assassinatos, das drogas e de tudo mais.

O Garoto não parece particularmente convencido.

— Mas e as pessoas? — pergunta o Garoto.

— Como assim?

— Essas coisas acontecem com pessoas, não é?

Coço o queixo e penso na pergunta dele.

— Tecnicamente, acho que sim.

— E a gente não devia se importar com essas pessoas? A minha mãe disse que todo mundo devia se importar com as pessoas porque... bom... porque é isso que se deve fazer. É como a gente cuida uns dos outros. Então não se pode simplesmente ver alguém se machucar e não se importar.

Faço que sim com a cabeça, confirmando que tudo que o menino disse é verdade e real.

— Tudo que você disse é verdade e real, mas não muda o fato de que é impossível se importar com todo mundo. Então você escolhe as suas batalhas. Limita o quanto investe no mundo e nas pessoas. É um tipo de triagem emocional.

— O que é "triagem"?

— É o que fazem nos hospitais. É o jeito de saberem quem vão ajudar primeiro. Basicamente pessoas colocando outras pessoas em ordem de prioridade e dizendo quem é mais ou menos importante.

O Garoto reflete sobre isso por um minuto. Ele funga como se, de repente, tivesse ficado gripado. Cerra a mãozinha preta num punhozinho preto e a coloca sob o queixo como uma versão em tela de *O pensador*, de Rodin.

— Não parece certo — diz o Garoto, sombrio feito uma elegia.

— Odeio te dizer isso, mas nada nunca parece certo depois que a gente cresce um pouco, Garoto. Quanto mais velho se fica, mais se descobre que está tudo desmoronando e, ainda pior, que sempre esteve desmoronando. Passado, presente, futuro. São intercambiáveis quando se trata de notícias ruins. Tragédia e trauma são os fios que unem as gerações. Cacete, como negros, a gente devia saber disso melhor que ninguém.

Quando retorno, Sharon ainda não voltou e Jack olha para o relógio. Estamos chegando perto do fim do tempo e não sei dizer se ele está feliz com o dinheiro extra ou frustrado porque estamos impedindo que vá para outro lugar. De qualquer forma, ele parece ansioso para me ver.

— Agora, me fala do seu livro.

— Bom, você leu o livro. O que você quer saber?

— Me fala sobre o que é — diz Jack. — Finge que eu sou um estranho e não li o seu livro. Agora me conta sobre o que é.

Penso por um instante.

— Bom — começo —, o meu livro é sobre esse personagem chamado...

— Vou te interromper aqui porque você está errado — diz Jack, o Media Trainer. — Não se sinta mal. É um erro comum entre autores de primeira viagem. Eles acham que os livros deles são sobre os personagens ou a história, ou, se é não ficção, que são sobre o assunto tal. Mas isso está errado. É como dizer que a *Mona Lisa* é sobre uma mulher com um sorriso tímido.

Odeio admitir, mas Jack, o Media Trainer, acabou de conseguir encontrar uma analogia profunda.

— Obrigado — diz ele, como se pudesse ler os meus pensamentos. — Eu trabalho com autores tem mais de dez anos. Já preparei pessoas por inúmeros romances, memórias, coletâneas de contos etc. etc. E tem uma coisa que todos eles têm em comum: os seus livros nunca são sobre o que os autores pensam que são. Não, senhor. Os seus livros são sobre o que a gente quiser que eles sejam. — Ele aponta para o púlpito, os microfones e a câmera no canto da sala. — Quando chegar o momento, quando você estiver sentado no sofá da Oprah. Muita coisa boa sai daquele sofá. Saiba disso!

— Eu achava que ela tinha parado de fazer esse quadro — interrompo. — Sabe, depois de toda aquela história do *Um milhão de sei lá quê* em...

— Carrie!? — grita Jack. — O sofá da Oprah não existe mais?

— Vinte e cinco de maio de 2011 — responde Carrie, sombria. — No ramo, esse é conhecido como O Dia em que a Festa Acabou. A gente faz um minuto de silêncio todo ano nesse dia.

— Mas ela voltou, não voltou? — pergunta Jack. — Ela não parou de novo, parou? Deus do Céu, espero que não!

— Não — diz Carrie, devagar. — Ela nunca mais parou. — A voz tem tanto peso que imagino Carrie olhando para longe por um instante, como se estivesse assistindo aos créditos de algum filme que ela jamais vai ver de novo. Então ela se recupera: — Ela ainda está na ativa... mas não é mais a mesma coisa.

— Lamento pela sua perda — digo. E, sem que ninguém precise pedir, todos fazemos um minuto de silêncio por como as coisas eram.

Depois de um momento de luto pelo esplendor imperial do sofá da Oprah, voltamos aos negócios. Sharon se junta a nós, parecendo muito mais calma, e passamos a hora e meia seguinte só falando do meu guarda-roupa para a turnê do livro e para as entrevistas.

— Olha só — diz Jack —, essa combinação de jeans e camisa social que você está usando tem uma carinha de caipira envergonhado. Sem problemas, as pessoas gostam disso. As pessoas se identificam com isso. Mas não brilha. Você precisa de um blazer esportivo.

— Eu te falei — acrescenta Sharon.

— Tem uma diferença sutil — fala Jack —, mas vital. É a diferença entre um autor cujo guarda-roupa afirma "Você devia ler o meu livro" e um autor cujo guarda-roupa diz "Você tem que ler o meu livro".

— O que implica uma diferença de dezessete por cento nas vendas — diz Sharon.

— Exatamente — concorda Jack. — Então, primeiro, blazer esportivo. Depois, quando você não estiver de blazer, devia usar terno. Já viu um autor no *Today* sem terno?

— Bom...

— Não viu — diz Jack. — O terno, ou o paletó, é a espinha dorsal de uma boa entrevista. Falando em entrevistas, a Sharon te passou a cartilha de entrevistas?

— Passei — responde Sharon.

— Ótimo — diz Jack. — Agora, vem aqui e me mostra o que você sabe fazer.

Ele se vira e aponta para o púlpito no canto da sala.

Levanto e vou até o púlpito, porque que outra escolha eu tenho? Jack é um *media trainer* profissional. É isso que ele faz. E eu sou um cara que passou a vida toda no atendimento ao cliente e que por acaso acabou escrevendo um livro que alguém quer publicar. Quando paro para pensar, não consigo me lembrar de ter visto um autor no *Today* que não estivesse de terno. Então, Jack e Sharon devem saber do que estão falando. O que me deixa ainda mais nervoso.

As minhas pernas parecem de concreto enquanto assumo o meu lugar no púlpito. Conto nove microfones na minha frente, todos eles lá para me deixar nervoso, imagino. Para me tirar da zona de conforto.

— Excelente — elogia Jack. — Mais uma coisa.

Ele vai até a câmera parada em frente ao púlpito e a liga.

— Isso — diz ele. — Pronto?

— Não exatamente.

— Ótimo. Porque a vida nunca espera você estar pronto. Primeira pergunta: qual é o título do seu livro?

— *Puta livro bom.*

— Vou te interromper — diz Jack. — Você não me agradeceu por eu ter feito essa pergunta. Você deve sempre agradecer o anfitrião pela primeira pergunta sobre o seu livro. Vamos tentar de novo: então, qual é o título do seu livro?

— Hum...

— Nada de "hum" nem "ééé". Tenta de novo.

— Obrigado por perguntar — digo, a voz tremendo como o precursor de um terremoto. — O meu livro se chama *Puta livro bom.*

— Uau! — diz Jack, muito mais animado do que deveria estar. — Que maravilha! Pronto para a próxima pergunta? Lá vai: sobre o que é o seu livro?

— É sobre...

— Título — intervém Sharon, enviando mais um e-mail do telefone.

— O quê? — pergunto.

— Repita o título sempre que puder — explica Jack, o Media Trainer. — Responda novamente: sobre o que é o seu livro?

— Obrigado por perguntar — digo, inseguro, como se enfiasse um dedo num copo de água profundo e desconhecido. — *Puta livro bom* é sobre...

— Então deixa eu te dizer quais são os principais tópicos que você precisa abordar sobre *Puta livro bom* — interrompe Jack. Ele se inclina para a frente na mesa, pronto para sussurrar os grandes segredos que, descobri mais tarde, a minha editora estava pagando trezentos e cinquenta dólares a hora para eu ouvir.

— Certo — concordo.

— Quem é você?

— Acho que não entendi. — Tenho certeza de que não entendi.

— Quem é você? — repete Jack. — É o único tópico que você precisa abordar sobre o seu livro. É o único tópico que qualquer pessoa precisa abordar sobre qualquer coisa. A pessoa que você é define o mundo no qual você existe. — Jack sorri. — A pessoa que você é define o seu livro mais do que qualquer enredo, mais do que qualquer arco de personagem. Sempre que alguém perguntar sobre o seu livro, o que a pessoa está de fato perguntando é: "Quem é você?"

— E não esqueça o enredo — diz Sharon.

— Quem você é na forma de enredo? — corrige Jack. E então ele se recosta de volta na cadeira, com uma bela dose de orgulho estampada no rosto.

104

— Maravilhoso — diz Sharon. Ela ergue os olhos do celular desta vez. Parece mesmerizada. Impressionada, talvez. Ela se vira para mim depois de um instante. — Eu não te falei que isso seria maravilhoso?

— Jack? — chamo.

— Sim?

— Não entendi.

— Tudo bem — diz Jack. — Você não precisa entender. Não agora. Você vai entender depois. — Ele aponta para Sharon. — Ela já entendeu porque não é sobre ela. É sobre você. É sempre mais fácil ver a verdade sobre outras pessoas do que sobre si mesmo.

— Isso é por causa daquele labirinto dentro de mim?

— O meu trabalho aqui está feito — diz Jack. — Você está a caminho de se tornar um autor. Você está no caminho certo para se tornar um autor profissional. Uma última coisa.

— O quê?

— Provavelmente eu nem precisaria dizer, mas vou dizer de qualquer maneira: não escreva sobre raça. Especificamente, não escreva sobre ser negro. Você pode escrever sobre personagens negros, só não escreva sobre ser negro. Não.

— Por que não?

— Confie em mim. Eu já fiz as contas. Já vi vários escritores como você ir e vir. Você tem aquele talento de transitar de um lado para o outro, meu caro. Você vive nos dois mundos. Essa é a coisa mais inteligente sobre *Puta livro bom*. Você precisa se agarrar a isso. A última coisa que as pessoas querem é ouvir sobre como é ser negro. Ser negro é uma maldição, sem ofensa, e ninguém quer se sentir amaldiçoado quando lê uma coisa que custou vinte e quatro e noventa e cinco. Entende o que eu quero dizer? Eu aprendi isso aqui, ó: quando alguém te trata muito mal, a última coisa que a pessoa quer é que você se comporte como se ela tivesse te tratado muito mal. Se eu te der um tapa no pescoço, não quero que você fique falando daquela vez que eu te dei um tapa no pescoço. O seu trabalho, o trabalho de quem levou o tapa, é sorrir, engolir o choro e me tratar como se eu nunca tivesse feito isso. Faça eu me sentir bem. Me ajude a esquecer toda essa história de tapa no pescoço. É uma questão de educação, na verdade. E isso vale para a pessoa que disse que te amava e depois mostrou que não era verdade, e também para o país que te sequestrou e amputou o seu pé esquerdo. Ninguém quer as suas monstruosidades trazidas à tona. E, se por acaso você fizer isso, vão te odiar. É só perguntar ao monstro de Frankenstein.

— Quê?

— Então, aqui está o que eu quero que você faça: quero que você mantenha as coisas o mais leve possível, como pessoa, como autor e como livro.

— Mas eu não sou um livro.

— Claro que é. E, como livro, você não ergue bandeiras por aí. Nunca. Não se comprometa com nada. Só exista. Assim como aquele labirinto dentro de você, o futuro desse país está ligado a uma linguagem patriótica e indutora de unidade. Pós-racial. Trans-Jim Crow. Epitraumática. Alter-reparacional. Omnirreconstitutiva. *Body-positive* jingoísta. Sociocultural-transcendental. Nativo-contra-argumentativa. Perpendicular ao Tratado de Fort Laramie. Metajustificativa. Pan-política. Uberintermutualista. MLK-adjacente. Bucólico-semiarcadiana. Esse é o vernáculo do destino *beau-americano* inclusivo, hifenizado, cheio de neologismos que estamos manifestando aqui! Você e eu! Livro por livro, estamos fazendo isso acontecer! Mas isso não acontece erguendo bandeiras e cutucando feridas cicatrizadas de algum grupo demográfico cultural neoglobal despossuído, consignado nas mãos de uma protonação *possivelmente* inadequada.

É um belo angu de palavras. Simplesmente lindo. Mas tem seus caroços.

— Espera... Só um pouco — peço, coçando a cabeça. — Eu sou o... o, hum, o grupo demográfico cultural neoglobal despossuído?

106

— Olha só. A principal lição aqui é que, se você vai escrever, escreva sobre uma coisa universal que se encaixe naquele arquétipo nacionalista fervoroso e sublime que acabei de mencionar... escreva sobre algo como o amor. — Jack se recosta na cadeira e coça o queixo, satisfeito consigo mesmo. — Isso — diz ele. — Escreva sobre o amor. Amor e finais da Disney. Sem sofrimento. Sem opressão. Sem medo. Sem deslizes do passado, imaginados ou documentados. Sem decepção. Sem morte. Morte nunca. Só amor. Conte uma história de amor. Conte sempre uma história de amor. O amor é uma forma de absolvição. Se não expressa, pelo menos implícita...

... Como eu disse: esta é uma história de amor.

Era o auge do verão e as cigarras cantavam sua canção tradicional enquanto o pai de Fuligem, William, fazia cooper atravessando a noite. O ar ainda cheirava a fogos de artifício. De vez em quando ele passava por grupos de pessoas em seus quintais. Al Green, Marvin Gaye, Wu-Tang, Donna Summer, J. Cole, todos pairavam no ar abafado da noite enquanto corpos pretos dançavam e riam sob o brilho fraco das luzes das varandas.

Ele passou correndo pela casa dos Brown e sentiu cheiro de churrasco. O estômago roncou e alguém gritou dizendo que ele devia entrar e pegar um prato, mas William respondeu que ainda precisava correr vários quilômetros, mas que talvez aparecesse no dia seguinte para pegar umas sobras. Depois a pessoa gritou algo também e desapareceu na noite atrás de William enquanto a corrida prosseguia.

Logo depois ele entrou no trecho entre as casas. Todas as luzes desapareceram, deixando apenas a claridade fraca lançada por uma lua fina e uma faixa de estrelas. Os únicos sons que ouvia eram sua respiração e os pés batendo na calçada.

Sua corrida o levou pelos longos braços do campo. Atravessou uma pontezinha e ouviu o barulho de algo pulando na água. Quis parar e descobrir de onde tinha vindo aquele som, mas não parecia certo, por isso continuou. Mas a sensação voltou, várias e várias vezes, enquanto ele corria. Dentro dele latejava a vontade de parar e se demorar, de esperar, de prolongar os momentos e os mistérios que lhe eram dados, para o caso de subitamente serem tirados dele.

Mais do que tudo, era bom estar aqui fora, perdido na escuridão do mundo, longe de todos. Ele se sentia em casa dentro de si mesmo, se sentia em casa em sua pele. Ele poderia acreditar, naquele momento, que o mundo inteiro tinha desaparecido e que todos os olhos que o observavam enfim desapareceram. Ele não estava mais sendo observado. Ele não se destacava. Em todo momento da sua vida, ele sentia que se destacava. Alto demais. Magro demais. Preto demais. Tudo isso o engolia às vezes. Olhos por todo lado, observando, encarando.

Ele via a mesma preocupação em Fuligem e odiava o mundo por isso. Mais do que isso, ele se odiava por não conseguir resolver isso. Ele queria tanto que o filho aprendesse a desaparecer. Que fosse capaz de sumir, tornar-se invisível e ficar seguro. Era a única coisa que ele queria dar ao filho, e estava falhando nisso dia após dia.

Mas mesmo essa tristeza e essa culpa iam embora quando ele corria. Aqui fora, sob o céu preto, cercado pela terra preta, ele era só ele mesmo.

Ele não era ninguém.

Ele passava despercebido.

Ele estava invisível.

Ele estava seguro.

O caminho de volta para casa foi mais do mesmo esplendor. Passou pelos últimos momentos de outras festas. A essa altura, todo mundo estava muito cansado, ou bêbado, ou simplesmente se divertindo demais para ver William passar correndo na noite. Foi perto de casa que ele percebeu o brilho das luzes azuis atrás dele.

A sirene soou, e William foi para o acostamento e olhou para trás por cima do ombro. Pairavam luzes azuis. Os faróis o cegaram. Ele se virou e viu sua casa — o pequeno quadrado de madeira, pregos e memórias destinadas a acabar. Poderia atirar uma pedra e acertar a casa se quisesse. Ou poderia correr e estar lá em segundos.

A viatura parou atrás dele. Ele ouviu uma porta se abrir.

— Parado aí — gritou uma voz grave.

William respirou fundo e se virou. Tudo o que ele viu foi o brilho dos faróis e o brilho azul. Uma silhueta saiu do carro e disse:

— Parado bem aí.

Uma lanterna brilhou nos seus olhos, e, por reflexo, ele ergueu a mão para proteger os olhos da luz.

— Não faz isso — disse a silhueta. William sentiu um arrepio percorrer a espinha. Ele abaixou a mão lentamente. — O que você está fazendo aqui? — perguntou a silhueta.

— Correndo para casa.

— Por que você está correndo no escuro?

— De dia é muito quente. É só por isso. — William se virou e apontou para sua casa. — Aquela ali é a minha casa.

— Mmm-hmm — disse a silhueta. — Tem algum documento com você?

— Não. Como eu disse, estava só correndo. A minha casa é logo ali. Esqueci a identidade em casa.

— Você tem que estar sempre com a identidade. De costas.

— O quê? Por quê?

— De costas.

— Eu...

E então o mundo explodiu.

William caiu no chão. As pernas falharam. Os pulmões tremiam no peito e ele sentiu como se estivesse se afogando. Os braços ainda funcionavam, mas não sabiam o que fazer.

— Calma — disse ele para si mesmo. — Calma. Você vai ficar bem. Vai ficar tudo bem. — Isso era o que ele queria dizer, mas o que saiu foi um gemido cheio de dor.

A forma atrás dele gritou alguma coisa, mas William não conseguiu ouvir as palavras. Ele precisava voltar para casa. Se conseguisse entrar em casa, tudo ficaria bem. Sua esposa estaria lá e seu filho estaria lá, e juntos eles ficariam bem. Estariam seguros.

Se ao menos conseguisse voltar para casa.

Ele rolou de bruços enquanto as luzes azuis piscavam na grama ao seu redor. Tentou rastejar, mas o corpo não obedecia.

Ele olhou para cima e viu, na porta de casa, a esposa e o filho, observando tudo. Seu rosto se contorceu de terror e o do menino... o menino não teve nenhuma reação.

Então aconteceu. O menino começou, lentamente, a desaparecer. Não era a escuridão que nublava os olhos de William — isso viria em breve —, mas outra coisa. O menino estava desaparecendo. Efervescente feito vapor. Derretendo até se tornar nada.

À deriva... rumo ao Invisível.

Finalmente.

Finalmente, ele seria invisível.

Finalmente, ele estaria oculto.

Finalmente, ele estaria seguro.

O desaparecimento do filho foi a última coisa que William viu. Ele sorriu na morte.

Como se a minha vida não fosse caótica o suficiente, cometo o erro de dizer para o Garoto que também há uma história de amor por vir. Nem terminei de falar e já sei que é um erro. Desde que o Renny me deu uma surra e disse que eu sou negro e que preciso falar sobre isso, o Garoto tem me perseguido bem mais. E, embora eu tenha feito o possível para mantê-lo longe, percebo que ele está começando a me afetar. Toda vez que tento voltar a ser como era antes, ele reaparece com aquele sorriso.

Estamos sentados juntos do lado de fora do aeroporto vendo a humanidade inteira passar por nós e ele ainda está meio magoado com a minha noção de que não se pode tratar as pessoas como seres reais, não importa o quanto a PBS da sua região e *Vila Sésamo* insistam. Tento explicar para ele que a vida adulta não é compatível com a crença na existência de outras pessoas. Se todos nós acreditarmos em todo mundo — se acreditarmos de verdade que todo mundo existe —, vamos ter que nos importar com eles. Vamos ter que mudar de vida. Seria preciso admitir que talvez alguns de nós realmente têm uma vida melhor que outros, e, por ter uma vida melhor, teríamos que admitir que talvez desse para viver com um pouco menos para que outros pudessem ter um pouco mais, e isso significaria abrir mão de coisas.

— O que tem de tão errado nisso? — pergunta o Garoto, brilhando de ingenuidade.

— O Medo, Garoto.

— O Medo?

— Isso. O Medo. O Medo é o estado de espírito mais antigo da existência humana. Vem de toda forma e tamanho. Mas tem duas versões que vão te afetar mais, sendo você quem é.

— Do que você está falando? — pergunta o Garoto. Dá para ouvir a hesitação na garganta dele. Cada palavra crava os calcanhares na língua do garoto, fazendo o que pode para se manter na cabeça dele. Mas o Garoto as empurra para fora de qualquer forma, sabendo muito bem que elas vão se voltar contra ele. Está ciente do fato de que está lubrificando engrenagens de conhecimento que na verdade preferiria deixar quietas. Mesmo assim ele vai em frente.

Pois é, não há dúvida de que esse garoto tem coragem. E, neste mundo, a coragem ou te leva longe ou te mata. Ou talvez te leve longe o suficiente para você ser morto.

Seja como for, se ele está disposto a pedir o óleo, o mínimo que posso fazer é lhe dar. Então é o que faço, sem dó.

— Viva o suficiente — digo — e vai acabar vendo todo tipo de coisa tirada de você, Garoto. Brinquedos, sanduíches, dinheiro, pessoas e, por fim, tempo. E, quanto mais se vive, mais se preocupa com coisas sendo tiradas e em voltar a não ter o suficiente. Todos nós temos medo de estar no fundo da pilha de merda que é a vida. Todos temos medo de ser pobres, machucados, indefesos, deficientes, tudo que nos faz olhar para outras pessoas e dizer: "Que triste. Alguém devia fazer alguma coisa para ajudar essa pessoa." O que mais dá medo é ser "a pessoa" nessa equação. — Balanço a cabeça para enfatizar o horror do que estou dizendo para o Garoto. Não sei dizer se ele está me entendendo. Não sei dizer se ele está de fato enfrentando tudo isso ou se estou só parecendo mais um sacana cínico. Mas esse é o mundo que eu conheço.

O Garoto pondera sobre isso em silêncio, e aquela pele inacreditavelmente preta dele engole a luz do sol da mais bela maneira.

— Qual é a outra? — pergunta ele enfim.

— A outra o quê?

— Você disse que tinha duas grandes versões que iam me afetar. Qual é a outra?

Fico sentado ali por um instante, pensando se devo falar disso. Não tenho coragem de dizer a ele que o segundo caso é ainda pior que o primeiro. Não tenho coragem de contar como aprendi no dia em que o meu pai morreu e como isso me perseguiu a cada passo do caminho desde então. Não posso dizer a ele o quanto isso me tirou.

Então simplesmente não digo nada. Decido guardar esse horror para mim. Por enquanto, pelo menos.

— Sinto muito, Garoto — digo.

— Pelo quê?

— Por te contar tudo isso. Por acabar com a ilusão.

O Garoto balança a cabeça.

— Nem — diz ele. — Tá tudo bem. Eu decido se vou acreditar de verdade ou não no que você está dizendo. A minha mãe me ensinou isso. Ela disse que eu sempre posso escolher o que é verdade sobre o mundo. Não tenho como escolher os fatos, mas posso escolher o que é verdade. Mas ela também pediu desculpa.

— Pediu desculpa pelo quê?

— Ela não disse. Ela ficou triste de repente. A sua mãe também te disse isso? Que você podia escolher o que é verdade sobre as coisas?

Me encolho com a menção à minha mãe. Esse garoto não sabe que é falta de educação perguntar da família dos outros? Não sabe que simplesmente não se menciona esse tipo de coisa? Quer dizer, eu sei que perguntei da mãe dele, mas só depois que ele falou dela. É assim que se faz as coisas. É assim que se interage com as pessoas. Você deixa que elas guardem seus segredos. Você deixa as pessoas serem quem elas quiserem mostrar para você. Você poupa os diplomatas delas. O que não se deve fazer é se intrometer na vida dos outros e perguntar sobre os pais, sobre perda, sobre dor e sobre todas as coisas que os mantêm acordados até tarde da noite depois de ter pesadelos por uma semana.

— Vamos evitar falar da minha mãe — digo.

— Por quê?

— Porque eu vou te mostrar a chave para passar por essa vida, Garoto. Vou te mostrar o truque para ser realmente feliz e capaz não só de aceitar a realidade como fazer com que ela seja aquilo que você pode enfrentar dia após dia por todos os anos do resto da sua longa e feliz vida.

O Garoto e eu ficamos sentados juntos nesse banco observando a multidão do aeroporto e comendo as sobras do almoço que roubei de um entrevistador que teve a gentileza de me encontrar aqui e fazer todas aquelas perguntas que entrevistadores fazem.

Olho para os viajantes andando de um lado para o outro enquanto termino o meu sanduíche e limpo as mãos na calça do terno.

— Muito bem — começo. — Qual é o seu animal preferido?

— Pavão! — diz o Garoto, os olhos dançando.

— Pavão?

— Ã-hã! O meu tio criava. É um bicho incrível. De noite eles voavam e dormiam em cima das árvores. Às vezes, no meio da noite, dava para ouvir os gritos deles. — O Garoto joga a cabeça para trás de tanto rir. — Às vezes o meu primo de Nova York vinha visitar a gente no verão. Toda vez que os pavões faziam aquele barulho no meio da noite, ele tomava um sustão! — O Garoto rola de rir. Ele aperta a barriga com as mãos pretas e ri. Sua boca é só dentes, língua e glória desconhecida. — Foi a única vez que ele teve medo e eu não — diz o Garoto. — A única.

— Certo — digo. — Olha ali. — Aponto um dedo para um grande arbusto de azaleias crescendo na beira de um lago artificial.

O Garoto olha.

— As flores?

— Não. O pavão. O preto.

Aponto de novo, o meu dedo indicando diretamente a linda ave que está a uns seis metros da gente.

É um pavão ônix. Mais preto que tudo. Uma estrela escura com plumagem. Da parte de baixo das suas patas finas com garras delicadas ao topo da cabeça finamente coroada, e nos confins das asas que se estendem tão largas quanto o horizonte, escuro feito uma parede noturna que foi engarrafada, esculpida e moldada numa escultura digna de música e admiração.

Sei pelos olhos do menino que ele não está vendo.

— Tá tudo bem — digo.

— O que foi?

— Sem pressa. Tenho tempo para te ensinar a ver esse tipo de coisa.

O Garoto reflete um pouco. Olha para mim e depois para o lugar onde não vê pavão algum.

— Você está mesmo vendo uma ave lá?

— Tanto quanto estou vendo você — respondo.

— Mas eu sou real.

— Eu sei.

— Só sou invisível para as pessoas que não quero que me vejam. Eu te falei. A minha mãe me ensinou. É o meu dom.

Pela primeira vez, ele não parece confiante. Não está confiando em mim nem em si mesmo. Eu sei o que ele está sentindo. Já senti isso também. É aquela sensação da areia escorregando sob os seus pés e de não saber que se está prestes a ser puxado junto com ela.

— Eu sei — digo. — E é um belo de um dom. A sua mãe parece uma pessoa maravilhosa.

— Ela é — diz o Garoto.

— Mas ela já disse por que ensinou isso para você?

— Para que eu fique seguro.

— Sim, mas seguro contra o quê? Contra quem?

Uma nuvem paira sobre o seu rosto e ele fica triste de repente.

— Você quer falar disso?

— Não — responde o Garoto.

Não tenho coragem de dizer a ele que sei perfeitamente do que a mãe estava tentando protegê-lo. A minha mãe tentou me proteger da mesma coisa. O meu pai também. Ambos falharam. E o meu palpite era de que a mãe do Garoto também tinha falhado. Ele só não sabe disso ainda.

Ficamos sentados por um tempo, e observo o pavão ônix andando de um lado para o outro perto do lago. Sua plumagem escura cintila ao sol da tarde, refratando a luz através das lentes da escuridão e refletindo algo mais bonito que qualquer coisa que eu já tenha visto. Parece algo que o jazz seria se o jazz tivesse uma forma visível que não fosse a do Miles Davis.

Levanto e vou até o pássaro. Como esperado, ele se assusta e alça voo. Ele navega para a distância da cidade desconhecida e desaparece em meio ao clamor e às palmas da humanidade. Pego uma pena que ficou para trás.

— Toma — digo, entregando para o Garoto.

— O quê?

— Uma pena.

O Garoto olha para a minha mão e, por um instante, não sei dizer se ele está vendo a pena ou não. O meu instinto diz que sim, mas é difícil ler o Garoto. Especialmente com aquela pele tão escura. Ela esconde uma parte tão grande dele que, mesmo que não consiga ficar invisível, não tenho certeza se vai ter muita dificuldade em desaparecer no mundo. É quando a sua mão se estende para a pena que vejo o quanto ele e o pavão são parecidos. São idênticos, o mesmo tom inacreditável de escuridão. O mesmo negrume. O mesmo esplendor.

118

Pouco antes de os seus dedos tocarem a pena, ele recua a mão.

— Não estou vendo nada — diz ele.

— Tá tudo bem. De qualquer forma, não importa. — Jogo a pena fora. — Me diz, garoto, você pensa muito no amor?

Eu amava a minha mãe e amava o meu pai e o papai Henry. E, à medida que fui ficando mais velho, amava as pessoas de maneiras diferentes. Você conheceu a recepcionista. Mas nunca fui muito de namorar. O maior problema que encontrei na vida romântica é que, em algum momento do processo, é preciso incluir outras pessoas. É preciso interagir de verdade com outro ser humano. E, quando se trata de pessoas... bom... Nunca fui muito fã disso.

Mas, como qualquer outra pessoa girando no vazio do espaço nesta nossa rocha aquosa, houve dias em que pensei que seria bom não estar sozinho. Sentir a mão de outra pessoa na minha pele. Contar uma piada e ouvir risos que não sejam os meus.

A única falha que encontrei na escrita é que se pode falar com ela, mas a página nunca responde. Afinal, escrever é um ato de obsessão. E a obsessão é, por natureza, uma via de mão única.

Só o amor pode responder.

E para isso é preciso haver outra pessoa. E, para haver outra pessoa, é preciso pular no turbilhão que é o namoro. Mergulhar os dedos dos pés.

Prova A: Kelli

Estamos na metade do verão, e conheço uma mulher linda com cabelo até o meio das costas e um senso de humor peculiar — o suficiente para eu me interessar por ela. Ela diz que se chama Kelli, e eu digo que é um ótimo nome — e é mesmo —, e acabamos combinando de jantar. Ela me convida para ir à casa dela e promete preparar o jantar, embora eu diga que não precisa.

— Na verdade, nunca fiz *Buffalo wings* antes — diz Kelli. Estamos na sua pequena cozinha, que cheira a sândalo e especiarias. — Não gosto muito de fritura — continua ela. — Mas a minha tia jura que essa receita é boa.

Ela mora num loft no lado hipster da cidade. A casa é cheia de livros e fotos de família. Ela tem um leve sotaque do Centro-Oeste.

— Não precisa fazer isso — digo o mais educadamente que consigo. — Eu como qualquer coisa, sério. — Na verdade, sou alérgico a banana, mas não faz sentido dizer isso por enquanto. Primeiros encontros são missões de embaixada, não questões diplomáticas.

— Não — diz ela, igualmente educada. — Eu quero. Adoro aprender coisas novas.

Então, nós dois damos os nossos melhores sorrisos de primeiro encontro. Ela estende a mão e acende o fogão. A boca da frigideira com óleo ganha vida com um suave *vuuush*.

— Sabe do que eu gosto em você? — pergunta Kelli.

— Do meu charme? Da minha beleza deslumbrante? Da minha modéstia? Pode escolher.

Ela dá uma risadinha. Depois:

— Não — diz ela. — É que você não tenta me dizer o que fazer. Juro, só encontro esses caras que, não sei, estão sempre tentando me dizer o que fazer. Você não é assim.

— De jeito nenhum.

A boca da frigideira continua exalando calor. Eu a encaro, incapaz de desviar o olhar agora que percebi que o fogo está no máximo.

— Eu sei exatamente o que você quis dizer sobre esse tipo de cara — digo. Depois: — Ei, acho que o fogo pode estar um pouco...

— Acho que você não entende como é bom passar tempo com alguém que não está tentando ser o meu pai. Você entende?

— Entendo totalmente.

Fios de fumaça sobem da panela. O óleo dentro brilha. Há um estalo suave como um raio em miniatura enquanto o óleo continua a aquecer.

— Você... ahn... você disse que não é de fazer muita fritura, né?

— Ã-hã — responde Kelli. — Colesterol, gordura, essas coisas.

Ela pega um punhado de frango empanado e o segura sobre a panela de óleo quente que já está prestes a dar um chilique.

— Sabe, Kelli — digo. — Eu jamais te diria o que fazer. Mas...

— Mas o quê?!

A sua boca é uma linha apertada. Há chamas nos seus olhos que dizem: "Desafio você a terminar essa frase." As nossas vidas podem estar em jogo, mas Deus me livre de dizer alguma coisa. Não quero ser outro desses homens que estão sempre tentando dizer a ela o que fazer. Não quero que ela me rejeite. Não quero ser mandado para uma casa vazia onde só há um computador e um manuscrito incompleto cheio de lembranças dos meus pais mortos esperando por mim.

Então não falo nada.

As asas de frango caem.

Depois estamos parados em frente a um prédio em chamas com fuligem no rosto e fumaça nos pulmões. Os bombeiros nos empurram, correndo para o inferno. A água irrompe das mangueiras de incêndio. O apartamento em chamas é um sol pequeno e luminoso.

— Então você me liga? — pergunta ela.

— Provavelmente não.

— Entendo perfeitamente.

— Vou indo.

— Dirija com cuidado.

— Ã-hã.

E esse foi um dos melhores encontros que eu já tive.

Prova B: Kellie

Estamos na primavera. Quente no sol, frio na sombra. Pássaros nas árvores. Estou num carro com uma mulher muito atraente chamada Kellie.

A propósito, não é a mesma Kellie de antes. É uma grafia totalmente diferente. Por alguma razão, o universo escolhe enviar muitas Kellys para mim. Kelly, depois de Kelli, depois de Kellie, depois de Keli. Não tenho ideia do porquê. O nome da minha mãe não era Kelly. O meu primeiro amor não se chamava Kelly. Freud ficaria superdecepcionado, imagino. Nunca quis matar o meu pai e casar com a minha mãe. O meu pai era um bom sujeito. Eu gostava dele.

Falando do meu pai, deixa eu contar um pouco sobre o velho:
Me imagine com nove anos. Sou alto para a idade. Magro, mas não muito. Pareço inteligente, mas não a ponto de você achar que sou do tipo que quando crescer vai ser um pé no saco ou algo assim.

Moro numa casa pequena, velha e cinza. A pintura externa foi escolhida décadas antes de eu nascer. É difícil dizer se o cinza era ou não a cor original. Talvez um dia tenha sido um tom suave de azul. Mas aí o sol apareceu, o tempo passou, e ninguém cuidou dela como deveria, porque nunca tinham dinheiro, e aí a tinta desapareceu e só o que resta é uma casa que parece triste e desamparada.

Mas esse não é um lugar de tristeza.

Dentro da casa, o piso é de madeira. Velho e ligeiramente desbotado, como o exterior da casa, mas com um ar de aconchego. Parece o tipo de piso em que se poderia largar as crianças e se esquecer delas que tudo ia ficar bem. É o tipo de chão em que as crianças se lembram de dormir e de sentir o calor subir pelas tábuas do assoalho no verão e de sentir o frio do inverno se infiltrar no Natal enquanto esperam pelo velhote jovial Papai Noel.

É o tipo de chão sobre o qual uma vida é construída.

A casa tem dois quartos. Quartos pequenos e estreitos que combinam com todas as outras peças pequenas e estreitas da casa. Há lambris de madeira dos anos setenta nas paredes. É aquele tom de marrom-escuro brega que todo mundo comprava na época quando não tinha dinheiro para coisa melhor. Passa a impressão de que as paredes foram cobertas com mogno, só que você nunca viu mogno de verdade na vida, então comprou uma imitação barata e nem sabe disso. É cafona como toda opção barata, mas uma hora eles são retirados e a parede é pintada de uma cor azul suave chamada Último Céu de Verão Antes da Morte. Então, dependendo da sua imaginação — se quer imaginar os lambris ou a pintura —, as paredes podem ser uma floresta ou o céu. Como preferir. A sua escolha provavelmente diz algo sobre você.

Há uma sala de estar. O maior cômodo da casa. Quando eu tinha nove anos, havia um grande aquecedor quadrado à lenha no canto da sala. Do tipo que não se vê mais de tanta casa que eles queimaram. Incendiários de ferro, era isso que eles eram. Uma pluma de alumínio preta feito fuligem se estende como um braço queimado do alto do aquecedor. Passa direto por um buraco na parede até a chaminé de bloco de concreto com uma pátina verde-mofo e sobe do lado de fora da casa. Aquele aquecedor velho era um monstro. Tinha mais truques do que um bando de macacos. Ainda tenho uma cicatriz na perna de uma brasa que saiu do ventre daquela coisa uma vez quando o meu pai estava enfiando pinhas lá dentro.

Mas nostalgia é um troço engraçado. Mesmo na época, quando aconteceu, eu sabia que não era uma experiência particularmente terrível. Mesmo tendo ficado marcado para o resto da vida, não fiquei marcado para o resto da vida, sabe? É o que eu chamo de "nostalgia instantânea". Quando se sabe que um momento da vida vai durar para sempre, antes mesmo que o momento acabe.

No canto oposto da sala está o equipamento mais importante: a televisão. O meu pai trabalha muitas horas. Cobrindo turnos em uma serraria. Manhãs numa semana, tardes na seguinte, noites na outra, e assim por diante. Mais tarde, depois que o meu pai morrer, vão publicar artigos falando como mudanças de rotina fazem mal às pessoas. O relógio biológico nunca se adapta. Sem consistência. O cérebro, o coração e o fígado sempre perseguindo algo que nunca vai chegar: a normalidade. É brutal. E o pai nesta história sabia disso muito antes que cientistas de jaleco fizessem estudos e o descobrissem. Mas só quem está em certas faixas do imposto de renda pode se dar ao luxo de, sabendo que uma coisa vai te matar, escolher não fazer aquilo.

A mudança de turno não é a causa da morte do velho — quem ganhou o relógio de ouro por essa conquista foi o câncer —, mas contribui para o modo como ele vive. Da mesma forma que um grão de areia contribui para a existência de uma praia.

O meu velho é muito alto. Tem um e noventa e oito. Magro feito uma conta bancária depois do Natal. Tem bigode crespo e um pequeno cavanhaque com raminhos grisalhos surgindo nas bordas. Usa roupas de trabalho todo dia. Dia após dia, o mesmo uniforme: camisa de manga curta azul-escura de botão ou camisa de manga curta marrom-clara de botão. Bolsos demais para o pouco dinheiro que tinha. Sempre grandes demais para ficar largas, como se o Espantalho e o Leão Covarde um dia tivessem resolvido trocar de roupa. Não muito antes de o câncer acabar com ele — num daqueles últimos dias de lucidez —, ele me falou que era por causa da gozação que teve que aguentar quando era mais novo. Tiravam sarro da silhueta desengonçada dele, por isso pensou em atenuar isso usando roupas largas. Para ser sincero, não funcionou. Não dá para esconder quem se é. Não mesmo. Mas ele tentou.

O meu velho era tão ferrado quanto todos nós e sabia disso.

Falando sério, aquelas roupas largas pareciam um enxerto de pele no velho. Juro. A única ocasião em que eu via o meu pai usando alguma coisa diferente disso era quando alguém morria ou casava, e, quando esses dias chegavam, nem ele parecia se reconhecer. Ele andava e sentava rígido feito Cristo na cruz. Era como se ninguém tivesse lhe dado o manual de instruções que ensinava a operar o estranho que ele via no espelho.

Com nove anos, estou sentado no colo do meu pai enquanto aquele velho aquecedor preto ronca no canto mais distante da sala. A TV está ligada, lançando aquela névoa suave de luz azul e vozes sibilantes sobre nós dois. O velho adorava aqueles filmes antigos em preto e branco com sujeitos durões. Você conhece o tipo: detetives particulares de fala rápida com ternos trespassados que comem o pão que o diabo amassou por causa de alguma femme fatale muito mais difícil de confiar do que de amar. Toda briga se resolve em um único soco, e assassinatos não têm sangue. Só um monte de pantomimas em que os sujeitos mal se mexiam e caíam devagarinho. Acho que o sangue ia estragar o figurino. Acho que era disso que o meu velho mais gostava: dos ternos. Dos ternos e da certeza sobre o mundo deles. A ausência de medo.

Os personagens daqueles filmes noir nunca tinham medo de ninguém. De forma nenhuma. Mesmo quando o chumbo começava a pipocar, eles só se abaixavam atrás de um carrão gângster 1948, exclamavam com o canto da boca em tons de cinza e começavam a atirar também. Medo nunca fazia parte da equação.

Talvez fosse isso que o velho queria. Viver esse tipo de vida. Estou mais velho agora. Vivi um pouco. E, em retrospecto, acho que o meu pai vivia com medo. Sempre com medo. Cada segundo de cada dia. Toda a vida dele foi um longo e contínuo terror que ele tentou com todas as forças guardar para si mesmo. Não só para manter em segredo, mas para se manter dono daquilo. Ele queria ser egoísta com o próprio medo.

Acho que o medo do meu velho estava sempre lá. Perpétuo e generalizado.

Medo de ser um pai ruim. Medo de ser um mau marido. Medo de ser preso. Medo de ser chamado de magro como quando era criança. Medo de ser mais pobre amanhã do que era hoje. Medo de dar muito da vida para o turno da noite e não o suficiente para o filho. Medo de policiais. Medo de advogados. Medo de se machucar. Medo de morrer. Medo de viver. Medo de um passado que ele não podia mudar. Medo de um presente que sempre estava atrás dele.

Medo de um futuro que pode ser apenas o presente com mais cabelo grisalho. As mesmas falhas. As mesmas lutas. Tudo isso com menos chances de acertar.

Todo dia ele vestia os seus medos do mesmo jeito que vestia aquelas camisas de trabalho.

Mas as pessoas naqueles filmes não eram duronas por vestir aqueles ternos. Como eu disse: elas não tinham medo de nada. Tenho certeza de que era isso que o meu velho queria. Era por isso que ele adorava esses filmes. Era por isso que ele passava aqueles filmes para mim.

Graças ao meu pai, quando eu tinha nove anos, eu havia praticamente memorizado as dublagens de Fred MacMurray em *Pacto de sangue*. Sem dúvida, era o preferido do velho.

— Que história perfeita — dizia ele. — Parece de verdade, mesmo que não seja real.

E, quando não estávamos assistindo a bandidos em tons de cinza, o meu velho me contava histórias. Embora não fosse particularmente bom nisso, ele deixou claro que uma boa história era o único jeito de contar a verdade. Ele não era de contar aquelas histórias antigas sobre gigantes caolhos com nomes esquisitos e deuses bebuns que não conseguiam controlar o pinto. Não. O meu velho falava de gente de verdade. Gente com CPF. Ele me contou histórias sobre o meu bisavô, um cara tão forte que uma vez derrubou uma mula com um soco. Depois, contou a história da minha bisavó, tão alta que as pessoas vinham de longe só para tentar ver como era embaixo do vestido dela. Ele me contou histórias de caça sobre os bichos que conseguiu abater e sobre os que escaparam. Me contou histórias de homens que perderam as partes preferidas do corpo na serraria e que mesmo assim voltaram ao trabalho e agiram como se nada tivesse acontecido.

Parecia que ele achava que havia uma lição importante nisso.

O meu velho me disse uma vez que queria que eu fosse escritor quando crescesse.

— Histórias são a melhor coisa — afirmou ele.

— A escrita nos escolhe — eu disse certa vez a um fã numa ses-são de autógrafos. — A única coisa que se pode fazer é atender ao chamado.

Mas, para ser sincero comigo mesmo, devo admitir que foi o velho que me trouxe para esse mundo. Com os filmes, com as conversas sobre antepassados que eu nunca conheceria, com sua aparição dia após dia na minha vida, até que ele gastou todos os seus dias.

Era um sujeito bacana o meu velho. Posso dizer sem erro que eu amava o cara.

Ele morreu devagar. Mas isso foi bom. O que quero dizer com isso é que deu tempo para eu me preparar.

Imagine aquela sala de estar comigo e o meu pai. O aquecedor à lenha. A velha TV. O filme em preto e branco passando. Imagine um grande telefone de disco ali perto. O telefone toca — um som alto e antigo de sino, o tipo de telefone que toca tão alto que dá para ouvir do quintal. O meu pai atende.

Do outro lado da linha, um médico diz:

— Você está com câncer, parceiro.

O velho, sem hesitar um instante, responde para o médico:

— Acontece nas melhores famílias.

Aí ele desliga o telefone e a gente termina de ver o filme.

Os seus últimos momentos aconteceram um ano depois sob a luz do sol que entrava na diagonal pelas janelas de um centro de cuidados paliativos e lançava sombras duras sobre o dia. O câncer já tinha vencido. A essa altura, estava só dando a volta olímpica, então mantinham o meu pai à base de morfina, o que significava que ele dormia a maior parte do tempo. Praticando para o futuro. Acho.

Eu tinha dez anos. A minha mãe e eu acampamos na beira da cama do hospital. Ela dizia para mim que ia ficar tudo bem. Eu dizia que acreditava.

Juntos, ela e eu fizemos o que pudemos para manter aqueles filmes dele passando num ciclo infinito na TV da parede oposta. O pessoal do hospital disse que, embora estivesse dormindo, ele ainda conseguia ouvir o que estava acontecendo. A minha mãe acreditou nessa história. Eu não, mas topei fingir que acreditava. Talvez por ela. Ou talvez só para o caso de ser verdade.

O plano que nenhum de nós mencionou em voz alta era que torcíamos para que ele partisse ao som de uma trilha sonora que ele conhecia desde sempre. Mulheres dizendo a homens brutos:

— Tira essas patas de cima de mim!

Sujeitos turrões respondendo:

— Sem chance, meu bem.

Foi uma boa jogada, mas não deu certo. Bateu na trave. Ninguém tem culpa, na verdade. É só o jeito como as coisas acontecem às vezes.

Eis como a coisa toda ruiu:

A minha mãe tinha acabado de sair para pegar algo para comer. Não consigo lembrar havia quanto tempo nenhum de nós comia, mas era o suficiente para o meu estômago estar se revirando. Então lá estava eu, com uma década de idade, uma calça jeans, a minha melhor camiseta e o meu único par de tênis. Os créditos de *Relíquia macabra* tinham acabado de passar, e, enquanto eu trocava um filme pelo outro na TV, a notícia surgiu como sempre faz. A história do momento, passando em todo canal — o único programa veiculado na cidade, pode-se dizer —, era sobre um homem negro morto a tiros por um policial no próprio jardim. Como sempre, os canais escolhiam o seu lado: excesso de uso de força versus resistência à prisão. Os detalhes ainda não estavam claros, mas a única coisa que dava para ter certeza em meio àquele lamaçal era o fato de que, não importa como você visse, o homem tinha morrido na frente da esposa e do filho. Eles assistiram a tudo do conforto da própria varanda, banhados pelo brilho bruxuleante das luzes azuis e pelo crescendo ensurdecedor de oito tiros.

O homem morto na TV tinha pouco mais de trinta anos, mas, cacete, era a cara do meu velho. Foi estranho pacas. A mesma magreza. A mesma pele preta. Estava até com uma camisa de manga curta azul-escura de botão, acredite se quiser. E a cereja do bolo? Uma das fotos do morto em vida que aparece na tela é uma foto de família. Ele, a esposa e um pirralho que na escala de beleza não estava muito longe deste que vos fala. Dez anos, assim como eu. Tipo, o garoto era basicamente um sósia meu. A única diferença era a pele dele: inacreditavelmente preta, inacreditavelmente bonita.

Foi aí que começou.

A foto do cara morto fez passar uma corrente elétrica pelo meu corpo. Quanto mais eu assistia ao noticiário, mais via o meu pai estirado na grama da manhã, uma lona cobrindo o corpo e buracos de bala nas costas abrindo-se para o céu — da mesma cor azul daquelas paredes que eu falei. Em pouco tempo, já não era um estranho na TV, era o meu velho, cem por cento. Mesmo quando me virei e olhei para ele ali na cama, morrendo pouco a pouco, ele estava lá na tela, já morto. De alguma forma, ele estava morrendo e morto ao mesmo tempo.

O pai de Schrödinger.

Senti um aperto no peito e fiquei com as palmas das mãos suadas.

— Não é real — eu disse ao meu jovem eu. Orei a Deus e ao Batman ao mesmo tempo. Afinal, se havia alguém que sabia o que era perder os pais e a cabeça, era o Cruzado de Capa. Mas não adiantou. Os meus olhos ainda viam o meu velho na TV, morto como um alvo no campo de tiro. Então fechei os olhos com força. Eu sabia que aquilo só podia ser a minha imaginação hiperativa girando a manivela, então me concentrei em fazer o que podia para conter a insanidade, para conter o medo.

O Medo. Essa era a coisa realmente perigosa. Ele apertava o meu estômago e não ia soltar. O meu corpo parecia não ser mais meu. Como se talvez nunca tivesse sido meu. Como se de repente pudesse ser tirado de mim a qualquer momento e não houvesse nada que eu pudesse fazer. O que é pior: eu jamais poderia fazer nada contra isso.

No fim das contas esse era o ponto central do Medo. Era disso que derivavam todos os outros medos sentidos por pessoas com certa cor de pele vivendo em certo lugar. Mas não era só um medo, era uma verdade. Uma verdade comprovada repetidas vezes ao longo de gerações. Uma verdade transmitida por meio do mito e de ordens, pelo boca a boca e pela lei. Certos corpos não pertencem aos seus habitantes. Nunca pertenceram, nunca pertencerão. Uma verdade persistente, inescapável e terrível, conhecida por milhões de corpos perturbados. O Medo.

Ele sempre esteve lá, mas agora eu via. Era de fato capaz de reconhecê-lo. E, quando isso acontece, depois que o vê, não tem mais como desviar o olhar. Jamais haverá como silenciá-lo. Jamais terá como esquecer que não se pertence mais a si mesmo, mas sim às mãos, aos punhos, às algemas e às balas de um estranho.

É impossível se libertar desse conhecimento. Impossível. Pelo menos não sem um leve e prolongado surto psicótico. Não sem passar por um grau considerável de insanidade. E a gente não conhece ninguém assim, certo?

— Não... — sussurrou uma voz fantasmagórica.

Era o meu pai, claro. A primeira vez em trinta horas e ele escolheu justo esse momento, dentre todos os outros, para acordar. Os seus olhos — leitosos, vermelhos e grandes como um pires — olhavam aterrorizados para a TV. Foi um tipo de medo devastador o que vi nele naquele momento. Maior do que qualquer medo que eu vi o meu pai sentir durante toda a vida dele. Como se a TV tivesse enfim, aqui no final, cumprido uma promessa horrível feita antes mesmo de ele nascer. Mas não era só terror, era outra coisa. Como se ele conhecesse o rosto na tela diante de nós dois.

— ... Meu Deus... não... — murmurou ele, os pulmões soando como foles enferrujados.

Ele tentou levantar a mão, mas tudo o que conseguiu foi exibir frágeis dedos de ébano que se estendiam para o rosto na televisão. O seu corpo inteiro tremeu com o esforço, mas ainda assim ele tentou, como se estivesse estendendo a mão para agarrar o morto e puxá-lo de volta para este mundo. A testa, fazendo o que o corpo moribundo não podia, ergueu-se, triste e horrorizada. Era uma expressão diferente de tudo que eu já tinha visto. Tristeza e arrependimento. Terror e reconhecimento. Foi como se finalmente, aqui no fim, ele visse não apenas uma verdade, mas *a* Verdade.

E então ele chorou. Lágrimas pequenas e brilhantes escorreram pela terra escura e trêmula do seu rosto aflito, e ainda então ele estendia a mão para quem quer que estivesse vendo na televisão, e os seus lábios secos e escuros se contorciam, construindo uma palavra. A caverna silenciosa e ofegante da sua boca tinha a aparência de todas as vezes que ele chamava o meu nome.

Talvez pela primeira vez na vida eu conhecia o medo do meu pai. Eu sabia o que o assombrava. O que o perseguia. O que pairou por toda a sua vida. Eu sabia porque agora eu também sentia. Não sei se ele simplesmente me passou aquilo ou se eu, finalmente, vi aquilo que ele viu ao longo de toda a sua vida. Fosse como fosse, o medo dele era meu agora.

Às vezes penso que foi isso que realmente matou o meu pai.

O câncer só levou o crédito.

Os dedos dele caíram moles. A testa relaxou e ele simplesmente derreteu de volta na cama. As pálpebras baixaram — um último pôr do sol. Então as luzes se apagaram e o relógio parou de girar. O meu nome não foi dito.

De qualquer maneira, eu e Kellie estamos de carro neste lindo dia de primavera, sorrindo e conversando, porque é isso que as pessoas fazem.

— Meu Deus — digo —, dá para acreditar nesse tempo? Está simplesmente perfeito! — Uma das exigências da legislação federal para um primeiro encontro é que se fale sobre o tempo pelo menos uma vez.

— Eu sei — diz Kellie. — Está ótimo. — E depois: — Ainda está de pé a ida ao museu hoje à noite? Ouvi dizer que a exposição do Rembrandt está maravilhosa.

— Definitivamente está — digo, animado.

Então, enquanto estamos passeando de carro nesse dia de primavera, percorrendo o pitoresco centro de uma cidadezinha que você pode ou não ter visitado, ela vê alguém parado na esquina. Vejo que ela viu aquele homem. Ele tem estatura mediana. Boa aparência. Usa um terno que não chega a ser feio. Não do tipo que se compra na Quinta Avenida, mas talvez algo que se poderia encontrar numa Dillard's realmente boa numa região realmente boa se a sua sorte for realmente boa. O cara está olhando para o celular, enviando uma mensagem.

— Opa, pode me fazer um favor rapidinho? — pergunta Kellie.

— Claro. O quê?

— Dar uma paradinha para mim? Preciso sair por um segundo. Me encontra lá na esquina, tá bom?

É um pedido estranho. Mas quem nunca fez um pedido estranho na vida? Paro o carro e deixo Kellie sair no meio do quarteirão. Os carros atrás de mim no trânsito não buzinam porque esse não é o tipo de cidade em que as pessoas fazem esse tipo de coisa. Esse é um bom lugar cheio de boas pessoas que sabem que vão chegar aonde quer que estejam indo quando for a hora. É uma cidade filosófica.

Ela sai e fecha a porta.

— Só me espera na esquina — diz ela.

— Pode deixar — digo, confuso, mas disposto a fazer o que ela pede.

Dirijo lentamente pela rua e observo Kellie se mover no meio da multidão. Ela parece um gato selvagem perseguindo a presa. Desliza entre as pessoas, quase invisível. E jamais tira os olhos do cara do outro lado do quarteirão.

Ele ainda está olhando para o celular. Perdido no próprio mundinho.

Kellie começa a se mover um pouco mais rápido. Não exatamente uma corrida, mas também não é um passeio tranquilo. Se ela fosse um cavalo, eu diria que estava trotando muito bem. Certo, o trote logo se torna um galope lento. Depois, ela começa a correr. E aí, como uma flor que desabrocha, ela dispara a toda pela rua.

Tudo acontece tão rápido que mal consigo acompanhar. Ela corre ao longo do quarteirão, abre caminho pela multidão, se esquivando e desviando das pessoas como se fossem zagueiros. E o pobre coitado da esquina — que não tirou os olhos do celular — ainda não tem a menor ideia do que está por vir.

Assim que alcança o cara, Kellie salta com o soco voador mais bem executado que já vi. É lindo. O momento congela em quadros. Ela está com o punho cerrado na mandíbula desse cara. Ele é nocauteado. Um sapato voa. O pobre celular está no ar.

E tudo isso paira ali numa animação suspensa por um instante enquanto o meu cérebro tenta processar o que está vendo.

E então, tão repentinamente quanto começou, o momento acaba.

O tempo volta a correr. O pobre idiota na esquina cai no chão. Kellie, sem ter diminuído o ritmo, corre para o carro. Ela olha por cima do ombro e a ouço gritar:

— Eu te avisei, Vince! Eu te avisei, porra!

Então ela mergulha no carro gritando:

— Vai! Vai!

Saio cantando pneu.

— Então — diz Kellie meio quarteirão depois. — A que horas você me pega à noite?

E eu sei o que você está pensando. Mas, em minha defesa, você teria dito não para ela naquele momento? Até hoje fico paranoico quando passo tempo demais olhando para o celular. Quem sabe quando o sino do soco voador vai dobrar por mim?

Fuligem acordou com as luzes azuis piscando nas paredes do quarto. Elas dançavam acendendo e apagando como fadas. Ele ouviu a voz da mãe gritando o nome do pai. Havia horror nos berros dela — o som de coisas desmoronando, o som de sonhos se despedaçando. Fuligem pulou da cama e correu até a mãe. Ela ouviu os passos dele no velho piso de madeira e, sem tirar os olhos do que quer que estivesse vendo lá fora, gritou:

— Volta pra cama! Por favor!

Ela secou o rosto com as mãos e deu um passo para fora rumo ao primeiro degrau da escada. Ela se moveu devagar, como se andasse na beira do fim do mundo. As mãos na frente, ambas apontadas para o céu.

— Por favor, não façam isso — disse ela para as luzes azuis brilhando no jardim.

Fuligem queria ir atrás da mãe, mas não teve coragem de lhe desobedecer. Então ele subiu no velho sofá e olhou pela janela sentindo o coração bater nos ouvidos.

Lá fora, sob as luzes azuis e brancas, Fuligem viu duas sombras. Uma alta e magra, outra quadrada e musculosa. Uma estava de pé com as mãos no ar, a outra com a mão no quadril. Ele sabia pela magreza das sombras qual era o seu pai.

— Mamãe? — chamou Fuligem, mas a mãe não ouviu. Ela estava lá fora, na escada, com as mãos no ar, chamando o marido pelo nome.

— William? — chamou ela.

E então o mundo explodiu.

A sombra do pai caiu no chão.

Fuligem correu para a varanda e agarrou a mãe pela cintura. Ela gritava, gritava com os punhos fechados e o corpo tenso de dor.

No clarão dos faróis, ofuscado pelos flashes azuis, Fuligem viu o pai se virar em sua direção. Ele viu os olhos do homem — suplicantes e cheios de dor —, e a única coisa que Fuligem queria era desaparecer. E, de alguma forma, ele sentiu que ficava mais leve. Sentiu como se estivesse se mexendo, mas o mundo seguia parado.

Invisível, ele se sentiu quente e calmo, seguro e sem medo.

É fim de tarde em São Francisco. Parece que as pessoas se divertiram. Fui uma boa distração para todo mundo. Um bom jeito de fazê-los ignorar o rio de juventude que ainda fluía do lado de fora da livraria. Mas uma hora toda maré tem que baixar. E não demora até que todos os corpos pretos e suas vozes — mesmo a minha — tenham sumido e só restem os meus leitores. Todos eles ainda aproveitando a performance que acabei de entregar.

Consegui falar sobre *Puta livro bom* durante uma hora e não me lembro de nada. É como se eu nem tivesse estado ali. E sou grato por isso. Mas lá fora na multidão as pessoas estão chorando. Mulheres secam o canto do olho e homens adultos ficam de costas, talvez secando as próprias lágrimas.

Seja qual for o tema de *Puta livro bom*, deve ser um troço poderoso. Gostaria de saber do que se trata.

— Que palestra incrível — diz a mulher de cabelo platinado quando finalmente chega a sua vez de se aproximar e ganhar um autógrafo. A voz é cheia de confiança e energia, como se Richard Simmons tivesse chegado e assumido a vida dela e a transformado numa pessoa melhor e agora ela estivesse pronta para compartilhar isso com o resto do mundo. Mas só consigo pensar que ela é a última coisa que preciso fazer em São Francisco. Assim que terminar com ela, a noite é minha.

— Obrigado — digo. — Foi muito divertido para mim também. Espero que você tenha rido um pouco.

— Acho que sim — diz ela, o rosto se fechando numa pergunta.

— Algum problema? — pergunto.

— Por quanto tempo você consegue continuar na ativa?

— Como assim? — Quase não consigo resistir à tentação de dizer: "Você nem imagina."

— Com tudo isso — diz a mulher, fazendo um gesto com a mão para indicar o meu livro, a livraria, as pessoas, toda a minha existência desde o dia em que nasci até este momento. — Por quanto tempo você consegue continuar na ativa?

Pisco como se tivesse sido mordido por algo.

— Perdão — digo, lembrando que é mais fácil falar com alguém quando se usa a voz de outra pessoa. Invoco o Bogart que me serviu tão bem antes em cidades estranhas com mulheres estranhas. — Será que a gente se conhece? Em algum hotel, tarde da noite, quando o cheiro de jasmim surge e...

— Não — interrompe ela, erguendo a mão. — A gente não se conhece. Mas só porque a gente nunca se encontrou não quer dizer que um não conhece o outro.

Ela abre o sorriso mais perfeito e desarmante que já vi na vida.

— O meu nome é Kelly — diz ela.

Claro que é.

— Claro que é — digo. Então ligo o meu sistema de defesa. — Sabe, você tem uma bela coleção de pilares te sustentando.

— Uau — diz ela. — Essa é a sua cantada?

— Você ficaria surpresa em saber quantas vezes...

— Para. Pode parar.

Ela olha nos meus olhos, e há algo na leveza do seu olhar que me ameaça com algo maravilhoso caso eu esteja disposto a baixar a guarda. Mas, meu Deus do céu, há quanto tempo isso não acontece?

— Que tal só se apresentar e me convidar para jantar? — diz ela.

— Como é?

— Nós dois sabemos que você quer — diz ela.

Que merda é essa?

— Oi — digo, relutante como a geada numa manhã de primavera. — O meu nome é _____. Quer sair para jantar?

— Muito melhor — diz ela. — Vamos nessa.

Ela é imediatamente interessante. E isso nunca é bom. Preciso tomar cuidado com mulheres interessantes.

Então aqui estamos nós, eu e esta mais recente Kelly, sentados num restaurante em São Francisco. Durante todo o tempo em que estou sentado aqui, só consigo pensar no cabelo dela, no sorriso dela, na confiança dela e no fato de que eu não deveria estar aqui. Eu deveria ter voltado para o hotel e conseguido fazer a posição mais difícil do Kama Sutra com alguma mulher que mal conheço e que nunca mais vou ver nesta vida nem em nenhuma outra. Mas, feliz ou infelizmente, aqui estou eu.

Bem nessa hora o meu celular toca. É Sharon; então, por mais rude que seja, tenho que atender. Faço um aceno penitente e saio da mesa.

— Alô? — atendo.

— Isso é um erro — diz Sharon.

— Do que você está falando?

— Essa mulher.

— Que mulher?

— Essa mulher.

— Que mulher?

— Essa loira platinada toda sorridente e confiante.

— Como você sabe dela?

Olho em volta, certo de que vou encontrar Sharon sentada a uma mesa próxima, me vendo. Sharon sabe de tudo.

— Eu sei de tudo — diz Sharon. — E essa mulher não é boa para você. Você devia estar promovendo *Puta livro bom*, não saindo com mulheres. É um dos seus mandamentos.

— E as outras mulheres que conheci?

— Você não saiu com elas. Era só sexo. — Sharon suspira. — Olha, você devia estar trabalhando no segundo livro agora.

— Mas ainda estou promovendo o primeiro — digo, começando a suar frio. Eu sabia que era questão de tempo até ela falar do segundo livro de novo. *Puta livro bom* era parte de um contrato de dois livros. Sharon disse que isso mostrava "confiança e empolgação" por parte da editora. Mas toda essa confiança e empolgação no fim das contas se tornaram três meses que passei dizendo que tipo de livro queria escrever e três meses do meu editor me dizendo por que os livros que eu queria escrever não eram "exatamente o tipo de livro que nós publicamos". Sempre que eu dizia que achava que o objetivo de uma editora era simplesmente "publicar bons livros", tanto Sharon quanto o meu editor riam.

O criança aqui contou uma piada.

— Apesar de você ter começado a turnê do livro, faz só duas semanas, *Puta livro bom* já é passado — diz Sharon. — Essa é a natureza do negócio. Ninguém se importa com o que você escreveu por último, só com o que você vai escrever em seguida. Você é tão bom quanto o seu próximo projeto. É por isso que as editoras pagam adiantamentos: para garantir aquele próximo projeto. E, falando nisso, você não...

— Não! Não gastei o dinheiro do adiantamento — grito.

Há uma longa pausa. Acho que Sharon está usando os seus poderes de agente e de assessora para invadir a minha alma. Por fim, ela fala.

— Você gastou, não foi?

Ela sabe. Meu Deus, ela sabe.

— Não gastei — digo. Falo as palavras devagarinho, tijolo por tijolo, tentando construir um dique atrás do qual possa me esconder. — Sharon, olha, está tudo na minha conta, intocado, do jeito que você mandou.

— Primeiro você sai com essa mulher, e agora isso — diz Sharon, a decepção espessa feito óleo de motor. — Você está cavando a cova da sua carreira. Você sabe disso, não sabe?

— Olha só, eu tenho que ir. Estou no meio do jantar.

O encontro com Kelly é a minha única saída. Melhor admitir estar num encontro do que admitir que gastei todo o dinheiro do adiantamento.

Se alguém perguntar no que gastei o dinheiro, não vou saber responder. Só sei que uma hora estava lá e no momento seguinte não estava mais. Tudo. Dezenas de milhares de dólares. Ficou só a lembrança. Não sei nem como vou pagar o aluguel quando essa turnê acabar.

— Vou desligar agora, Sharon. A minha comida está esfriando.

— Você nem fez o pedido ainda — afirma ela.

— Para com isso!

— Tá bom — diz ela. — Mas, quando a casa cair, não diga que não avisei.

Pouco antes de desligar, ela diz:

— A propósito, ela gosta do seu blazer esportivo. Eu te falei que as pessoas gostam de autores que usam blazer esportivo.

— Você falou.

— Uma última coisa — avisa Sharon. — Estou tentando marcar uma entrevista grande para você em Denver. Jornais, TV, bibliotecas, vídeo promocional, o pacote completo.

— Denver? Por que Denver? Por que não Nova York ou Los Angeles?

— Porque tem bastante gente me devendo uns favores. Tudo bem para você?

— O que isso quer dizer? — pergunto.

— Quer dizer não faça perguntas e confie na sua agente como você confia em Deus.

— Eu sou ateu.

— Só gente rica é ateia. E quem foi que te deixou rico o suficiente para ser ateu? — pergunta Sharon, alcançando o big bang de uma artilharia verbal infernal.

— Você.

— Exatamente. — Em seguida ela some.

Volto para a mesa, um pouco confuso, talvez até tonto. Adoraria tomar uma bebida. Adoraria ficar bêbado. Deslizar para aquela área entorpecida e familiar onde não estou preocupado com Sharon, ou com *Puta livro bom*, ou com o próximo livro que ainda nem comecei a escrever, ou pensando no que a minha editora vai fazer quando eu não entregar um manuscrito e não tiver o dinheiro deles. Ou no fato de que acho que acabei de ver a minha mãe morta sentada no bar, olhando para mim como se tivesse alguma coisa que eu devesse fazer por ela. O Garoto também está aqui, me observando daquele jeito dele. Esperando que eu faça alguma coisa ou diga alguma coisa que ele ainda não me disse o que é. Ele me lembra o Corvo do Poe. Se demorando na minha imaginação. Esperando para gritar "Nunca mais!" quando exijo paz de espírito e um vislumbre de como as coisas eram.

— Nunca mais — sussurra o Garoto.

— Vai se foder, Garoto.

— O que foi? — pergunta Kelly.

— Nada.

— Esse blazer esportivo é lindo demais — diz Kelly quando volto para a mesa.

— Obrigado.

— Está tudo bem? A sua ligação parecia importante.

— Que nada, vamos esquecer isso e nos concentrar em nós dois. Não costumo fazer esse tipo de coisa, sabe?

— Não costuma coisa nenhuma — retruca ela. — Está escrito "cafajeste" na sua testa.

— Tem certeza de que a gente não se conhece?

— Tenho.

— Certo — digo. — Imagino que você queira falar sobre o meu livro.

— Não exatamente — retruca Kelly enquanto o garçom vem até a nossa mesa. E, embora não seja típico de mim, acredito nela. Ela não quer ouvir falar do meu livro.

Quando se é um autor em turnê, todo mundo só quer conversar sobre o seu livro. Querem ouvir a sinopse. Querem os pontos mais importantes da trama. Querem saber de onde você tirou a ideia para que possam ir lá e pegar uma ideia para eles também. Querem saber em que lojas o seu livro está sendo vendido, porque é assim que a maioria das pessoas julga o sucesso de alguém que se diz autor. Quanto mais lojas venderem o seu livro, maior a probabilidade de acreditarem em você.

Às vezes você diz para as pessoas que é autor e elas pegam o celular para pesquisar sobre você no Google, bem na sua frente. Digitam o seu nome e, dependendo dos resultados, decidem por conta própria se você é ou não o que está dizendo ser. A importância do autor moderno é medida pelos resultados das buscas.

E, depois que descobrem que o seu livro está nas livrarias de verdade, as pessoas querem saber como você conseguiu um agente, como conseguiu uma editora, que programa usa para escrever, quanto dinheiro ganhou, quantos exemplares vendeu, se vão ou não transformar o seu livro em filme.

— Hollywood sempre sabe como encontrar os livros que valem a pena — me disse um leitor certa vez.

Quase não têm fim as coisas que as pessoas querem saber quando conhecem um autor, um autor de verdade. Mas é raro quererem saber alguma coisa sobre você. O livro se torna a sua identidade, a sua identidade é o livro. Talvez Jack, o Media Trainer, estivesse errado quando disse: "Sempre que alguém perguntar sobre o seu livro, o que a pessoa está de fato perguntando é: 'Quem é você?'"

— Vinho tinto, por favor — pede Kelly ao garçom.

— Só um minuto — digo, piscando como uma luz de emergência. — Então você não quer que eu fale do meu livro?

— Não.

— Nem um pouco?

— Não.

— Mas você sabe que sou autor, certo?

— Sei. Eu estava no evento de leitura.

— Não quer me perguntar como eu consegui um agente? Como consegui ser publicado? Esse tipo de coisa?

— Acho que não — responde ela. E mais uma vez acredito nela, nessa mais recente e mais intrigante Kelly.

— Então o que você quer?

— Só um jantar com um homem que eu achei atraente — diz ela, e não detectei nenhuma ironia ou falsidade na voz. — Na verdade, eu nem li o seu livro. E não posso dizer honestamente que vou ler.

— Mas é um puta livro bom. Claro que você leu. Todo mundo leu. Está na lista dos mais vendidos!

— Para ser sincera, até hoje à noite eu não sabia nada dele — responde. — Nem sabia que existia. Só tinha passado na livraria porque tem um livro muito velho e difícil de encontrar que eu estava procurando e pensei em conferir se tinha. Aí, quando cheguei lá, eis que tinha um autor chegando para um evento. Estou de folga do trabalho, então pensei: por que não?

— Vinho para o senhor também? — É o garçom falando. Esqueci totalmente que ele existia. Nesse momento, há apenas essa anomalia de mulher. Essa Kelly. Essa primeira pessoa em meses que não quer que eu fale do meu livro, que não quer falar de vendas ou entrevistas, que não vai me perguntar: "Então, sobre o que é o seu próximo livro?"

Agora, neste momento, sou eu mesmo novamente. Pela primeira vez desde que encontrei a minha agente, não sou o que faço. Não sou o meu livro. Simplesmente sou.

O garçom espera pacientemente o meu pedido. O instinto ainda é pedir vinho. Colocar álcool nas veias e ir embora. Ceder ao medo. Mas aí eu poderia perder alguma coisa. A moça, essa mais recente Kelly, é interessante. E coisas interessantes merecem toda a nossa atenção na vida.

— Só água para mim — digo.

— Isso é bom — diz o Garoto. Ele sabe que, como é invisível, não posso responder sem parecer que preciso de medicamentos psicotrópicos. Então me limito a sorrir para Kelly e fingir que o Garoto não está lá. — Está tudo bem. Vou te deixar em paz por enquanto. Eu só queria dizer que é bom você não estar bebendo. Você bebe demais. Não acho que faça bem para você.

Quero mandar o Garoto para a puta que o pariu. Quero dizer a ele que os meus mecanismos de defesa são meus e não devem sofrer interferência. Mas, quando me viro, ele já foi embora. O desgraçado ficou com a última palavra. E, quando crianças invisíveis querem dar a última palavra, elas conseguem.

Ser invisível parecia o começo de "I Got 5 on It". Era como a abertura antes de o baixo entrar. Como a primeira batida do baixo. Como o primeiro sussurro do primeiro verso. Como o refrão que balança você para cima e para baixo no carro. Tipo isso.

Como se você tivesse o brilho. Como se você fosse Bruce Leroy, Turbo e Ozone, tudo ao mesmo tempo. Como se você estivesse lá com aquela vassoura dançando de um lado para o outro enquanto o din-daa-daa ecoa pelo mundo inteiro e aquele som ofegante que comanda o ritmo fosse o som da sua própria respiração e você estivesse no controle de tudo. Tipo Freaknik em 1996. Como se você tivesse acabado de acordar num mar de escuridão e não houvesse um único rosto branco à vista e você não fizesse ideia de que esse sentimento existia até aquele momento, e é tão estranho, e tão bonito, que você não sabe o que fazer com isso, e, embora uma parte sua adore, outra parte quer saber onde estão os brancos só para o caso de essa crioulada sair da linha, porque é isso que você aprendeu que crioulos fazem quando deixados por conta própria.

Como uma manhã fria de inverno e o único lugar em que você pode encontrar calor é debaixo do seu cobertor preferido, e você dorme e acorda lá ao mesmo tempo, e parece que todo o seu corpo e toda a sua alma estão envolvidos no calor perfeito desse momento, e tudo o que você sabe é que não quer sair dali porque a sensação é de que a vida deveria ser assim.

Mas aí o problema é que Fuligem começou a se dar conta do tamanho do dom que tinha recebido e não sabia o que fazer com aquilo. Ele queria que o seu pai tivesse o dom de poder se sentir do mesmo jeito, mas o seu pai estava morto... não estava?

A ideia da morte do pai passou pela mente de Fuligem e ele estremeceu como se tivesse levado um soco, mas assim que sentiu a pontada de dor ela cedeu, e ele pôde acreditar que aquilo nunca tinha acontecido. Que o pai não estava no trabalho ou em outro lugar. O que importava ainda estava aqui: o dom.

Era um sonho grande demais ser Invisível. Era bacana demais. Perfeito demais. Miles Davis demais. Prince demais. *Soul Train* demais. *Martin* demais. *Def Comedy Jam* demais. Era uma coisa perfeita e imaculada demais para se ficar ali sentado e guardar para si mesmo.

O que ele mais adorava em ser invisível era não ver mais a própria pele. Tinha escapado da sua carne escura. Tinha escapado de Fuligem e, por isso, ao fechar os olhos e pensar em si mesmo, ele finalmente teve a chance de ver pela primeira vez o menino que vivera por trás dos seus olhos todo esse tempo.

O menino era pequeno e de aparência vibrante. Ele sorriu. Ele riu. Ele parecia feliz consigo mesmo e com o mundo. Não era um menino que tinha medo. Não era um menino que as pessoas importunavam enquanto ele ia para a escola de manhã. Não era um menino que assistia ao jornal com o pai e ouvia relatos de crimes em "comunidades negras" e tentava entender o que isso significava, e tentava entender por que não existiam crimes em "comunidades brancas", ou tentava entender o que significava quando os seus professores lhe diziam que um em cada três homens negros acabaria na prisão.

148

O menino, o tal Fuligem, estava livre disso tudo. E ele olhou para Fuligem e sorriu para ele sem sentir pena porque o menino Invisível nem sabia o que era sentir pena. Ele só sabia o que era felicidade, e o que era compaixão, e o que era ter significado, e o que era emoção, e o que era nadar sem ser autoconsciente, e ele conhecia aquela batida do baixo que soava, e ele sabia que aquilo significava que ia ficar tudo bem.

Mas então ele saiu de lá e o seu pai estava morto, morto bem ali no seu gramado sob o luar de julho, com a esposa e o filho assistindo.

Mais tarde, eu e Kelly caminhamos por um pequeno parque em algum lugar de São Francisco. É charmoso daquele jeito que as coisas só são em comédias românticas. Você conhece o tipo:

Garoto conhece garota.

Garoto perde garota.

Garoto reconquista garota.

Sobem os créditos.

No caminho para casa, você percebe que a garota era ótima, o garoto era um covarde e nunca ninguém correu risco nenhum.

Enquanto cruzamos o parque, vemos lanternas chinesas penduradas numa pontezinha. As lanternas se tornam pequenos sóis queimando ao longe e eu acredito, só por um instante, que todos nós, pessoas, estamos vagando juntos pelo universo como um só. Uma das verdades que frequentemente ignoramos é que estamos, todos nós, sempre vagando pelo universo. Estamos perpetuamente nos deslocando numa jangada rochosa no vazio, passeando pelo cosmos a cento e sete mil quilômetros por hora, a cada segundo de cada dia, e ainda assim encontramos tempo para parar e conversar enquanto atravessamos pontes no comecinho da madrugada e talvez estender a mão e tocar a mão de outra pessoa.

Renny escolheu este local para a segunda parte do nosso encontro. E, enquanto nós dois andamos juntos pelo parque, Renny dirige a limusine por perto, observando como um pai preocupado.

— Nunca tive um motorista de limusine de escolta num encontro antes — diz Kelly.

— O Renny é um cara legal — respondo. — Um tipo formidável.

— Você tem um jeito estranho. Por que você fala assim? Parece ter acabado de sair de um filme de gângster.

— Acho que todo mundo tem que ser alguém nessa vida. Então, por que não ser alguém diferente? Essa é a minha política. E eu tenho a sensação de que você também é alguém diferente, boneca. Olha só esse seu cabelo platinado. Isso definitivamente não veio do manual da Martha Stewart.

— Acho que sim — diz ela, e afasta um fio de cabelo do rosto, e quero ser a mão que toca aquele cabelo que toca aquele rosto. — Mas nunca mais me chame de "boneca".

— Tá bom. — Não consigo conter um sorriso e não sei por quê.

— Então, quando a gente vai chegar na parte em que você me pergunta o que eu faço da vida?

— Se você passa o dia todo quebrando pedras, isso faz de você um martelo? — respondo. — Acho que não. Na minha opinião, a melhor pergunta a fazer para alguém é: você gosta do que faz?

— Muito — responde ela.

— Então isso é suficiente para mim.

— E você?

— O quê?

— Você escreve livros. É o que você faz. Mas isso é quem você é?

Quero responder, a pergunta me dá um mal-estar. Sinto um aperto na garganta e um calafrio percorre o meu corpo. Lembranças demais. Uma enorme quantidade de morte e dor no meu cérebro que repentinamente tenta vir à tona, tudo desencadeado por uma simples pergunta sobre quem eu sou como escritor. Descobri que a melhor maneira de superar momentos como este é um punhado de coragem líquida. Ao passar por um quiosque, olho para uma garrafa exposta no balcão e tudo o que quero é tomar uma boa bebida, porque quando olho para as mesas dispostas ao redor do restaurante *ela* está lá: a razão pela qual escrevo, a razão pela qual *Puta livro bom* me deu de presente todos os meus sonhos só que embrulhados em dor.

Ela tem cinquenta e poucos anos, usa uma camisola hospitalar, os olhos estão ligeiramente fundos, e a pele um pouco flácida por causa da perda repentina de peso, e ela parece suada, cansada e triste ao mesmo tempo. Ela olha para mim e tenta sorrir, mas é pedir demais, e ela consegue no máximo um sorriso fino e mesmo isso desaparece num segundo. Ao lado dela há um suporte para uma bolsa de soro, e produtos químicos transparentes descem por um tubo plástico até as costas da mão, e quase dá para ouvir aquele som de algo que pinga, pinga, pinga e isso dói nos meus ouvidos, e o aperto na minha garganta aumenta, e a minha boca fica seca, e os meus lábios parecem ter cola, e a única coisa que quero é uma bebida.

Ninguém mais vê a mulher de camisola hospitalar. Ela só existe para mim.

— Nunca tenho certeza do que eu sou — consigo dizer a Kelly. — Tem dias que é difícil dizer o que é real.

Consigo ir até o quiosque, onde peço uma dose de uísque e bebo quase antes que o barman termine de servir. Quando olho para trás por cima do ombro, a mulher de camisola hospitalar se foi.

— Mais uma — digo para o barman.

Ele obedece. Kelly olha para o copo recém-esvaziado.

— Sabe o que dizem sobre escritores e bebida, querida — digo a ela.

— Que é um clichê?

— Tem toda a razão. Mas clichês têm sempre uma origem.

Bem nessa hora, o celular dela toca. Ela se afasta e atende. Um pouco rude, mas ela mencionou no início da noite que estava de plantão no trabalho, que ainda não sei qual é, e que a ligação poderia acontecer a qualquer momento. Então não me estresso muito. Além do mais, estou ocupado garantindo que a mulher de camisola hospitalar não reapareça. É preciso ter limites quando se trata do mundo da imaginação. Às vezes é preciso bater o pé e dizer: "Foi mal, visão assustadora de algo que não existe mais. Infelizmente você vai ter que voltar mais tarde."

Então foi isso que eu fiz.

Eu tinha pedido a terceira dose de uísque quando Kelly volta.

— Oi — diz ela —, desculpa, mas era do trabalho. Preciso cuidar de uma coisa.

— Ah. Entendi.

— O quê?

— Nada — respondo, sentindo os meus dentes cerrarem. — Não se preocupa, boneca. Você acha que eu estou bêbado e quer pular fora. Sem problema. Você não está me magoando.

— Não — diz ela. — Era do trabalho mesmo. E eu te falei para não me chamar de "boneca".

— Claro que era — ironizo, vendo perfeitamente bem o estratagema dela. — O que você é, piloto ou algo assim? Não, isso não é possível.

— Por que eu não posso ser piloto?

— Porque pilotos sempre dizem logo de cara que são pilotos. Nunca vi um tipo de cretino mais arrogante e inseguro.

Faço um gesto com as mãos para demonstrar desdém — ao menos acho que faço isso; a essa altura, o uísque está dançando um pouco dentro da minha cabeça; eu devia ter comido mais no jantar.

— Sem problema — digo. — Você não está me magoando.

— Não — insiste ela —, era do trabalho mesmo.

— Tanto faz — digo. — Não importa. É melhor assim. Você é interessante.

— E interessante é ruim?

— Eu tenho um problema.

Ela me encara por um instante enquanto peço outra bebida. Quando levo a bebida aos lábios, ela arranca o copo de mim e joga o uísque fora. Aí pega a minha mão e diz:

— Vamos.

A limusine preta de Renny. Estacionada em frente a uma casa funerária. A placa na frente diz CASA FUNERÁRIA ADUBOM.

Nunca entendi por que chamam esses lugares de casas funerárias. Não são exatamente casas. E poderia parecer que os funerais acontecem ali, mas, como não é o caso, não é uma informação precisa.

No entanto, seguimos usando esse nome.

— Não quero entrar aí — diz o Garoto, sentando de repente no banco traseiro do carro comigo. Ele foi educado o suficiente para esperar Kelly sair antes de aparecer e decidir me contar o que ele aprova e o que não aprova na situação atual.

— Você não precisa entrar.

— Preciso, sim — retruca Kelly.

Claro que ela pensa que estou falando com ela.

— Me dá só um segundo — digo. — Preciso fazer uma ligação.

Fecho a porta do carro de Renny para ter privacidade.

— Olha só, Garoto — começo. — Entendo que você não goste de casas funerárias, assim como a maioria das pessoas, mas o fato é que eu vou entrar lá. Você não precisa ir se não quiser. Pode sair quando quiser e voltar para dentro da minha imaginação maluca.

— Eu não sou imaginário — afirma o Garoto.

— Claro que é — digo. — É por isso que ninguém mais te vê. Você é fruto de uma mente frágil, da *minha* mente, e eu sei disso. Portanto, tenho algum poder e autoridade sobre o que você diz e faz.

— Eu não sou imaginário — repete o Garoto. A voz dele está mais intensa agora. Tem um leve rugido que imagino assustar crianças da idade dele.

— Então por que ninguém consegue te ver?

— Porque eu não quero que vejam. Porque a minha mãe me ensinou a ser invisível. Me ensinou a ficar seguro.

— Invisibilidade e segurança são duas coisas que não existem nesse mundo, Garoto. Só o que existe é a realidade. — Encaro-o de cima a baixo como se ele me devesse dinheiro. Mais do que qualquer outra coisa, só quero que ele pague o que deve e vá embora.

A mandíbula do Garoto se tensiona. Ele olha na direção da Casa Funerária Adubom.

— Tá bom — diz o Garoto. — Você não me quer por perto. Beleza. Vou deixar você entrar lá sozinho.

Não consigo conter uma risada.

— É assim que você ameaça? Eu pedi que você me deixasse sozinho a noite toda e agora você está ameaçando me dar o que eu quero?

Dou outra risada para o Garoto e saio para a noite.

— Tudo certo? — pergunta Kelly.

— Ã-hã — respondo. — Só uma ligação com uma pessoa inacreditável.

Então seguro a mão dela e sorrio enquanto ela me leva para dentro da funerária.

Dentro da funerária, sinto um formigamento na pele. Tudo está pintado em cores neutras e há quadros e cartazes espalhados pela sala com o propósito de me acalmar e de me lembrar que a morte não é algo ruim. Eles querem passar a mensagem de que a morte é só uma coisa que acontece e, embora certamente precise ser encarada com certa dose de melancolia, não precisa ser triste.

A maior mentira de todos os tempos.

Kelly e eu estamos parados em frente a uma grande porta dupla de madeira. Acima da porta um letreiro diz SALA DE PREPARAÇÃO.

— Então você é embalsamadora — comento.

— Agente funerária.

— É a mesma coisa.

— Imagino que sim.

SALA DE PREPARAÇÃO

— Mas eu achei que você tinha dito que gostava do seu trabalho.

— Adoro.

— Mas você é embalsamadora.

— Agente funerária.

SALA DE PREPARAÇÃO

— Imagino que não seja aqui que os duendes da Keebler façam os cookies deliciosos deles — digo.

— Ã-ã.

— Sem problemas, boneca.

SALA DE PREPARAÇÃO

— Sem problema nen...

Me abaixo e sinto tanta ânsia de vômito que desmaio.

Estamos dentro da sala de preparação, e Kelly está vestida para a preparação. Ela está de bata azul e com uma máscara cirúrgica cobrindo o rosto. Na mesa à sua frente há um cadáver. É o corpo de um homem de meia-idade. Não sei dizer do que ele morreu. Não tem ferimentos de bala, nem de facadas, nem marcas de estrangulamento, nem nada do gênero. Parece que alguém tirou as baterias dele.

Quanto a mim, estou de pé do outro lado da sala com as costas na parede e os braços pressionados contra ela e sinto como se estivesse na beira do Empire State. A qualquer momento posso cair e talvez nunca mais pare.

É irracional, eu sei. Mas nunca aleguei ser racional.

— Eu estava certo sobre você — digo enquanto ela pega um bisturi grande. — Você é realmente diferente, hein? — Ela pega o bisturi e começa a entalhar o cadáver. — Você parece bem experiente.

157

— É só meter o pau no trabalho. Era o que o meu pai costumava dizer.

— Essa expressão soa um pouco estranha nessa situação.

Ela tem coragem de sorrir. Como se estivesse meramente atendendo no balcão da Starbucks e eu tivesse entrado para pedir um cafezinho.

Enquanto ela trabalha, ouço um barulho de algo molhado, que parece um esguicho. Ela trocou as ferramentas, deixando o bisturi de lado e pegando coisas que não consigo identificar, e os fluidos estão escorrendo pelo ralo da mesa, e não quero pensar no que são esses fluidos nem ouvir o som que eles fazem enquanto escorrem pelo ralo. Tudo que eu quero agora é estar em qualquer outro lugar do mundo, menos aqui.

E é quando ela pega a mão do cadáver e estala um dedo que estava fechado que a ideia dela como interesse amoroso viável desaparece imediatamente.

— Nunca senti necessidade de saber como salsichas são feitas — digo. — E agora percebo que também nunca quis saber como funerais são feitos.

Mais osso estalando.

Viro a cabeça.

— Então, como uma garota bonita como você acaba num lugar como esse?

— Bom — começa ela entre estalos, cortes e sons de drenagem —, quando eu era pequena, a minha tia me deu um livro sobre o Egito antigo. Basicamente, o livro era sobre os antigos egípcios e sua conexão com os mortos. Embalsamamento, reverência ao falecido, vida após a morte, essas coisas. E, bom, por algum motivo fiquei fascinada com isso. E depois continuei fascinada com isso.

— Então você está dizendo que desde pequena sempre quis ser embalsamadora?

— Isso.

— Talvez seja a coisa mais assustadora que já ouvi.

Ela ri. E seu riso é leve e vibrante. É um pássaro azul cantando a ária de todo um universo preso dentro do seu peito pequeno e delicado.

— Nunca vi ninguém reagir como você ao processo de embalsamamento antes — diz Kelly.

— Não tenho ideia do que você está falando — digo enquanto passo a mão pela parede atrás de mim, carinhosamente. Porque, neste momento particular, esta parede é a única coisa no mundo que me sustenta. Como não amá-la do jeito que amo?

Outro osso estala.

Fecho os olhos. Tento me afastar. Há imagens surgindo na minha mente das quais eu não queria exatamente fazer parte e elas não vão embora — uma mulher morrendo num hospital, a cadeira do meu pai vazia diante de uma televisão à qual ninguém está assistindo, mas que ainda assim exibe o filme preferido dele.

As minhas pernas tremem. Elas querem correr, mas estão fracas demais. Querem entrar em colapso, mas estão congeladas. Tudo dentro de mim empurra e puxa todas as outras partes do meu corpo. Está tudo prestes a explodir e implodir.

Quero chamar o Garoto. Não sei por quê, mas, se ele estivesse aqui agora, acho que eu conseguiria passar por tudo isso. Agora entendo a ameaça que ele fez. Imaginário ou não, tem alguma coisa no Garoto que não sei o que é. Tem algo a ver com o fato de que só eu o vejo. Tem algo a ver com as coisas em que ele me faz pensar. Ele é parte de mim, e, se ele não estiver aqui, não consigo me conectar comigo mesmo.

— Recite um poema para mim — diz Kelly.

— O quê?

O pedido é tão estranho que me faz abrir os olhos.

— Hoje, durante a leitura, você disse que gostava de poesia — continua Kelly. — Recite alguma coisa para mim. Ainda se faz esse tipo de coisa, né? Talvez ajude a te distrair.

Ela não para de trabalhar enquanto faz a sugestão. Ã-ã. Ela ainda está quase literalmente enfiada até o pescoço naquele cadáver. Mas também está esperando por mim. Pacientemente. Talvez até com carinho. Essa mulher que acabei de conhecer, cujo sobrenome ainda não sei, parece se importar comigo. Quando nem eu mesmo tenho certeza se me importo comigo mesmo.

Que coisa extraordinária.

Procuro um poema e não encontro nenhum.

— Parece que me deu branco — digo assim que Kelly estala outro dedo. Torço para que ela me deixe escapar dessa, mas não é o caso. Ela só me oferece um sorriso e depois continua trabalhando, continua esperando, continua acreditando em mim e na minha capacidade de pensar em algo que me distraia do terror que sinto por dentro. Ela acredita que posso me salvar se me esforçar o suficiente. Ela acredita que posso ser eu, aqui, agora.

Não tenho certeza se alguém realmente acreditou desse jeito em mim antes.

E então ouço o som de um bipe do monitor cardíaco. É muito suave, muito distante. Mas ouço. Aquele pulso digital cantando como um pássaro de conto de fadas que se apaixonou por um metrônomo.

... *bipe... bipe... bipe...*

O som me irrita. A única coisa que posso fazer para me acalmar é andar de um lado para o outro. Mas nem isso ajuda. O som brota dentro de mim.

... *bipe... bipe... bipe...*

Olho para o cadáver de novo. Não é o homem de meia-idade. É outra pessoa. Uma mulher. Uma mulher linda e delicada que não quero reconhecer. É aquela do quiosque de mais cedo. A minha mãe, talvez.

De repente, o poema está lá:

"Se ficamos amedrontados com tua morte — não... é que tua dura morte nos interrompeu soturnamente, separou o que foi do que seria:

essa era nossa preocupação; fazer as pazes com isso que vai acompanhar tudo que fizermos: Hoje; amanhã. De novo e de novo. Você seguiu em frente... Mas também estava com medo."

Não fui eu que escrevi esse poema. Embora, na verdade, ninguém jamais escreva.

Olho para Kelly. Ela está olhando para mim. Não sei dizer qual é a expressão dela. E, como não consigo dizer qual é a expressão dela, não suporto olhar para ela, então desvio o olhar. E é então que a vejo.

Em uma das macas atrás dela, pendendo de um grande lençol branco, está uma mãozinha preta. É a escuridão da mão que chama a minha atenção. É inacreditavelmente preta. Como se tivesse capturado o pigmento de uma nação inteira.

— Quem é aquele? — pergunto.

Os olhos de Kelly seguem os meus.

— Ninguém — diz ela.

Ela se aproxima e ajusta o lençol para cobrir a mão. Mas eu sei o que vi. Vou até a maca e estendo a mão para o lençol.

— Para — diz Kelly.

— Por quê?

— As regras — diz ela. Depois: — Além do mais... você não vai querer ver.

Ajo rápido antes que ela possa me impedir. Puxo o lençol.

Lá, deitado na maca, está o Garoto.

Parece menor. Mais preto, se é que isso é possível. Só que a pele está tingida com outro tom. Mas só consigo olhar para a pele por um instante antes que o horror de tudo aquilo tome conta de mim.

Buracos de bala. Oito no total, desabrochando no Garoto como flores macabras. Peito, pernas, braços, cabeça. Ele está coberto por essa terrível coroa de flores.

— Garoto? — sussurro.

Kelly cobre o corpo do Garoto.

— Lamento que você tenha visto isso — diz ela.

— O que aconteceu com ele?

— Você não ouviu falar? — pergunta Kelly. — Está em tudo quanto é jornal. O tiroteio. Esse é o garoto do tiroteio.

E agora me lembro da conversa sobre o tiroteio. A conversa sobre algum garoto em algum lugar que levou bala. A conversa sobre a polícia. A conversa sobre força excessiva. A conversa sobre vidas negras importarem, sobre vidas azuis importarem e sobre todas as vidas importarem. Agora me lembro dos especialistas e dos políticos. Dos apresentadores de talk shows e das celebridades. Da presença constante desse assunto. Agora me lembro de todos os gritos, choros, manifestações e discussões, memes, pensamentos e orações, conversas sobre regulamentação e investigação, adesivos de para-choque e leis sobre porte de arma. Agora me lembro de tudo.

Me lembro de tudo isso, mas não consigo me lembrar de ter visto o Garoto no meio da comoção. Nem consigo lembrar o nome dele. Não é estranho? Tenho certeza de que alguém deve ter dito o nome em algum momento de todas essas reportagens. Tenho certeza de que ele deve ter sido uma hashtag. Uma camiseta. Uma palavra de ordem. Tenho certeza de que os corpos pretos que vi antes devem ter gritado o nome dele, mas não sei dizer exatamente qual deles pertence ao Garoto.

Na morte, ele é simplesmente o Garoto.

— Você está bem? — pergunta Kelly.

A única coisa que consigo fazer é ir embora. E é o que faço.

Saio correndo da sala sem olhar para trás. Saio correndo da funerária e entro no carro de Renny.

— Hotel — peço.

— E a sua amiga? — pergunta Renny.

— Me leva para o hotel. Por favor, Renny.

— Certo — diz ele com relutância.

Ele engata a marcha. Partimos para a cidade, longe de mulheres interessantes e de lembranças dos mortos.

Quando dou por mim, estou sentado no chão do meu quarto de hotel, usando um roupão de cortesia com estampa de oncinha e tomando uísque no gargalo. Nem lembro quando o comprei. Aquele som do monitor cardíaco ainda está lá, nos limites da minha realidade.

... bipe... bipe... bipe...

Na TV está passando *Casablanca*. Lá está Bogart, parecendo desamparado e arrasado. E lá está Bergman, linda e inatingível. No entanto, quanto mais olho para a tela — e quanto mais uísque bebo —, menos a cena parece ter a ver com Bogart e Bergman. E mais percebo que na verdade aqueles somos eu e Kelly.

Estamos na cena do aeroporto no fim do filme. O avião está esperando. Os alemães estão a caminho. Um balão de diálogo aparece ao lado da minha cabeça:

Tive que vir embora.

Desculpa, responde Kelly no seu próprio balão de diálogo.

Não foi culpa sua.

E agora?

Vou para casa amanhã.

Quer que eu te leve para o aeroporto?

Olho da televisão para o meu celular e percebo que a conversa toda é só uma série de mensagens.

— Estou ficando velho demais para isso — diz Renny, aparecendo do nada de repente. Ele está ao meu lado, segurando a minha camisa molhada e levemente manchada de vômito. — Não sei se vai sair — diz ele. — Você vai ter um pouquinho de São Francisco na roupa pelo resto da vida.

Então Renny olha para mim, e só pela expressão dele sei que sou uma visão triste. Ele suspira.

— Malditos escritores — diz Renny. Depois: — Tá bom. Vamos lá.

Renny se agacha, passa um braço debaixo dos meus ombros e me ajuda a levantar. Ele é gentil como um enfermeiro. Só Deus sabe quantos outros escritores infelizes ele teve que ajudar ao longo dos anos.

— O que está acontecendo? — pergunto, a fala arrastada.

— Só vem comigo, Uniesquina.

— Tá bom. Mas, só para você saber, eu nunca transo no primeiro encontro.

— Duvido — diz Renny.

Depois da morte do pai, a casinha onde Fuligem e a mãe moravam ficou muito maior do que jamais foi. E foram as inéditas imensidões vazias que encheram a mãe de Fuligem da maior das tristezas. Cada centímetro da casa era um lugar onde o seu marido havia existido. Cada cadeira ansiava pela sombra dele. Cada quarto desejava ser preenchido pelo riso dele. Os beirais da casa uivavam na madrugada, quando o vento soprava do sul, gemendo e perguntando aonde ele tinha ido. E, no meio disso tudo, a mãe de Fuligem garantia que seu filho estivesse constantemente nos seus braços. Ela o abraçava com uma frequência compulsiva e um desespero singular. Era como se nunca o tivesse abraçado antes e como se talvez jamais pudesse vir a abraçá-lo de novo. À noite ela dormia no quarto dele por causa do vazio que agora havia se instalado no próprio quarto.

Fuligem a observava e desejava poder fazer alguma coisa para acabar com aquela tristeza. Havia tanta lágrima para derramar. O som do choro dela acordava o garoto no meio da noite enquanto ela estava deitada ao lado dele, dormindo, sem saber que estava chorando. Às vezes ele ficava lá deitado e via a mãe sofrer durante o sono.

Fuligem queria absorver a tristeza da mãe. Mais do que isso, queria se esconder da própria tristeza. Sentia que essa tristeza estava na fronteira do seu mundo, uma tristeza persistente, que o observava como um animal faminto. Mas não era uma tristeza pela morte do pai, como seria de esperar. Na verdade, ele não pensava muito no pai.

Não que ele não amasse o pai. Fuligem sabia que amava o pai e às vezes sentia falta dele. Mas, hora a hora, a memória de Fuligem deixava escapar um pouquinho do que tinha guardado do pai. Era como se a morte do pai fosse demais para sua mente enfrentar e por isso ela tivesse se rendido, pouco a pouco, na esperança de se salvar.

E a lembrança do pai e a morte do pai em nenhum momento ficavam mais distantes do que quando Fuligem estava perdido no Invisível. Agora ele conseguia fazer quando queria: desaparecer e se tornar o Garoto Invisível. E, cada vez que ele fazia isso, a dor da perda se afastava um pouco mais. Ele voltava, toda vez, lembrando um pouco menos do pai. Voltava sofrendo um pouco menos. Ser Invisível estava salvando a sua vida ao remover partes dela.

Havia outras distrações também. As pessoas. Muitas pessoas.

Todo dia desde a morte do pai, a casa de Fuligem ficava cheia de gente. Mulheres da igreja traziam comida e condolências. Elas faziam rodas de oração em que mãos pretas seguravam umas às outras e clamavam por Jesus, pedindo a Ele que se tornasse o redentor que prometeu ser. Havia músicas tristes e promessas de justiça — tanto terrena quanto divina — e, mais do que tudo, havia a promessa de que Deus tinha um plano para tudo e todos e que a última coisa que a mãe de Fuligem deveria fazer era ficar triste.

— Ele está com Deus agora — faziam questão de dizer.

Ao que a mãe de Fuligem respondia com um aceno de cabeça e um sorriso fraco, apaziguador.

E, embora houvesse quem vinha falar de Jesus e paz, havia quem vinha falar com raiva sobre justiça terrena a qualquer preço. Tio Paul era o líder dessa vertente. Paul era tio de Fuligem por parte de mãe.

Um homem grande, com mãos grandes e pele preta, uma barba feito arame enrolado, era o tipo de homem que parecia fazer o chão se mexer a cada passo.

— É justamente desse tipo de merda que eu sempre falei — disse Paul assim que entrou na casa. As pessoas lhe davam um amplo e respeitoso espaço porque não havia escolha para um homem com suas proporções e seu temperamento.

— Oi, Paul — disse a mãe de Fuligem.

Paul a envolveu num abraço.

— Sinto muito — disse ele. — Não consigo acreditar nessa porra. Bem ali no jardim. O sangue dele está aqui do lado, no jardim!

Quando o abraço acabou, ele foi até Fuligem, a estrutura inteira da casa sacudindo sob seus pés.

— E você, garotão? — perguntou ele, concentrando a atenção em Fuligem.

Ele se abaixou estendendo as grandes mãos pretas e levantou o menino nos braços. Abraçou o garoto delicadamente — apesar da estatura e da força —, e Fuligem sentiu a barba crespa do tio roçar em sua bochecha.

— Sinto muito — disse Paul. — Mas não se preocupe, a gente vai dar um jeito nisso. Não vai ficar assim. Ele não vai se safar. Juro por Deus.

— Não diga isso — interrompeu uma das mulheres mais velhas. — Não use o nome de Deus em vão.

— Eu falo como bem entender — rugiu Paul. — E, se Deus não gostar, manda Ele descer aqui e fazer alguma coisa sobre isso. E talvez, enquanto Ele estiver aqui me dando uns tapas na bunda por usar o nome d'Ele em vão, o resto de vocês pode perguntar onde Ele estava quando o Will foi baleado no próprio jardim por aquele policial de merda.

A sala ficou intimidada e em silêncio.

— Está com fome? — perguntou a mãe de Fuligem.

Paul deu uma senhora gargalha.

— Olha para mim. Um negão do meu tamanho está sempre com fome.

Paul, Fuligem e a mãe foram para a cozinha, e Paul se serviu dos pratos que as mulheres tinham trazido junto com suas condolências.

— Se essas velhas chatas servem para uma coisa é para fazer comida boa.

— Elas estão só tentando ajudar — disse a mãe de Fuligem.

Paul deu uma mordida em uma coxa de frango e soltou um grunhido de aprovação.

— Isso não vai ficar assim — conseguiu dizer Paul entre mordidas. — Só quero que você saiba disso. Aquele policial que atirou, ele mora perto de Lumberton.

— Como você sabe disso? — perguntou a mãe de Fuligem.

Paul deu risada.

— Ah, você sabe. Ninguém consegue se esconder de ninguém por aqui. O distrito não é tão grande. Deviam estar mandando detetives para investigar. Mas você sabe como as coisas vão rolar — cuspiu Paul. — Não vai acontecer nada com ele.

— Não tem como saber — afirmou ela, parecendo cansada de repente. Como se um grande peso tivesse acabado de ser colocado em suas costas. Era o peso de saber que ninguém vai buscar justiça para pessoas que se parecem com você.

— Eu sei disso tão bem quanto você — retrucou Paul. Depois ele olhou para Fuligem. — Essa é uma das coisas que você tem que aprender — começou Paul. — Não vai acontecer nada com o cara que matou o seu pai porque é assim que o mundo funciona para gente como nós.

— Paul!

— Que foi? — perguntou Paul. Ele estava indo se servir. De vez em quando ele olhava por cima do ombro para Fuligem e a mãe. — Não me diga que você não falou com ele sobre isso ainda.

168

— É só que... — A mãe de Fuligem olhou para o filho. Ela abriu os braços, e ele se aproximou para ser abraçado.

— Se um dia pensou que podia manter o menino longe disso, essa decisão foi tirada de você — afirmou Paul. — Foi arrancada de você bem aqui no seu jardim.

— Não — disse ela. Ela se abaixou e sussurrou no ouvido do filho. — Vai. Você não quer estar aqui para isso.

— Mas, mamãe... — começou Fuligem.

— Por favor — pediu a mãe. — Preciso saber que você está seguro. Preciso saber que você está feliz. Preciso saber que você está invisível e escondido e em um lugar bom onde nada disso pode te pegar. Eu quero que você vá e depois volte e me diga como é. Me diga como é para eu poder sentir alguma coisa diferente do que estou sentindo agora, dessa sensação que eu vou ter pelo resto da vida.

Os olhos dela brilhavam de lágrimas. A voz era um apelo não só a Fuligem, mas ao próprio universo. Como ele poderia desafiá-la?

Ele fez que sim com a cabeça e, quando o seu tio não estava olhando, escapuliu para a invisibilidade, rumo ao Invisível, onde se sentiria seguro e feliz e esqueceria um pouco mais do pai e da morte do pai.

A última coisa que viu enquanto o Invisível o envolvia foi o sorriso da mãe, tingido de tristeza, mas quase agradecido.

Estou no banco traseiro de Renny, semiadormecido e olhando distraído pela janela, e, para onde quer que olhe, vejo o Garoto. Ele está no banco do carona do Honda ao lado, morto e crivado de balas olhando para mim. Desvio o olhar e o encontro em pé na esquina, segurando um cartaz pedindo dinheiro, e ele está morto e crivado de balas. Quando paramos na esquina, ele se aproxima do carro e bate na janela, pedindo que eu abra. Ele está morto e crivado de balas. O que mais posso fazer além de desviar o olhar e fingir que não estou vendo? Começo a perceber que é isso que estou fazendo.

Seguimos noite cintilante adentro.

Renny para em frente à casa mais bonita que já vi. É uma casa tão grande e larga que parece ter comido outra casa. Ainda estou me sentindo péssimo; por isso, enquanto ele estaciona, fico só deitado com a cabeça encostada na janela e com as extremidades do meu corpo parecendo distantes, e é fácil pensar que tudo isso é só fruto da minha imaginação. Não duvidaria nem um pouco disso.

Mas, no fim das contas, não estou sonhando.

As colunas romanas, o vestíbulo abobadado, as janelas enormes, o amplo gramado frontal em uma cidade que quase não tem gramados frontais, tudo é real. E tudo isso pertence ao Renny.

Enfim afasto a cabeça do vidro — meio boquiaberto de surpresa — e olho para Renny. Ele abre um dos maiores sorrisos que já vi e diz, com orgulho:

— Eu te disse, Uniesquina. Eu estudei em Harvard. Agora você tem que conhecer a minha Martha. Não importa o que possa ter ouvido falar dela, eu amo essa mulher.

— Não ouvi nada.

— Você já ouviu falar do mal, não ouviu?

Ele dá uma risada e eu também.

O interior da casa de Renny é tão impressionante quanto o exterior. Tetos abobadados. Piso de mármore. Um grande balcão de cozinha que parece ter sido esculpido — não cortado, mas esculpido — em uma única pedra de mármore. Sinto como se tivesse morrido e ido para o céu capitalista. E talvez tenha sido isso mesmo. Do jeito que a minha cabeça está latejando agora, eu não duvidaria de nada. Mas o cheiro de jasmim pairando no ar me faz acreditar que talvez eu ainda não tenha morrido.

Uma mulher baixinha, animada, de sessenta e poucos anos, que cheira a jasmim, sai da cozinha e nos recebe na porta e parece não se importar que eu ainda esteja só de roupão e chinelos do hotel.

— Querido — diz ela, carinhosa, beijando Renny na bochecha.

— Esse aqui é o...

— O cara do livro?! — pergunta ela, sem nem esperar para ouvir o meu nome.

— Isso, querida. O cara do livro.

Martha junta as mãos, animada.

— Que maravilha — diz ela, oferecendo um aperto de mão. — É muito bom ter uma pessoa tão respeitável quanto um escritor na minha casa.

Manifesto o meu agradecimento vomitando acidentalmente no chão de mármore inteiro.

Estamos na cozinha imaculada de Renny um pouco mais tarde. A sua esposa, Martha, prepara um jantar tardio para nós. Acho que ela me perdoou pelo que aconteceu mais cedo, o que é muito legal da parte dela, e, inclusive, digo isso a ela.

— É muita gentileza sua, Martha — digo, segurando a minha cabeça entre as mãos porque tem um cara realmente obeso dentro do meu crânio agora e ele está fazendo uma dancinha no meu cérebro.

— Não tem problema — acrescenta Martha. — Na maioria das noites eu nem consigo dormir mesmo. Pelo menos assim, enquanto estou acordada, faço alguma coisa útil.

— Por que você não consegue dormir? — pergunto a Martha.

— Sonhos — responde ela.

— Pesadelos?

— Não, só sonhos. Nunca gostei muito de sonhar.

É uma declaração profunda, e eu digo isso para ela.

— Essa é uma declaração profunda, Martha. Profunda pacas.

— A sua mãe vai continuar morta amanhã — diz Martha.

— É o quê?

— É o que o quê? — diz Martha, parecendo surpresa.

— O que você acabou de dizer? — pergunto.

— Nada — responde ela, e o seu rosto se fecha em um grande ponto de interrogação, e sou levado a encarar o fato de que muito provavelmente só imaginei que ela disse aquela frase sobre a minha mãe. Sou renomado por imaginar coisas. Tenho um problema: sou escritor.

— Então — começo a dizer, tentando me recuperar —, há quanto tempo vocês estão casados?

— Muito tempo — diz Renny imediatamente. — Martha lutou nas Guerras do Peloponeso. Não é, querida?

— Não, essa foi a sua mãe — retruca Martha.

Estendo a mão por cima do balcão da cozinha e pego uma garrafa de uísque que deve ter custado uma fortuna para Renny e Martha. Abro sem perguntar e me sirvo de um copo antes que eles possam dizer uma palavra. Os dois só observam. Talvez haja pena nos seus olhos.

— Você tem família, Uniesquina? — pergunta Renny.

— Não.

— Amigos?

— Um.

— Um bom amigo?

— Bom como qualquer outro.

— Então você tem família — diz Renny. Ele se aproxima, joga o meu copo de uísque fora, pega a garrafa da minha mão e troca por uma garrafa de água. — O que estou tentando dizer é que eu olho para você e vejo um homem perdido.

— À caceia — corrige Martha.

— Foi o que eu disse — responde Renny.

— Você estudou em Harvard e o melhor que conseguiu foi "perdido"?

Renny aponta um dedo acusatório para mim.

— Esse cara estudou em uma faculdade estadual!

Mais tarde estamos em pé do lado de fora da casa de Renny. Parece que dá para ver São Francisco inteira daqui. Mesmo com a enorme quantidade de álcool nas minhas veias, consigo admirar a beleza da cidade. É uma maravilha. E, quanto mais observo, mais bonita ela fica. As luzes brilham. As cores ficam mais nítidas. Sinto que estou em busca de uma visão. Sinto que comi muitos daqueles brownies especiais que a mulher do Colorado colocou na minha bolsa de brindes. Sinto que Betty White vai aparecer de novo.

174

As luzes da cidade se tornaram vagalumes, dançando sobre a superfície de um oceano. Não sei dizer onde a cidade termina e o céu começa. Imagino que, se realmente me esforçasse, eu poderia me perder em qualquer um deles. Poderia desaparecer em qualquer um deles. Gosto da ideia de desaparecer.

Acho que ouço o som daquele monitor cardíaco de novo.

Mas então fecho os olhos com força e respiro fundo e, quando finalmente solto o ar, o som desaparece e São Francisco voltou a ser só uma cidade.

Como se estivesse lendo a minha mente, Renny diz, sobre dirigir:

— Me mantém ocupado. — E encolhe os ombros. — Você desacelera na vida e, bom, é aí que tudo para. Eu sempre gostei de dirigir. Então, agora que estou aposentado, posso dirigir o quanto quiser. Conheço gente que eu provavelmente nunca ia conhecer de outro jeito; gente como você. Além do mais, isso me tira de casa e de perto daquela louca.

Imediatamente Martha coloca a cabeça para fora pela porta dos fundos e grita:

— Ah, é? Tá, você contou que ficou impotente aos quarenta?!

— Não foi o que a sua irmã disse — grita Renny em resposta imediatamente.

Martha se limita a fazer um gesto de desdém com a mão e volta para a cozinha.

— Eu amo aquela mulher de verdade — diz Renny com ternura. Depois: — Vamos colocar você em um quarto vago.

— Obrigado, Renny. Você é um cara legal.

— Posso te dizer uma coisa, Uniesquina?

— Tenho como impedir?

— Não.

— Então sim.

— Não sei muito sobre você — diz Renny —, mas uma coisa que eu sei é que, se continuar assim, você vai se dar mal. Em algum momento você tem que enfrentar isso que está te perseguindo... Quer você queira, quer não.

— Você deve estar certo, Renny.

— Claro que estou. Eu estudei em Harvard.

Pouco depois, Renny e Martha vão deitar e me indicam a direção do meu quarto. Quase me perco nos corredores da mansão, mas sempre é bom vagar pela casa dos outros. É uma boa forma de lembrar que todo dia existe gente vivendo a vida de um jeito diferente do seu. Faz você se sentir parte de alguma coisa.

Em um dos corredores, vejo fotos de casamento. Renny e Martha têm filhos. Pelo que parece, Renny e Martha têm muitos filhos. Na foto, uma das filhas vai casar. Em outra, Renny e uma filha diferente dançam juntos. O sorriso de Renny é todo orgulhoso. Martha, ao fundo, cheia de lágrimas de alegria.

Olho de foto em foto, e uma vida é construída. É uma vida de amor e carinho. É uma vida de família. Quanto mais olho, mais as fotos se tornam reais. Renny e a filha começam a se mover pela pista de dança. Ouço a música tocando — uma valsa lenta. Como frequentou Harvard, Renny valsa perfeitamente. Ele e a filha fluem como mercúrio sobre a superfície da pista de dança.

Dá para sentir o cheiro do frango que foi servido no jantar. Sinto o gosto do bolo de casamento no fundo da garganta.

Enquanto observo as fotos, consigo me ver nelas. Estou parado num canto nos fundos, sorrindo. Estou feliz. Aplaudo Renny, Martha e a filha. Me aproximo e abraço todos eles. Sou parte da família. Atrás deles, no fundo da foto, misturado à multidão, vejo um casal dançando. O homem é alto e magro como a sombra de uma flor. A mulher: baixa, roliça, com cabelo comprido preso num rabo de cavalo. A minha mãe e o meu pai. Eles se encaram, sorrindo e girando num pequeno círculo, balançando ao ritmo da música. O meu pai solta uma gargalhada, a minha mãe consegue sorrir. Ele não está morto. Ela não está triste. Posso ir até eles e abraçar os dois se quiser.

Mas, desafiando a mim mesmo, não faço isso.

E então a dança para. As fotos voltam a ser só fotos e eu sou um escritor de trinta e oito anos parado no corredor da casa de um estranho tentando me inserir na vida dele. Estou bêbado e solitário de repente.

Que seja.

Sigo caminho para o meu quarto e me jogo na cama. Ainda estou de roupão e chinelos do hotel. Fecho os olhos e começo a cair no sono.

— Oi — chama uma voz. É o Garoto.

Eu sento.

— Oi — digo.

O Garoto está sentado no canto do quarto com os joelhos puxados para o peito e os braços abraçando as pernas.

— Você está bem?

— Ia te perguntar a mesma coisa.

— Não quero falar de mim.

Os dedos do Garoto mexem no tecido da sua calça jeans. Há manchas de lama pela bainha da calça, como se ele tivesse passado a tarde brincando no jardim, como eu fazia antigamente. O Garoto lembra tanto o que eu fui que fica difícil lembrar que ele não sou eu. Ele é um garoto morto.

— Sinto muito — digo.

— Pelo quê?

— Pelo que aconteceu.

— Você quer dizer no carro? — pergunta o Garoto. Ele parece genuinamente surpreso. — Tranquilo. Você só estava com medo. Eu devia ter ido com você, a propósito. Não é bom deixar a pessoa sozinha quando ela está com medo, mesmo que ela esteja sendo idiota. — Ele sorri pela primeira vez esta noite.

— Não — digo. — Quero dizer, sinto muito pelo que aconteceu com você.

— O que aconteceu comigo?

A testa preta dele se franze e ele para de se mexer. Ele me encara com olhos castanhos arregalados e espera que eu diga que ele foi baleado e morto e que não é real. Espera que eu diga que, independentemente do dom que ele pensa que tem, isso não o salvou da chuva de balas e que não tem como voltar atrás. Espera que eu diga que ele não é real, que é um fantasma. Não, que ele é fruto da minha imaginação.

Então lhe dou o que ele quer. Mesmo quando se trata de frutos da sua imaginação, o melhor é ser o mais honesto e acessível possível.

— Você está morto — afirmo.

Depois de um instante, o Garoto ri.

— Não, não estou.

— Está, sim — garanto. — Mortinho da silva, como dizia o meu amado e falecido pai. Mais do que isso, estou um pouco ofendido por você não ter me contado que estava morto esse tempo todo. Fiquei aqui pensando que você era só parte do meu problema e na verdade você é muito mais do que isso. Você é um garoto de verdade que foi morto a tiros faz uns dias. Eu te vi. Vi o seu corpo.

Mais uma vez o Garoto ri.

— Não — diz ele. — Está tudo errado. Você está chapado?

— Bêbado. Não chapado.

— Bom — acrescenta o Garoto —, de qualquer forma, você está errado. Eu não estou morto. Isso seria estúpido. Eu sou real. Sou tão real quanto você. Não sei o que você viu nem quem era, mas não era eu.

Por mais que eu não queira acreditar em nada que o Garoto está dizendo, não tenho como negar que estou começando a acreditar nele. Afinal, esse é o paradoxo de uma imaginação como a minha: não se pode confiar na realidade das coisas ou das pessoas. Se uma coisa passa o tempo todo dizendo que é real, uma hora você vai ter que acreditar pelo simples fato de que a maioria das pessoas que você conhece no mundo é real e seria terrível tratar pessoas reais como imaginárias.

— Mas, se não era você, quem era aquele garoto que eu vi na funerária?

— Sei lá — diz o Garoto. — Mas não era eu.

Ele levanta a camisa para revelar o peito inacreditavelmente preto, sem nenhum buraco de bala ou qualquer outro sinal de trauma.

— Está vendo? — diz ele. — Eu estou bem. Nada de ruim aconteceu comigo e nada de ruim jamais vai acontecer. Estou seguro e sempre vou estar seguro porque a minha mãe e o meu pai me deram esse dom.

— Sim — respondo, a cabeça latejando como um alto-falante. Talvez por causa da bebida. Ou talvez tentando entender no que se tornaram a minha vida e o meu estado mental. Sento no chão ao lado do Garoto. Puxo os meus joelhos para o peito e abraço as pernas como se pudesse ficar pequeno o suficiente para me proteger da realidade que existe além deste momento. — Estou cansado.

— Eu também — diz o Garoto. — Estou com saudade da minha mãe.

— Onde ela está?

— Não sei — responde o Garoto.

— Quer que a gente encontre ela?

— Não. — Ele aperta mais as pernas contra o peito.

Quero perguntar por que não, mas algo me diz que essa é a pergunta errada. Então, eu e ele simplesmente ficamos sentados juntos e guardamos o que quer que seja em que estamos envolvidos. Não tenho coragem de trazer outra vez à tona o fato de que vi o cadáver dele. E não tenho coragem de mencionar o fato de que vi a minha mãe morta. Não tenho coragem de falar um monte de coisa, então ficamos sentados cercados por coisas não ditas.

— E aquela garota? — pergunta o Garoto. — Ela parecia legal.

— É carta fora do baralho, filho.

— Você devia tentar — diz o Garoto. — Você está se sentindo sozinho. Dá para perceber.

179

— Como você sabe?

— A maioria das pessoas como nós é solitária — afirma o Garoto. — Qualquer um que imagina coisas é solitário. Eu sempre fui solitário. Desde que me entendo por gente. As crianças na escola me atazanavam por ser tão preto. Que nem o meu primo Tyrone. Eu gosto pacas dele. É o garoto mais legal que conheço. Mas ele sabe ser mau também. — O Garoto encolhe os ombros. — Mesmo assim ele é o meu primo preferido. Por isso escuto as piadas dele e não falo nada e desculpo mesmo quando ele não pede desculpa porque ele é meu primo, porque a gente é família. E é isso que família faz: perdoa. A gente está nessa junto.

— O Tyrone te disse isso?

— Como você sabe? — pergunta o Garoto.

— Só um palpite.

Ficamos sentados juntos por um tempo que parece impossivelmente longo. Fico esperando o sol nascer, mas o tempo passa devagar, e ainda assim o Garoto e eu ficamos sentados juntos, os dois abraçando os joelhos, os dois definhando na solidão. Fico aflito me perguntando se o Garoto é imaginário mesmo, se está morto ou alguma outra coisa. O Garoto se aflige com a minha solidão. Somos uma dupla, eu e ele. Cada um aflito demais pelo outro.

— Quer que eu te ensine? — pergunta o Garoto.

— O quê?

— A ficar invisível.

— Não — digo. — Já tenho as minhas formas preferidas de lidar com o mundo.

E então não há nada a fazer além de ficarmos sentados sozinhos em silêncio e esperar o nascer do sol.

Em algum momento eu caio no sono.

Quando acordo, o menino desapareceu e o meu celular está no chão do meu lado. Me lembro de alguma coisa e, depois de rolar a tela algumas vezes, encontro a mensagem de Kelly:

Quer que eu te leve para o aeroporto?

***

Na manhã seguinte, Renny e eu estamos em frente ao meu hotel. Estou com o terno de viagem. Renny está com o uniforme de motorista de limusine. Estamos os dois observando a rua.

Renny olha para a esquerda. Eu olho para a direita.

Renny olha para a direita. Eu olho para a esquerda.

— Bom — diz Renny —, podemos ir no meu carro.

Assim que as palavras deixam a sua boca, um pequeno Honda Civic para perto da calçada na minha frente. Kelly acena do banco do motorista.

Renny sorri.

Ele me ajuda a colocar a bagagem no porta-malas de Kelly.

— Vê se não se esquece de mim, Uniesquina.

— Jamais.

Renny me abraça de um jeito que lembra o meu pai.

Depois eu entro no carro de Kelly e vamos para o aeroporto.

Enquanto cruzamos o trânsito, me sinto compelido a falar. Afinal de contas, eu fugi dela no meio da funerária. Uma atitude não muito cavalheiresca.

— Olha só... sobre ontem à noite...

— Cala a boca — ordena Kelly.

Ela liga o rádio. Está tocando "Crazy", do Gnarls Barkley. Uma verdadeira música-tema.

Chegamos ao aeroporto com pulmões doloridos e músculos cansados. Cantamos a mesma música o caminho todo. Está cheio de gente fora do aeroporto. Todo mundo indo para algum lugar.

Saio do carro e pego a minha bagagem. Kelly fecha o porta-malas. Depois, quando estou pronto, ela se aproxima de mim e diz:

— Tira a camisa.

Hesito por um instante, mas faço o que ela pediu.

Kelly enfia a mão no porta-luvas do carro e pega um grande marcador permanente. Ela escreve algo na camiseta que uso por baixo. As letras fazem cócegas. As pessoas passam ao nosso redor, aparentemente alheias ao que ela está fazendo. O que me faz pensar se ela realmente está fazendo isso ou se é a minha imaginação outra vez.

Eu tenho esse problema.

Quando termina de escrever, Kelly diz:

— Leia quando chegar em casa.

Tento falar, mas, antes que eu consiga dizer algo, Kelly se inclina e me beija.

Fogos de artifício. Música. Luz do sol. Gengibre e canela. No momento em que os nossos lábios se tocam, essas são as únicas coisas que importam. A multidão agitada de viajantes do aeroporto ao nosso redor de repente deixa cair a bagagem e começa a dançar. É um jazz alegre e vibrante. Batida forte. Os metais dão o tom. Os dedos de Count Basie tocam o Charleston e The Running Man nas teclas do piano, soando como imagino que as estrelas soariam se fosse possível apontar os dedos para o céu e criá-las do nada. Toda roupa sem graça e confortável se foi. Todo mundo está vestido para uma noite na alta sociedade ou para uma noite no bar mais enfumaçado da cidade.

Ao redor de Kelly e de mim, o mundo é luz e som, corpos e linhas de baixo. O meu coração está na garganta. As minhas mãos estão no rosto dela, sugando a eletricidade e talvez devolvendo a ela um pouco da minha.

E então o beijo acaba. A música para. As fantasias desaparecem e todos voltam a usar jeans e moletom e a sentir uma leve depressão. A vida é a vida de novo. Só a lembrança da imaginação permanece enquanto a realidade afunda os seus dentes.

— Eu moro a cinco mil quilômetros de distância — digo.

— O sol está a cento e quarenta e sete milhões de quilômetros de distância. E mesmo assim você sente o calor no seu rosto, não sente?

Ando pelo aeroporto em transe. A segurança do aeroporto, que normalmente adoro, percebe a minha distração. Ou talvez não. Só sei que a revista foi estranha para nós dois.

— Nunca pensou em passar a usar cueca boxer? — pergunta o agente da TSA.

— Hein?

— Ninguém nunca me ouve — diz ele. Depois: — Próximo!

Estou sentado no avião, ainda atordoado, ainda longe de tudo. Mal sei dizer como cheguei aqui. Enquanto os outros passageiros ainda estão embarcando, vou até o banheiro e levanto a camisa para ler a mensagem de Kelly: PERDOE A SI MESMO.

Estou de volta à minha poltrona. Um havaiano corpulento senta do meu lado. O volume dele se espalha sobre mim, mas é reconfortante. Me faz sentir como se eu fosse parte de algo diferente de mim.

Enquanto o embarque continua, observo os carregadores jogarem as bagagens na esteira. Um deles olha para mim. É Kelly. Um balão de diálogo aparece ao lado da sua cabeça:

A gente se vê por aí!

Sorrio. O carregador parece confuso. Não é mais a Kelly. O celular vibra na minha mão. Uma mensagem de Kelly aparece. Adivinha o que diz?

Enquanto taxiamos na pista, o havaiano corpulento ao meu lado começa a cantar a versão de Whitney Houston de "I Will Always Love You". Ele canta melhor do que devia. Antes que eu me dê conta, nós dois estamos cantando. Os dois a plenos pulmões. Os dois deixando algo para trás em São Francisco, talvez.

A cidade inteira apareceu para resolver a tragédia da morte de William. Enquanto o corpo dele jazia sobre uma mesa na sala do legista em Whiteville, uma velha igreja numa cidadezinha rangia sob o peso de pessoas zangadas demais, tristes demais e amedrontadas demais para exprimir seus pensamentos. E assim eles foram atrás de Deus e de um homem de Deus para se expressar em nome deles.

— E eu sei — disse o reverendo Brown — que não somos os primeiros a lidar com esse tipo específico de fera, mas, assim como Jonas, sabemos que Deus está aqui e sabemos que Deus não vai nos dar as costas.

— E quanto a Will? — perguntou alguém na congregação. Havia uma raiva na voz dele que o reverendo e todos os outros conseguiam ouvir.

— Deus nunca o deixou partir — disse o reverendo Brown. — Só o chamou de volta para casa.

Então ele lembrou a todos Daniel na cova dos leões. Falou sobre o medo de Daniel. Perguntou à congregação quantos dali teriam andado diante da boca dos leões sem medo.

— Quantos de vocês têm essa fé?

Fuligem ficava perplexo ao observar o reverendo Brown. O homem velho e careca se colocava no meio da igreja contando histórias de Deus e Seus milagres e a congregação prestava atenção em cada palavra. As histórias iam ficando maiores e mais longas, e mesmo assim as pessoas ouviam e faziam que sim com a cabeça e gritavam "Amém!" de vez em quando, e às vezes até pareciam se sentir um pouco melhor enquanto ouviam as histórias. Não eram poucos os rostos chorosos na igreja quando o reverendo Brown começou, mas, quanto mais ele falava, quanto mais histórias contava, menos lágrimas salgadas os velhos bancos da igreja precisavam recolher.

Fuligem não sabia disso na época, mas estava se tornando um fiel. Não a Deus, como o reverendo Brown e o restante da comunidade sulista ligada à igreja poderiam ter desejado, mas estava se tornando um fiel às histórias. Ele viu, logo após a morte do pai, que uma história poderia aliviar a dor. Viu sorrisos, ainda que breves, onde havia lágrimas. Viu comunhão onde havia solidão. Viu esperança onde havia desespero.

E ele começou a se perguntar se um dia poderia ser bom em contar histórias.

Enquanto Fuligem se perguntava isso, o reverendo Brown continuava a aplicar bálsamo em quem podia. Em meio à multidão, havia aqueles que acenavam com a cabeça em concordância e fidelidade a Deus Todo-poderoso, e o reverendo mantinha seu foco neles e tentava não prestar atenção naqueles que balançavam a cabeça negativamente e corriam os olhos pela igreja procurando outros que, como eles, estavam fartos do modo como as coisas se desenrolavam e não iam continuar esperando por Deus.

Fuligem sentou ao lado da mãe e assistiu a tudo enquanto seu tio Paul permanecia encolhido no fundo da igreja com um grupo de homens. Eles conversavam e balançavam a cabeça em vez de concordar com as histórias de Deus.

Mas o sermão prosseguiu.

No fim, o pastor parecia ter vencido, já que os homens no fundo da igreja pediram licença e saíram para o estacionamento. Eles andavam de um lado para o outro sob o brilho dos faróis de suas velhas picapes. Resmungavam uns com os outros dizendo que alguma coisa precisava ser feita. Fizeram promessas de que não tolerariam o que tinha acontecido com William, o que tinha acontecido com homens e meninos como ele no país inteiro. Juraram que iam encontrar um jeito de fazer o que a lei não havia conseguido. Lembraram uns ao outros de que a lei nunca faria nada por eles. Era a única coisa que sabiam e entendiam com clareza.

A lei nunca faria nada por eles, assim como nunca tinha feito nada por seus pais, por seus avós, por seus bisavós e assim por diante.

— As leis nunca foram feitas para negros — disse Paul, e o coro de homens resmungou e garganteou em concordância.

Os outros homens se revezaram para explicar todas as formas pelas quais foram desrespeitados pela lei. Contaram histórias próprias, diferentes daquelas do reverendo Brown, mas com o mesmo peso. Em vez de Deus, havia corpos pretos mortos. Em vez de baleias e leões, havia policiais e juízes, prisões e agentes de crédito, políticos e legisladores. No vácuo deixado por Deus, sua pele preta e tudo o que vinha com ela preencheram o vazio.

Todos os homens se revezaram trocando cenários hipotéticos sobre todas as coisas que poderiam acontecer com seus filhos e como essa perda os destruiria se algum dia isso acontecesse e criasse raízes em suas vidas. Todos concordaram que algo tinha que mudar. Eles citaram Sam Cooke e Martin Luther King. Então alguém chamou Cooke de mentiroso e disseram que MLK era um fracasso. Eles disseram: "Essa merda não mudou e talvez seja a hora de a gente mudar." Então alguém foi até a caminhonete e voltou com um isopor cheio de cerveja que sobrou de um longo dia de pesca no rio e as histórias continuaram.

Tudo era raiva, medo e tristeza, porque era isso que suas vidas tinham se tornado. Talvez até então eles não tenham sido nada além disso.

Fora da igreja, os homens se cansaram de falar e os homens se cansaram de beber. Agora que tudo tinha acabado, Paul voltou para a igreja, pegou Fuligem e o carregou nos braços para a caminhonete.

No dia seguinte, Fuligem acordou cedo e encontrou o tio sentado sem dormir no sofá.

— Vem comigo — disse ele em sua voz sinistra e forte.

Paul levou Fuligem até a entrada da garagem sob o brilho fraco do sol nascente. Eles foram até a caminhonete, Paul enfiou a mão no porta-luvas e tirou uma pequena pistola.

— Esse mundo não vai cuidar de você, então você precisa saber usar isso. É a única coisa que eles respeitam, a única coisa que vai fazer você ser ouvido.

Eis uma experiência que todo mundo deveria fazer: Vá a um local público movimentado qualquer — tem que ser um lugar com um piso plano e agradável com muita passagem de pedestres —, depois jogue uma bolinha de gude no chão. Você pode achar que sabe o que vai acontecer, e talvez saiba. E talvez você até ache que isso não é possível de verdade. Talvez você ache que deixar cair uma bolinha de gude no chão não vai fazer ninguém cair. Afinal, isso não é um episódio dos Três Patetas, é a vida real.

Como eu disse, confie em mim.

Pegue essa bolinha de gude, jogue na multidão e espere. Uma hora, alguma coisa vai acontecer. Alguém vai pisar nela e, se você tiver sorte, a pessoa realmente vai cair. Mas o problema é que, se você escolheu seu horário e local corretamente, não vai ser só a pessoa inicial que vai cair. Isso vai iniciar uma reação em cadeia quando a primeira pessoa cair e tentar segurar alguém para amortecer a queda. E aí a segunda pessoa vai para o chão. Talvez a terceira. A quarta. E assim por diante.

Em pouco tempo, você vai ter devastado todo um grupo de indivíduos.

Mas em seguida vem a parte interessante. Depois que todo mundo tiver caído, depois de verem se está tudo bem e superarem a sensação de constrangimento que todo mundo sente depois de uma coisa dessas... as pessoas vão voltar para as suas vidas. Vão voltar à conversa que estavam tendo. Vão seguir para o banheiro, para a sala de jogos, para a porta da frente, para onde quer que estivessem indo antes de tudo acontecer.

Veja bem, o que acontece com as pessoas é que nós somos todos criaturas de hábitos. Gostamos de ordem, rotina. Lutamos para criar um padrão nas nossas vidas, a fim de mitigar a crença profunda de que não há ordem em nada, de que somos apenas bolinhas de gude batendo umas nas outras em uma imensidão fria e infinita.

Então, quando algo chega para perturbar a norma, a primeira coisa que nós, seres humanos, fazemos é restabelecer a nossa rotina e voltar para as nossas vidas. E eu não sou um ser humano?

Então foi isso que fiz depois de Kelly. Voltei ao que conhecia.

Voltei para a estrada. Caí na estrada, metafórica e literalmente. Vendi alguns livros. Fiz entrevistas. Tomei bebidas exóticas. É o que um cara normal como eu faz. O gosto pela rotina. Faz um idiota sentir que está no controle de alguma coisa. E não há nada melhor do que sentir que você agarrou as rédeas da vida em vez de ser o otário que levou um coice dela. Eu já estive lá. E de jeito nenhum vou deixar uma instabilidadezinha psicoemocional me mandar de volta para lá. Entende o que quero dizer?

Mas o problema com uma imaginação vívida é que ela não sabe quando parar. Então, da vez seguinte em que entro num avião, tenho aquilo que se poderia chamar de um encontro estranho.

Começou com Magdalene. Ela era uma comissária de bordo de Tulsa e tinha um sorriso capaz de derreter um homem se ele não estivesse pronto para enfrentá-lo. Nós nos encontramos em algum lugar acima dos estratos-cúmulos do oeste do Texas, e, desde que a vi, tive visões dela e de mim surfando debaixo dos lençóis até o amanhecer. Mas ela não é a história aqui.

Isso foi logo depois de o carrinho de lanches passar pela última vez e de todos os outros dormirem à noite, sonhando a quase dez quilômetros do chão. Eu estava lá sentado, cuidando da minha vida inconsolável, quando recebi um tapinha no ombro.

— Você parece familiar — disse Magdalene, dando aquele sorriso capaz de colocar qualquer um de quatro.

— Todo mundo tem que parecer alguém — eu disse, sorrindo como em todas as outras entrevistas. — E é muito possível que eu já tenha feito esse trajeto antes. Perco a noção das coisas com muita facilidade. Sou autor.

— Eu sabia! — disse Magdalene, os olhos brilhando como fogos de artifício. Ela deu meia-volta, correu pelo corredor e, quando voltou, estava com um exemplar de *Puta livro bom* nas mãos trêmulas e sem aliança de casamento. Como eu poderia recusar o seu pedido de autógrafo?

Não falei muito sobre isso, mas autografar livros é mais complicado do que se imagina. Se pensar bem, autografar um livro é como gravar um pedaço seu na pedra macia da memória de alguém. Quando se autografa uma coisa, as pessoas lembram. O item em questão se transforma em um totem, um símbolo de um momento que significou algo, mas que nunca mais vai voltar. A pessoa do outro lado da equação quer que você dê uma prova física de que o caótico caminho da vida dela cruzou com o seu. As pessoas querem algo para mostrar aos amigos. Querem algo para cobrir a cabeça quando a Vida cagar nelas lá do alto — figurativamente falando. Querem ser capazes de abrir aquele tomo empoeirado e encontrar sabedoria, inspiração, um monólito atemporal cheio de estrelas — de novo, falando figurativamente.

E tudo depende de que se escreva algo significativo.

É muita pressão.

Então, faz um tempo, decidi escrever sempre a mesma coisa em todo livro que autografo.

Eu estava no meio desse autógrafo quando fui educadamente interrompido.

— Se importa se eu pegar um também? — perguntou uma voz grave do outro lado do corredor da primeira classe. Era uma voz familiar, mas não acreditei. Sabe como é? Uma daquelas vozes que ativam sinapses em partes esquecidas do cérebro. "Estranhamente familiar" é o termo mais fácil para isso.

— Claro — respondi, terminando o livro de Magdalene.

Eu ainda não conseguia ver quem estava falando comigo porque Magdalene continuava entre nós, lendo a inscrição que deixei para ela. Quando terminou de ler, ela estava de olhos vermelhos e fungando. Magdalene secou uma lágrima, respirou fundo, preparou a boca para as palavras, mas tudo o que saiu foi um suspiro meio choroso.

Querida, eu já passei por isso.

Ela saiu apressada pelo corredor, emitindo aquele som de choro sufocado.

Depois que ela se foi, alguém enfiou outro exemplar de *Puta livro bom* na minha cara.

— Agradeço de verdade — disse a voz do outro lado do corredor. — É mesmo um puta livro bom.

— Ouvi dizer — falei, e finalmente ergui os olhos castanhos para ver com quem estava conversando. Contato visual é crucial no ramo. Uma das muitas coisas que aprendi no treinamento de mídia é que você precisa se conectar com os leitores sempre que surgir a oportunidade. Precisa olhar a pessoa nos olhos e fazer com que ela se sinta o centro do universo, sabe? Como um velho amigo que ficou perdido em meio às muitas existências selvagens do mundo por décadas e agora, enfim, voltou para casa e você estava de braços abertos para recebê-lo. As pessoas se sentem bem quando acreditam que foram vistas.

Então ergui os olhos, planejando dar a esse cara uma dose de todos esses sentimentos bacanas, e foi então que vi que o sujeito do outro lado do corredor não era um mero comprador anônimo de livros fadado a ser esquecido mesmo quando estes lindos lasers castanhos se dirigissem aos olhos dele. Não. Esse companheiro de viagem era especial. Era, e você tem que acreditar em mim quando digo isso, ninguém menos que o primeiro e único Nicolas Kim Coppola.

Mais conhecido pelos leigos como Sr. Nic Cage.

Isso mesmo. Nic Cage.

O Sr. *Despedida em Las Vegas*. O Sr. *Arizona nunca mais*. O Sr. *Códigos de guerra*. O Sr. *Mandy*. O Sr. *A outra face*. O Sr. *A rocha*. O Sr. *Joe*. O Sr. *A cor que caiu do espaço*. O Sr. *Motoqueiro fantasma*. O Sr. *Um estranho vampiro*. O Sr. *Vício frenético*. O Sr. *Olhos de serpente*.

Talvez você não saiba só de olhar para mim, mas sempre achei que o Sr. *Motoqueiro fantasma: espírito de vingança* foi a melhor coisa que surgiu desde que alguém teve a ideia de colocar suor de milho num barril e chamar de bourbon. Olha, se eu pudesse ter um animal espiritual, seria o Sr. *Tesouro nacional*. Talvez ele não tenha feito tanto pela minha vida quanto o meu pai e Fred MacMurray, mas com certeza preencheu as lacunas. O cara tem algo especial. Nunca se sabe o que ele está fazendo agora nem o que vai estar fazendo daqui a uma semana. É como se ele reconstruísse o mundo a cada filme, reconstruísse a sua reputação, reconstruísse a sua visão do sol. E, se isso não mexesse com alguém como eu, não sei o que mexeria.

— Escreve qualquer coisa — disse ele. — Você já escreveu tanto, não é?

Ele exibiu aquele sorriso que eu e você vimos em cento e nove longas-metragens — e o número não para de subir —, e só o que pude fazer foi ficar sentado ali por um instante, estupicageficado, tentando encontrar palavras que não me ocorriam. Completamente vazio. Raspando o tacho da minha conta bancária cerebral em busca de sílabas sem achar nem um trocado de bolso verbal. Pouco mais que um queixo caído e uma baba que escorria lentamente.

O Sr. *Con Air* usava um jeans de grife esfarrapado e um par de botas de couro velhas, uma camiseta do Al Green e uma jaqueta coberta de zíperes e fivelas. Exatamente do jeito que sempre imaginei que ele seria.

— Está tudo bem — disse o Sr. *Perigo em Bangkok*. — Eu sei o que você está pensando. Mas, só para constar, não sou quem você pensa que sou.

Foi um mistério que me tirou do meu estupor.

— Não é?

Claro que era. O Sr. *Vício frenético* não poderia estar ali do outro lado do corredor, me olhar nos olhos e dizer que não era ele.

— Você não está me entendendo — afirmou ele, se inclinando um pouco. Um movimento clássico que transmite a mensagem de intimidade. — Não se deixe levar por isso — disse o Sr. *60 segundos*, fazendo um movimento com as mãos. — Isso tudo. Nada disso é real.

— Eu não saberia dizer se o movimento dele apontava para a própria roupa, para o sujeito que a vestia, ou talvez até para este que vos fala.

Não preciso nem dizer que era o tipo de conversa que fazia a lã nas costas do meu blazer esportivo ficar em pé e bater continência. Ele sabia do meu problema? Ou fazia parte disso? Eu torcia para que fosse a primeira opção. Sabe, eu queria poder dizer que realmente conheci o Sr. *Cidade dos anjos*.

— Sabe o que é doido *mesmo*? — perguntou o Sr. *O sacrifício*.

— O quê? — perguntei, certo de que os meus pensamentos estavam sendo lançados no cosmos profundo e, por meio de mecanismos místicos, cagecinéticos, transmitidos para esse vencedor do SAG Award.

— Expectativas — começou ele. — Isso sim é doido. A noção de que nós, todos os dias, esperamos coisas. Esperamos coisas do universo. Esperamos que ele se comporte de certa maneira, sabe? Bíblias, pergaminhos e leis, todos dançando a mesma dança, argumentando que sabem como tudo funciona. Nós esperamos coisas de nós mesmos... e quase sempre estamos errados sobre essas coisas, aliás.

Ele deu outra risada rápida, como se talvez a memória de outra pessoa tivesse acabado de entrar na órbita da sua mente, algo em que eu certamente podia acreditar.

— Ainda mais do que tudo isso — continuou ele —, nós esperamos coisas de outras pessoas. Pense, por exemplo, neste momento em particular. Bem agora você está sentado na minha frente, certo? E nós dois sabemos quem sou eu; ou melhor, nós dois pensamos que sabemos. Você me conhece porque me viu em um monte de telona de algodão de doze metros de altura em uma série de salas escuras com piso grudento espalhadas ao longo de décadas da sua vida. Ou talvez você me conheça daquela caixinha retangular que fica na sua sala de estar dizendo o que esperar deste mundo que não para de girar. E você acredita porque não tem outro ponto de referência.

Eu estava sendo puxado para areia movediça e sabia disso. Dava para sentir a minha mente sendo desconstruída, engolida pela boca escancarada de alguma criatura que existia desde tempos imemoriais. Eu queria chamar Magdalene, só para que ela ajudasse a me orientar, mas não consegui quebrar o contato visual com o Sr. *Apache: helicópteros invencíveis*. Ele tinha me agarrado com punhos de ferro. Eu estava preso nesta jaula.

— Não se pode conhecer alguém antes de, bom, conhecer a pessoa — disse ele, a voz subitamente gentil, como se soubesse que eu estava prestes a me afogar e quisesse ter um pouco de misericórdia. — O seu livro fala um pouco disso, então é claro que você sabe do que estou falando. Mas sabe do que o seu livro não fala? Ele não fala de como é impossível conhecer alguém acreditando no que se vê na televisão. Ou passando por onde a pessoa mora e tirando conclusões ignorantes. Ou dançando as músicas da pessoa escolhidas a dedo por ela, porque se quer se sentir revolucionário. Já notou que as pessoas que fazem isso deixam de fora as músicas acusatórias? As músicas que sugerem em segredo que as pessoas que você não conhece talvez te conheçam melhor do que você mesmo. Tipo, as pessoas que você julga se lembram de todos os seus segredos e você se ressente delas por isso. É horrível encarar isso. É um espelho para o qual ninguém quer olhar. É mais fácil não olhar. Então, sabe o que se faz a respeito disso? Não você em particular, mas a identidade sociopolítica nacional, estou dizendo.

Fiz que não com a cabeça. Ele estendeu a mão do outro lado do corredor e colocou um dedo no meu peito.

— *Americae excommunicatus* — disse ele. — Você conhece esse termo. Você sabe do que estou falando. Você e os sioux.

— Eu sei... Eu sei. Mas nunca ouvi mais nin...

— Não me interrompa — disse ele numa frase que soou como um pedido de desculpas. Depois ele limpou com a mão o ponto da minha camisa onde tinha encostado o dedo. — Quer saber o que mais?

— Eu quero muito saber o que mais — confessei, fascinado.

— Você está apavorado neste exato momento. Completamente aterrorizado. Porque em algum momento você se viu naquela caixinha na sua sala de estar, a mesma que me levou para o seu mundo, e começou a acreditar nas coisas ditas por gente que não te conhecia de verdade e que morria de medo de você. Você viu fotos suas na prisão, em tumultos, atirando em outras pessoas que se parecem com você, se oferecendo em sacrifício ao monstro sanguinário só para salvar o herói, que não se parece em nada com você, aliás. E quando viu tudo isso você construiu uma história no seu cérebro, uma história tão convincente que acabou engolindo a própria realidade. E você começou a pensar: "Ah, não. Talvez eu seja mesmo essa pessoa. Talvez eu seja mesmo o vilão da socionarrativa." E foi aí que aconteceu.

— O que aconteceu? — perguntei, sem fôlego.

— Você ficou com medo de si mesmo. Ficou com medo da própria voz. E acho que ainda tem esse medo.

— Puta que pariu — consegui dizer.

— É isso aí — disse ele. — Está vendo? Este instante. É disso que estou falando. Este é o momento! Você acabou de perceber que talvez o que ouviu sobre mim não seja verdade, o que significa que eu sou um desconhecido. E você também percebeu que talvez o que ouviu sobre você não seja verdade, e talvez você seja um desconhecido, até para você mesmo. — Ele balançou a cabeça. — Isso é assustador pra cacete.

196

— Então, o que eu faço a respeito disso? — perguntei.

Internamente, eu estava de joelhos. Finalmente aconteceu. O universo me deu um guia. Meu Virgílio particular, disposto a me conduzir para fora do submundo da minha existência.

E então o Sr. *Fúria sobre rodas* fez a pior coisa que poderia fazer. Simplesmente ficou ali sentado e não disse nada. Com aquela testa alta e lisa, com aqueles olhos meio fundos que sabem enlouquecer como ninguém. Ele ficou ali sentado e esperou que eu desvendasse por conta própria aquilo que ele tinha acabado de me falar.

Se você não levar a mal o que vou dizer, eu o odiei um pouquinho naquele momento. Ele tinha uma única obrigação: ser quem eu esperava que fosse. Deixar que eu me sentisse bem comigo mesmo. Mas, merda, para ser sincero, esse não parece ser o tema da minha vida. Ele tinha estragado unilateralmente o meu encontro com ele. Destroçou a minha visão cageana. Teria sido mais fácil se simplesmente permitisse que eu autografasse o exemplar dele e me deixasse com o que eu achava que sabia dele.

E como ele, aparentemente, continuava captando os meus pensamentos no cosmos profundo, o Sr. Cage apontou para o livro na minha mão.

— Vai em frente — disse. — Escreva o que quiser. Preciso tirar uma soneca antes da aterrissagem. Fazendo um filme novo.

— Posso perguntar...

— Não — respondeu o Sr. Cage. — Não faça isso. Não desperdice esta experiência fazendo perguntas para as quais não posso dar respostas. Você é melhor que isso. A vida é muito curta para esse tipo de coisa. A gente podia morrer agora. Que merda, talvez a gente já tenha morrido, sabe? Na verdade, se quiser ser filosófico, já estamos mortos em algum ponto da linha do tempo. Todos nós. Estamos todos só perseguindo o momento em que a linha do tempo nos alcança e nós apagamos. Então não desperdice nada disso, pelo amor de Deus!

O Sr. *Um homem de família* pontuou o discurso com outra cutucada no meu peito. Depois ajeitou a jaqueta, se recostou na poltrona da primeira classe e soltou um suspiro saciado.

— Acho que fui um dragão em outra vida — disse ele para si mesmo; pelo menos, acho que ele estava falando sozinho. Depois ele fechou os olhos, tentando tirar um cochilo antes que o Texas viesse e nos agarrasse pelos pés.

Lá estava eu, a quase dez quilômetros de altitude, com o meu próprio Oráculo de Delfos vencedor do Globo de Ouro... e eu não sabia o que dizer. Alguma coisa perspicaz e lisonjeira para vencer a fumaça de cigarro que era a confusão zumbindo na minha cabeça. Mas eu tinha noção de que ele já sabia no que eu estava pensando. Não é preciso falar quando o universo já conhece os seus pensamentos.

— É assustador — disse ele, meio adormecido. — Mas você vai encontrar o seu próprio caminho. Enquanto isso, se cuida e nos vemos no próximo.

— No próximo o quê?

— Você acha que acabou? — perguntou ele, abrindo os olhos de novo. Ele corria os olhos pela poltrona enquanto falava, procurando alguma coisa. — Este é só o primeiro livro. É só uma introdução.

— Uma introdução a quê?

— A quem — corrigiu ele, enfim encontrando o que procurava: uma manta. Então se recostou na poltrona de novo, fechou os olhos e, antes que eu pudesse fazer outra pergunta, já estava dormindo. Um sono profundo e instantâneo, como se alguém tivesse acabado de fechar a tampa do laptop do universo.

Não tenho certeza de quando eu tinha parado de respirar ou por quanto tempo fiquei ali em estado de suspensão, confuso e sem fôlego como um peixe que acordou no topo do Empire State, só sei que de repente os meus pulmões inalaram uma quantidade de ar mais do que suficiente e qualquer que fosse o transe em que eu estava enfim saiu para dar uma volta.

Eu queria acordá-lo. Queria continuar a conversa. Eu queria que alguém — podia ser qualquer um — resolvesse o enigma que eu menos entendia: o enigma da minha existência, o enigma da minha pele e da minha mente. Mas eu sabia que não ia adiantar nada. Então lá estava eu, diante de uma profecia adormecida, segurando um livro que ele levaria consigo, um livro que eu deveria autografar, um livro em cuja folha de rosto eu deveria dizer algo profundo.

Então fiz o melhor que pude. Escrevi o que sempre escrevo quando autografo um exemplar de *Puta livro bom*. É a única coisa que faz sentido, então escrevo, infinitas vezes, gravo a ferro em cada exemplar do meu livro em que ponho as mãos. Só mudo o nome no começo:

Caro Sr. Senhor da guerra,

O mundo inteiro da minha vida rodopia debaixo de uma marquise radiante de medo. Dia após dia, isso me mata, repetidamente. Me deixa morto, só para recomeçar tudo no dia seguinte. E a única coisa que posso fazer é dizer às pessoas que estou bem.

"Obrigado pela leitura"

Seguido por uma carinha sorridente.

Então fechei o livro com um baque, como já tinha feito mil vezes antes, gentilmente o coloquei sobre o colo dele, e, em algum momento, aqueles duendes do sono levaram a melhor sobre mim e me puseram para dormir.

Quando o avião pousou, o homem do momento continuou dormindo. Mesmo na hora do desembarque, ele continuou dormindo, e os comissários de bordo, assim como todos os outros, deixaram que ele dormisse. Olhei para trás enquanto saía do avião e tive um último vislumbre dele, fosse fato ou ficção.

Esse deve ter sido o ponto alto da minha viagem. Um feliz acaso, dirão alguns. Mas não. Caras normais como eu não têm essa sorte. Ainda me parecia que pouquíssimas coisas estavam indo de fato bem. Eu ainda estava na turnê do livro, nunca sabia em que cidade estava e todo mundo continuava perguntando: "Então, me fala sobre o que é o seu livro", e, cada vez que eu contava, ficava mais difícil não ouvir as palavras que eu dizia.

Esse tem sido o meu segredo para sobreviver à turnê: sou capaz de falar sobre o meu livro sem ouvir de verdade o que digo. É como ver televisão com o som desligado. Os meus lábios se movem e as palavras saem, mas a única coisa que ouço são os meus pensamentos sobre o quanto não quero estar lá, e sobre como estou cansado de ouvir as mesmas perguntas, e me perguntando em que cidade estou e se a livraria vai ter um bom público quando chegar a hora, e o que a Sharon vai dizer da próxima vez que ligar e perguntar sobre o meu livro e me contar mais sobre essa grande entrevista em Denver que ela não consegue parar de mencionar, e talvez eu pudesse contar a verdade para ela: que eu nem comecei o segundo livro.

Só tenho a primeira frase: "Era uma noite escura e chuvosa..."

E roubei de outra pessoa.

Mas o maior problema é que agora estou em turnê faz tanto tempo que começo a ouvir a minha própria voz nas entrevistas. Dá para ouvir alguém que soa exatamente como eu dizendo que o meu livro é sobre a morte. Dá para ouvir alguém que soa exatamente como eu dizendo que o meu livro é "uma tentativa de lidar com isso".

Essas duas coisas soam como um rap sério demais, então desligo sempre que posso. Era aí que entravam as mulheres. Veja bem, não sou nenhum cafajeste, mas sexo é um jeito sensacional de se distrair daquelas coisas que começam a respirar na sua nuca quando se entra no território sombrio das duas da manhã e o resto do mundo fica em silêncio e só o que existe é você e um cérebro que fala sem parar sobre todos os traumas da sua vida, revirando tudo bem na sua frente, repetidamente, como se fosse a porcaria de um zootrópio da insegurança.

Pela minha experiência, o único cataplasma para essa doença em particular é uma forte dose de sexo e álcool.

Talvez você não acredite, mas nunca gostei muito de beber até começar essa turnê que mais parece uma marcha da morte. É verdade. Acho que tomei umas cinco bebidas em toda a minha vida antes de me tornar um sucesso, antes de virar best-seller. Agora estou recuperando o tempo perdido.

Mas vou te dizer uma coisa: se tem algo que está deixando a vida mais suportável é o Garoto. Ele está por perto o tempo todo agora, como uma sombra depois de Hiroshima. Talvez seja o fato de eu ter visto o cadáver dele no trabalho da Kelly ou talvez seja aquela noite em que eu e ele ficamos sentados juntos, abraçando os joelhos sem dizer nada. Seja qual for o motivo, estamos nos dando bem pacas. Aprendi a não me preocupar com o fato de ser a única pessoa capaz de vê-lo. E, o mais importante de tudo, parei de ver os buracos de bala no corpo cor de fuligem dele. É como se ele nunca tivesse levado um tiro. Isso está morto e enterrado.

As pessoas até pararam de falar do tiroteio. As notícias correm rápido neste mundo, e o garoto morto — esse garoto morto em particular, pelo menos — já é notícia velha, então ninguém fica me lembrando de como ele morreu, ou por que ele morreu, ou da indignação que eu devia sentir pela morte dele.

Crianças mortas já não permanecem no cérebro como antigamente.

Agora ele voltou a ser simplesmente o Garoto. Então eu o acolho. Eu o aceito. Eu o vejo como ele é e realmente me esforço para vê-lo como ele é. E, pessoal, deixe eu dizer: o guri é ótimo.

O Garoto tem uma imaginação incrível. E não estou falando daquele jeito que as pessoas costumam falar das crianças. A maioria, quando fala de crianças com imaginação fértil, na verdade está dizendo que elas conseguem imaginar monstros ou sei lá o quê. Para mim isso não é imaginação. O Garoto... o Garoto está ligado em outro tipo de coisa.

Quando o Garoto imagina, ele vê as pessoas sendo diferentes do que elas são. Ele se diverte olhando para as pessoas e dizendo coisas como: "E se ela percebesse como é esperta?" Ou pode ser que ele veja alguma notícia escabrosa — porque tudo que sai no jornal é escabroso — e, ao ver isso, ele diga algo do tipo: "Uau! E se a gente fosse lá ajudar."

Ideias revolucionárias como essa parecem pequenas se olhadas superficialmente, mas para mim são imensamente mais imaginativas do que essa conversa toda sobre dragões ou monstros ou qualquer um desses clichês em que a gente acha que as crianças deviam estar pensando.

O Garoto adora contar piada. E não é qualquer piada, é aquele tipo de piada ruim que só faz rir quem é muito novo ou quem é muito tiozão. Aquele tipo de piada em que no final, em vez de rir, você acaba fazendo careta, mas na real você estava ali para rir ou fazer careta mesmo. E sempre achei que o bacana desse tipo de piada na verdade não é a piada em si, é a disposição da pessoa de passar por um constrangimento por alguém. Você sabe que a piada é ruim. A pessoa sabe que a piada é ruim. E de alguma forma vocês concordam que contar aquela piada é importante e que ouvir aquela piada é importante e por isso vocês riem juntos no fim, porque aquilo é engraçado de um jeito peculiar.

Quando a gente entra num aeroporto, o Garoto está sempre do meu lado. Às vezes ele segura a minha mão enquanto a gente passa pelo caos da segurança do aeroporto. Toda vez que a gente decola ele age como se fosse o seu primeiro voo, embora ele venha me acompanhando em toda cidade desde o Missouri. A viagem parece um pouco mais razoável agora que vejo o Garoto nos meus voos. Ele sempre fica sentado algumas fileiras à minha frente ou atrás de mim, ou às vezes do outro lado do corredor. E eu aprendi a fingir que estou ditando alguma coisa no celular sempre que falo com ele para ninguém achar que estou ficando doido, porque definitivamente não é disso que se trata.

O Garoto é uma péssima influência para a minha já arruinada dieta quando pousamos em uma cidade em particular da Pensilvânia. Não é longe da cidade onde fica a fábrica do chocolate da Hershey e o Garoto não consegue falar de outra coisa. É como se esse fosse o evento que ele está esperando desde o começo. É como se ele tivesse planejado tudo.

Vamos a uma faculdade pequena, bem pertinho da fábrica, e vendo os meus livros, e aperto mãos, e faço piadas, e consigo manter a aparência de um ser humano basicamente sóbrio e relativamente competente, mas durante todo esse tempo o Garoto fica no meu ouvido sussurrando sobre chocolate, e Twizzlers e tudo mais que a Hershey produz.

Tento manter o foco no trabalho, mas o Garoto não sossega. Em certo momento acabo dizendo para todo mundo que não estou muito bem e pego um táxi para o Mundo do Chocolate que fica perto da fábrica da Hershey e, assim que chegamos à porta, o Garoto sai correndo para o chocolate mais próximo. Ele arranca a barra do pacote e enfia na boca, e não consigo evitar, saio correndo, agarro o Garoto pela mão e falo entre os dentes:

— Para! A gente tem que pagar!

— Ninguém me vê.

— E daí, seu bandidinho. Mesmo assim a gente precisa pagar pelas coisas.

O Garoto reflete por um instante e faz que sim com a cabeça. No restante do tempo, ele espera com a maior paciência que consegue enquanto vamos enchendo uma cestinha com todas as coisas que nós dois queremos comer, mas que nunca devíamos ter decidido comer.

Pouco mais tarde, estamos sentados lá fora num banco duro de concreto vendo as pessoas entrarem no Coração de Chocolate e nos empanturrando com todos os nossos doces. O sol brilha forte e intenso; um olho dourado e furioso atento para ver o que vai acontecer a seguir. Porque ele sabe o que vem a seguir.

De tempos em tempos, alguém sentado nessa área dos bancos de concreto onde estou fica me encarando como se nunca tivesse visto um escritor de terno e gravata enfiando o braço até o cotovelo num saco de doces e, de vez em quando, conversando com alguém que só ele vê.

— Ainda não acredito no que você fez.

— Eu já pedi desculpa.

— Não, não pediu.

O Garoto dá uma mordida em outra barra de chocolate.

— Que diferença faz? Ninguém me vê.

— E daí?

Tudo à nossa volta tem cheiro de cacau. O sol, o céu, a grama, os esquilos transando nas moitas sem o menor senso de decência ou decoro. Não se pode confiar num esquilo com tesão.

— Se ninguém me vê — diz o Garoto, tentando ignorar o que está acontecendo nas moitas —, que diferença faz o jeito como eu me comporto? Ainda mais que só estou fazendo mal a mim mesmo. É isso que dizem sobre doces, não é? Que faz mal e que quando você come um monte você está fazendo mal a você mesmo. Era o que a minha mãe dizia, pelo menos.

Penso nisso por um instante. Sempre fui meio anarquista e não tenho como negar que isso que ele falou tem uma boa dose de lógica. Mas também não posso negar que eu sei que foi errado.

— Só porque ninguém te vê não quer dizer que você tem permissão para fazer uma coisa dessas.

— Por que não?

— Porque você precisa acreditar que você importa, mesmo que ninguém te veja. Especialmente um garoto como você. Até o Nic Cage sabia disso.

— Nic Cage?

— Deixa para lá.

Uma brisa forte, com aroma de cacau, sopra no mundo. Me refrescando por um segundo enquanto o açúcar que vim devorando começa a chegar na corrente sanguínea.

— Como assim um garoto como eu?

— Você é diferente. Você sabe do que estou falando.

— Não sei, não. O que você quer dizer?

Nesse ponto, o Garoto para de comer e me olha com lábios manchados de chocolate e testa franzida.

Não consigo evitar um suspiro. Porque, fala sério, será que a mãe e o pai desse garoto não tiveram a Conversa com ele?

— Os seus pais nunca te falaram a verdade sobre quem você é?

O Garoto dá risada.

— Do jeito que você fala, parece que vai me contar que eu sou um super-herói ou coisa assim.

— Não — digo. — Nada desse tipo. Só estou tentando dizer que você precisa saber que é diferente. Que o mundo é diferente com você e que nem sempre você vai ser tratado exatamente do mesmo jeito que as outras pessoas. Você precisa saber disso.

— Por que vão me tratar diferente? Por causa do meu dom?

É uma resposta inusitada o suficiente para me fazer me perguntar por que eu não previ que essa era a única resposta que ele poderia ter dado. Claro, um garoto capaz de ficar invisível pode imaginar que o mundo vai dar a ele um tratamento diferente do que dá a outros garotos iguais a ele. É uma ideia bonita, uma coisa bonita. E agora é hora de destruir isso.

— Não, Garoto. Vão te tratar diferente por causa dessa sua pele. Vai me dizer que você ainda não sabe nada sobre isso? Um garoto da sua idade? Você tem que chegar no mundo sabendo as regras e que nem sempre vai ter como ganhar. A única coisa que pode fazer é tentar um empate e sobreviver por mais tempo do que outras pessoas parecidas com você. Isso é o máximo que pode esperar. Mas o que precisa saber e tem que lembrar é que você nunca vai poder ser outra coisa além do que é, não importa quanto queira. Você não pode ser um deles. Você só pode ser você. E eles sempre vão te tratar de um jeito diferente do que eles se tratam entre si. Eles nunca nem vão saber que estão fazendo isso. A maioria, pelo menos. A maioria vai achar que está tudo bem e que você está sendo suficientemente bem-tratado e que está tudo lindo. Porque acho que para eles é impossível imaginar um mundo em que tudo não seja justo e lindo; afinal, eles sempre foram tratados de modo justo e belo. A história sempre foi boa com eles.

Me empolguei, e a sensação é boa. Eu raramente sei aonde quero chegar, mas neste exato momento sei e gosto do jeito que a coisa está saindo. Ainda não consigo acreditar que a mãe e o pai desse garoto nunca gastaram um tempinho para mostrar a ele como a banda toca. Ou pode ser que eles tenham feito isso e que ele nunca tenha entendido direito. Já vi isso acontecer. Já vi algumas vezes as pessoas tentando mostrar para as crianças o que está acontecendo no mundo real, mas a meninada está tão cega por causa da Walt Disney, da DreamWorks e de mil outras pessoas que ficam contando histórias que não têm nada a ver com a realidade delas. Veja bem, o que os autores dessas fábulas não entendem é que existem crianças que jamais vão ter uma chance real de correr atrás dos seus sonhos. O mundo mata essas crianças antes. Mata, mas deixa vivas. E aí essas crianças morrem cedo e ficam um pouquinho mais insanas a partir desse ponto.

— Mas o que você precisa saber — digo a esse Garoto que logo será insano — é que a história reservou um papel específico para você nesse mundo. Um fardo específico que você tem que carregar. E não é exatamente bonito. E, quanto antes aprender que as regras são diferentes para você, melhor vai se sair. Mas eu também consigo entender por que os seus pais nunca sentaram com você para ter essa conversa sincera. Se eu tivesse um filho, pode ser que eu hesitasse em acabar com a ilusão e mostrar uma realidade tão sombria, dolorosa e cheia de angústia e tristeza. A pessoa vê o filho chegar ao mundo e a única coisa que ela quer é que essa criança tenha tudo que o mundo pode oferecer. Mas, no caso de garotos como você, e no caso do garoto que eu fui, o mundo não passa de uma série de armadilhas e muros. Se as armadilhas não te pegarem, os muros vão te manter longe das coisas que achava que eram suas. E é difícil contar isso para uma criança. É difícil chegar e contar para o seu filho que ele sempre vai ter medo da polícia. É difícil dizer para o seu filho: se você for parado por policiais, deve confiar neles, mas ao mesmo tempo mantenha as mãos num lugar onde eles possam ver e nunca, nunca mesmo, conteste o que eles disserem e jamais faça alguma coisa que possa ser vista como um movimento brusco, e, mesmo que você tome todos esses cuidados, não tem como garantir que vai sair vivo dessa. O policial pode atirar em você ali mesmo e você vai morrer sem nem saber o que fez de errado.

Olho para o sol pela segunda vez. Olho fixamente, bem do jeito que não se deve fazer. Dói, mas continuo, como se a dor fosse de algum modo consertar as coisas. É exatamente o que eu disse para o Garoto não fazer e aqui estou eu fazendo isso.

Faz sentido.

— Não é fácil dizer para uma criança que ser quem ela é, ter nascido com certa pele, é por si só um ato revolucionário — eu digo ao Garoto, sem jamais tirar os olhos do sol. Chafurdo na dor e passo adiante a dor que o sol me faz sentir. — Não é fácil — digo — contar para uma criança: "Você é o espelho que ninguém quer ver. E, por isso, você e todo mundo igual a você nascem excomungados. Um país inteiro, indesejado e rejeitado, nascido no exílio no coração de outro país. *Americae excommunicatus!* Sempre foi assim."

"Isso é coisa que se fale para uma criança? Que tipo de situação isso cria? O que isso leva embora? O que fica depois disso?"

Finalmente, eu pisco.

Mas o sol continua lá.

A dor continua lá, embora ninguém mais possa ver ou sentir, só eu.

Mal tenho como digerir tudo. Ainda me lembro do dia em que os meus pais tiveram essa conversa — a *Conversa* — comigo. O meu pai estava quase caindo no choro e a minha mãe estava quase com raiva. Os dois, cada um a seu modo, tinham a impressão de ter me decepcionado. Talvez eles achassem que podiam ter feito alguma coisa com o mundo antes de eu ter idade suficiente para ser afetado por ele. Mas eles tinham mentido para si mesmos. Tinham ignorado o fato de que, a partir do momento em que eu nasci com esta pele preta, o mundo já estava apontando as armas para mim. As armadilhas estavam montadas. Os muros tinham sido erguidos. As escolas. As prisões. O ódio a si mesmo. Tudo isso estava pronto antes de eu nascer, e os meus pais tiveram a audácia de pensar que tinham chance de derrotar isso. Ousaram acreditar que seriam capazes de mudar alguma coisa.

Um sonho louco de uma dupla de Garotos Ensandecidos. O mundo mostrou que eles estavam errados. E eles continuaram vivendo essa insanidade e acabaram se tornando mistérios para si mesmos. Tentando descobrir por que o mundo não os deixava ser quem queriam. Tentando descobrir por que o mundo não os ouvia, por que não os via. Tentando descobrir o que tinha acontecido com a alma que eles eram antes de o mundo acabar com a sanidade mental deles.

E agora aqui estou eu, frente a frente com outro menino que está prestes a enlouquecer.

Isso me embrulha o estômago. Toda uma vida indigerível borbulha dentro de mim como uma espécie de crise existencial vesuviana. É impressionante até que ponto se é capaz de se acostumar com o intolerável, até o momento em que se percebe que precisa passar isso adiante para um par de olhos brilhantes que não têm opção senão ficar turvos depois disso. E agora aqui estou eu, destruindo o mundo desse menino, assim como vi o meu ser destruído.

A ironia é suficiente para revirar tudo em mim. Desse modo, o meu estômago faz a única coisa que poderia fazer: vomita todo o chocolate, todos os Twizzlers, todos os sonhos linchados, as esperanças proscritas, as promessas de igualdade detidas numa batida policial, a brutal Vida Americana, regulada pela melanina, epigeneticamente herdada, de que ninguém — nem mesmo eu — quer falar... tudo isso irrompe de dentro de mim mais rápido que o brilho vermelho daqueles famosos foguetes que explodem no ar.

E, durante todo esse tempo, o pobre Garoto observa, impotente. É a única coisa que ele pode fazer para não ficar coberto pela minha bile.

Não muito tempo depois do vômito, depois de o garoto ter ido embora — e pensando no que eu tinha acabado de dizer para ele antes de a minha náusea começar, nem tenho como culpar o garoto por sair dali —, mas, antes de eu ter chance de escovar os dentes e de tranquilizar o meu estômago, recebo uma ligação da Sharon.

— Como está indo o próximo livro?

— Bem — respondo. A mentira mais fácil que já contei.

— Ótimo — diz ela. — A editora vai precisar do livro logo.

— Imagino.

— Então você sabe por que eu estou ligando?

— Não faço ideia.

— Você está de brincadeira?

— Por que eu iria brincar sobre não ter ideia do motivo da sua ligação?

— Estou ligando por causa do menino morto.

— Em certo sentido, não fico surpreso. Aquele menino anda perturbando cada vez mais a minha vida. Seria de imaginar que eu ia conseguir me afastar dele, mas ele é persistente, e a morte dele também. O que é meio rude, na minha opinião.

— Hein?

— Esquece. Tá bom, você está me ligando por causa do menino morto. Aquele que levou tanto tiro que agora o vento assobia quando passa por ele.

— Que coisa horrível.

— O mundo é horrível.

— O negócio é o seguinte: vou mandar você para a cidade.

— Que cidade?

— A cidade onde aconteceu. Onde o menino foi baleado.

O meu estômago se revira todo.

— Meu Deus. Por que você faria uma coisa dessas?

De uma hora para a outra, as minhas mãos começam a tremer. Estou suando. A minha língua parece um peixe preso dentro da boca.

— Porque você precisa estar lá. Precisa ser parte disso. — Pelo som da voz dela, Sharon está de pé no escritório, gritando ao telefone. Não tenho como ter certeza, mas é assim que eu imaginaria a cena. A voz dela é forte e dura, dá uma pancada no microfone, explode no satélite, atravessa a torre de celular e bate no meu ouvido. — Nós não podemos continuar fingindo que esse troço não está acontecendo.

— "Nós" quem? — Consigo encontrar certa ingenuidade. Sempre desconfiei de pronomes grupais.

— Você. Eu. Todo mundo.

— Mas o tiroteio foi um problema racial. Eu me lembro muito bem de você e do Jack, o Media Trainer, me dizerem para passar longe de ser preto. Quer dizer, isso aconteceu mesmo, não aconteceu? — Quero estar certo, mas nunca posso confiar na minha memória. Se bem que nesse caso tenho quase certeza, e isso é o melhor que consigo.

— Que se dane isso — diz Sharon. — Você viu as fotos do corpo do menino?

— Não — eu digo, e o corpo do Garoto crivado de balas aparece diante dos meus olhos num clarão, como um relâmpago atingindo uma pomba: puro espanto e horror. — Não preciso ver as fotos.

— Então você entende. Além do mais, tem essa história da mãe. Por que você não falou nada sobre isso ainda?

— Que história da mãe? Mãe de quem?

— A mãe do menino! — explode Sharon. — Deus do céu, ela anda aparecendo na TV dizendo que quer falar com você.

— Falar com quem? Comigo?

— É! — Sharon suspira. Sinto que decepcionei a Própria Divindade. — Ela deu uma entrevista dia desses dizendo que queria conversar com o sujeito que escreveu *Puta livro bom*. Eu estou tentando falar com você desde que ela falou isso, mas você não atende mais o telefone.

— Tá, mas como é que eu ia saber?

— Era só atender o telefone.

— ... *Touché*.

— Por isso estou organizando um encontro seu com ela em Denver. Isso vai fazer a entrevista de Denver ficar ainda mais importante do que já era. Então, primeiro você vai em um ou dois eventos e depois, se tudo sair como o planejado, vai encontrar a mãe do menino assassinado.

Estou suando feito um porco.

— Mas por quê? Digo, por que eu? Eu não me dou bem com mães.

— Não sei exatamente o que ela quer. Mas ela definitivamente quer se encontrar com você. Achei que talvez vocês se conhecessem ou sei lá.

— Como é que eu ia conhecer essa mulher?

— Porque ela é da sua cidade. O Garoto também — acrescenta Sharon. — O tiroteio, tudo aconteceu lá. Aconteceu na porcaria da sua cidade. Como você pode não saber disso?

— Pera. Ela é da minha cidade e a gente vai se encontrar em Denver?

— Exato — diz Sharon.

— Por quê?

— Tensão dramática.

— Como é?

— Nunca faça uma coisa pequena se você pode ter um clímax — continua Sharon. — Por que fazer dois eventos grandes se dá para fundir os dois em um só? Você, ela, a sua cidadezinha natal, tudo isso ganhou fama. E a gente vai passar por lá para conseguir um pouco mais de interesse pelo seu livro e depois levar tudo para Denver e fazer história de verdade! Quando subir naquele palco em Denver, você vai começar falando do seu livro, e antes que as pessoas tenham acabado de fazer as suas compras por impulso na Amazon você vai estar respondendo a perguntas da mãe desse pobre menino. E a essa altura qualquer um que não tenha comprado por impulso na primeira onda vai começar a clicar feito gralhas disputando comida.

Estou a ponto de entrar em colapso. Coisas demais acontecendo rápido demais. Essa conversa toda sobre Denver e sobre meninos mortos e mães e a minha cidade natal e aves clicando.

O meu celular cai no chão. Não consigo mais acreditar em nada disso. Ou simplesmente não vou mais acreditar. É evidente que estou tendo outro colapso. Ando sonhando acordado demais. Essa conversa não pode ser real. Eu não posso ser real. Não quero voltar para aquela cidade. Tive os meus motivos para sair de lá tantos anos atrás. Bolton nunca fez bem para a minha saúde mental. O meu psicanalista diz que, se sofri um trauma, seja qual for, deve ter sido lá. Não acredito nisso, mas sei que não quero ir para casa. E essa é a única coisa que importa. É a única coisa que eu realmente preciso saber.

Não vou voltar para lá. Não vou. Que se dane se o Garoto é de lá. Não ligo. Não vou ligar.

Só sei que não posso voltar para casa. Coisas demais para pensar lá. Lembranças demais. Realidade demais. Ficção demais. Fronteiras tênues demais e bebida de menos nesse mundo para consertar tudo isso.

Não.

Como falei: eu não posso voltar para casa.

— Tem coisas que você vai precisar aprender — disse a mãe —, e às vezes eu vou ter que te ensinar. Desculpa. Ela ficou na porta segurando um velho cinto de couro como uma cobra morta. Suspirou.

Fuligem não tinha medo da mãe, mas tinha medo da disciplina da mãe. Tinha medo do estalo do cinto de couro e da ferroada da vara que ela usava para bater. Tinha medo do *vush-vush-vush* suave que eles faziam ao cortar o ar e se ligar à sua carne.

Mas ele nunca teve medo da mãe.

Agora Fuligem não conseguia lembrar exatamente por que tinha sido compelido a roubar o gibi do outro menino. Era uma coisa simples que ele achou que o outro menino nem ia notar. O garoto tinha uma pilha de revistinhas: Capitão América, Homem de Ferro, Hulk. Mas foi o exemplar do Surfista Prateado que chamou a atenção de Fuligem. O Surfista Prateado sempre foi o super-herói preferido dele por sua pele não ser nem branca nem preta, e sim outra coisa. Um prateado bruto, lindo. A existência dele não tinha nada a ver com as coisas que Fuligem odiava em si mesmo. A pele dele brilhava, enquanto a de Fuligem parecia apenas consumir luz. O Surfista Prateado podia voar sempre que queria. E passava a maior parte do tempo longe das pessoas, entre as estrelas, num lugar não muito diferente do Invisível que Fuligem conhecia e adorava.

Como não amar o personagem?

E, quando ele viu o gibi no meio dos outros que Shane carregava, o impulso foi incontrolável.

Ele quase saiu impune. Quase.

Quando a surra acabou, Fuligem sentou na beirada da cama chorando, e a mãe sentou do lado dele, pôs a mão no bolso e pegou um cigarro que acendeu entre dedos trêmulos, deu uma tragada, exalou a fumaça e disse:

— Meu Deus, como eu estou cansada.

Os dois ficaram sentados em silêncio por muito tempo.

— Obrigada por não fazer aquilo — disse a mãe de Fuligem depois de um tempo.

— Fazer o quê?

— Se esconder de mim. Você podia se esconder. Mas não se escondeu. Então obrigada.

— Sim, senhora — respondeu Fuligem.

— Isso vai piorar à medida que você crescer — disse a mãe de Fuligem. — Ou pode ser que não piore — acrescentou. — Peço a Deus que não. O meu pai, ele batia em mim e no meu irmão. Mas batia de um jeito diferente. Mais forte. Cintos e varas eram só o começo. Ele me batia com qualquer coisa que estivesse ao alcance quando se irritava com o Paul. — Ela suspirou. — A gente sempre morreu de medo dele, desde que a gente nasceu até sair de casa. E, para ser sincera, até depois eu tinha medo dele. Eu estava em algum lugar e ficava com medo de encontrar o meu pai na esquina, me esperando porque eu tinha feito alguma coisa errada. Eu nem ia saber o que fiz de errado, mas ia ter certeza de que tinha feito alguma coisa errada e ele ia me castigar como fazia quando eu era criança.

— Por que ele batia em você assim? — perguntou Fuligem.

— Porque ele amava a gente — respondeu a mãe.

E então ela olhou para ele.

— A gente não bate em quem não ama — disse ela. — Mas esse mundo não é seguro para nós. É por isso que o seu pai e eu te ensinamos a ser invisível. É por isso que a gente trabalhou tanto para dar isso para você. Ele não teve isso quando era criança. Nem eu. Acho que isso apavorava o meu pai.

— Por quê?

— Bom, ele não ficava apavorado de verdade. O problema eram todas as coisas a que se fica exposto quando não se pode desaparecer igual você. E acho que ele se sentia culpado por nunca ter podido dar isso para mim e para o Paul. Eu via isso em muitos pais naquela época e ainda vejo. Os nossos pais batiam na gente e agora a gente bate nos nossos filhos, tudo porque estamos apavorados. A única coisa que se quer na verdade é que as pessoas ao seu redor estejam seguras. E não tem ninguém nesse mundo para quem você queira mais segurança que para os seus filhos. Então, quando não se pode dar isso a eles, essa coisa vai aumentando na sua vida. Essa coisa te engole. Você fica com medo de deixar os filhos saírem de casa porque o monstro do mundo pode aparecer e engolir as suas crianças. E o problema é que uma hora é exatamente isso que acontece. Toda criança igual a você nesse país foi engolida pelo monstro antes mesmo de nascer. E todo pai negro na história desse país tentou impedir que aquele monstro engolisse os filhos dele e fracassou. E todo dia esses pais convivem com isso.

— Como é que isso leva uma pessoa a bater nos filhos?

— É que mesmo que você vá perder os seus filhos, e você sabe que vai, acaba achando que talvez dê para controlar a dor, desde que seja você o causador. Você pode limitar a dor. Pode construir um muro que define o máximo de dor que eles vão sentir, e, se você construir o muro alto o suficiente, feito de surras e palmadas, talvez dê para manter as crianças seguras por mais tempo. Talvez até acredite que pode dar uma segurança completa. É mentira, claro, mas, quando a verdade é muito ruim, você acredita em qualquer mentira. Até numa mentira que você mesmo inventou.

A mãe de Fuligem terminou o cigarro, deixando que queimasse até chegar a seus dedos.

— Mas isso não vai acontecer com você — disse ela. — O seu pai e eu demos um jeito nisso. Você sempre vai ter como estar seguro. A gente fez o que ninguém tinha feito. A gente conseguiu. Salvamos o nosso menino.

— Então por que eu ainda apanho? — perguntou Fuligem.

A mãe parou um instante para pensar. Procurou outro cigarro e não achou.

— Acho que é porque sempre foi assim. E porque eu te amo. E porque eu ainda preciso que você saiba que...

— Precisa que eu saiba o quê? — perguntou Fuligem.

A mãe ficou parada ali, prestes a contar para ele tudo que não queria contar. Ela vacilou no momento em que poderia mudar aquilo que o seu filho era, o modo como ele via o mundo, só por contar a verdade sobre como o mundo o via. Era um passo que ela sempre soube que teria que dar. E agora, quando o momento chegou, ela não teve coragem. Não teve coragem de destruir o filho.

— Nada — disse ela. — Pode... pode me ignorar. Seja uma criança. Seja quem você é, filho, por mais um tempo.

Uma quantidade excessiva de álcool finalmente me faz dormir no avião. Acordo apavorado quando os pneus da aeronave batem na pista de pouso e de novo sinto que o mundo inteiro está se espatifando. Mas desta vez sei onde estou. Talvez seja por isso que sinto tudo desmoronar.

A umidade atinge o meu rosto quando saio para a ponte de desembarque e tenho certeza de que estou de volta à Carolina do Norte. Conheço todos os cheiros: umidade, pinheiros, racismo ligeiramente velado. Uma sensação de estar em casa.

Nessa parte do mundo, temos de tudo: bandeiras confederadas de quinze metros fincadas ao longo da estrada, estátuas erguidas pelas Filhas da Confederação, antigas fazendas escravagistas nas quais se pode tirar fotos de casamento à moda antiga; temos linchamentos, tumultos, bombardeios, camarão, canjica e até uvas moscatel.

Pois é, o Sul é a cena do crime mais antiga dos Estados Unidos. Não deixe ninguém te dizer o contrário. Mas o problema é que quem nasce no meio de um moedor de carne cresce com as engrenagens em volta e uma hora nem repara mais. Só vê a beleza da salsicha. Talvez seja por isso que, apesar de tudo que eu sei, sempre amei o Sul. Nasci e cresci numa cidadezinha do Sul chamada Bolton. É provável que você nunca tenha ouvido falar dela, e, se ouviu, não se preocupe nem se sinta mal. Não tem razão para ouvir falar de Bolton. É uma cidade jeca no meio de um distrito jeca na parte inferior de um estado jeca, então não saber disso provavelmente é sinal de que você não é jeca e que a sua criação foi um pouco melhor do que a minha.

Quando desço a pequena escada rolante do aeroporto, procuro o Garoto ou a pessoa escolhida para ser o meu Renny nesse pequeno pedaço do Sul. Voltei para casa, então sei que aeroporto é esse, mas continuo esperando estar errado.

Quando chego ao fim da escada rolante, não sou cumprimentado nem pelo Garoto nem por qualquer Renny típico, mas pela minha agente, Sharon.

Caso você esteja se perguntando, Sharon é uma mulher alta e magra de Nova York que só usa alta-costura. É o tipo de mulher que julga os outros pela loja onde a pessoa comprou a mais nova peça de roupa, e o julgamento dela é tão cruel e afiado quanto o de um cã do Velho Mundo.

— Está atrasado — avisa ela quando desço para encontrá-la. Ela fala sem jamais tirar os olhos do celular.

— Eu estava no avião — argumento. — Se estou atrasado, é porque o avião está atrasado.

— Não estou com tempo para desculpas — diz Sharon. — Só porque o avião estava atrasado não significa que está tudo bem. Tem ideia de quantas vendas de livros se perde quando o autor chega atrasado a uma cidade?

— Bom, eu...

— Sete vendas por minuto — responde Sharon.

— Essa estatística não pode ser verdade.

— E isso se tiver sorte — continua ela. — Isso se estiver vendendo bem. O que, aliás, não vem sendo exatamente o caso. Você andou dando uma olhada nas vendas ultimamente?

218

— Não. Mas todo mundo com quem conversei me disse que as coisas estão indo muito bem.

— As coisas ainda não estão indo mal, admito. Mas as coisas nunca vão mal até que de repente começam a ir. E, quando isso acontece, não tem nada que se possa fazer. E, quando se para de vender livros, perde-se a fé da editora, e, quando se perde a fé da editora, eles não querem mais ler nada seu, e aí, antes que se perceba, ninguém quer trabalhar com você. E sabe o que isso significa?

Estou com medo de responder.

— Posso adivinhar o que isso significa — digo.

— Garanto que pode. Vamos.

Saímos do aeroporto e entramos na boca aberta e suada do verão no Sul. A umidade é pesada o suficiente para expulsar o ar dos pulmões se não se tomar cuidado. Suo por lugares onde provavelmente não deveria estar suando no tempo que levamos para ir do saguão até a limusine que Sharon deixou esperando. A propósito, Sharon não exibe a menor gota de suor. É como se ela fosse invulnerável às artimanhas e aos meandros do sol sulista.

— Para onde? — pergunto.

— Me diz você — fala Sharon. — É a sua cidade.

Muito antes de chegarmos aos estreitos limites da cidade de Bolton, encontramos os manifestantes. Milhares deles estão ao lado da estrada que leva à pequena faixa de asfalto que é Bolton. Eles agitam cartazes e gritam por justiça, e, assim como em São Francisco, são todos jovens. Todos com idades entre dois e vinte anos. É incrível como a minha imaginação azarada nunca deixa de me acompanhar. Eu podia jurar que, quando olho para aqueles rostos jovens do lado de fora dos muros da minha amada cidade natal, vejo exatamente os mesmos rostos que vi do outro lado do país. Uma das criancinhas usa uma camisa que diz NÃO CONSIGO RESPIRAR, e acho comovente e irônico que alguém que não é treinado para usar o penico seja socialmente consciente o bastante para pegar um voo da Costa Oeste para a Costa Leste e vir protestar aqui no meio deste calor e desta umidade da Carolina.

Mesmo com todos os cartazes, não consigo distinguir o nome da pessoa para quem eles querem justiça. Mas, embora não consiga ler o nome de quem precisa de justiça, tenho a sensação de que sei a resposta.

Uma coisa que une todos os cartazes e camisetas de protesto, uma coisa que fica clara nos gritos, é que, seja quem for que levou o tiro, bom, era um jovem negro. E só existe um jovem negro que eu conheço que foi baleado.

O Garoto.

Faz um ou dois dias que não o vejo e fico me perguntando onde ele está quando saímos da rodovia principal e entramos na pequena via de duas pistas que leva ao centro da cidade.

Aninhada na axila suada do pântano da Carolina, cercada por eucaliptos, pinheiros, cedros, carvalhos e videiras silvestres, Bolton é a terra que o tempo esqueceu. Volte o suficiente na história da cidade e você verá que havia uma estação de trem e uma serraria aqui. E isso foi no auge, cerca de sessenta anos atrás ou mais. Na época a população era de umas três mil pessoas.

Os principais artigos de exportação de Bolton são madeira e mão de obra negra. A madeira vem das florestas e dos pântanos — todos pertencentes à fábrica de papel local —, e a mão de obra vem dos mais de setecentos moradores da cidade. Eu gostaria de poder dizer que algo além desses dois produtos de exportação vem de Bolton, mas não tem mais nada. Bolton não é uma cidade que dá, mas também não é uma cidade que recebe. É o tipo de lugar que se fecha em si. É autossustentável, como sempre foi no passado. E, embora mude um pouco de vez em quando, como um velho pedaço de metal parece mudar de cor com o passar dos anos à medida que uma pátina fina surge e começa a crescer sobre ele, no fundo a cidade é a mesma de sempre. E é assim que o povo gosta.

Mas, aparentemente, agora Bolton tem dois novos produtos de exportação: uma tragédia e um autor famoso.

Quando viramos na rua principal que leva à cidade, os jovens manifestantes começam a ser suplantados por moradores segurando cartazes que dizem BEM-VINDO AO LAR! E aqueles que não seguram um BEM-VINDO AO LAR! estão segurando exemplares de *Puta livro bom*. Uma visão impressionante.

— Isso é coisa sua? — pergunto a Sharon.

— Ã-ã — diz ela com tristeza, olhando pela janela. — Mas eu gostaria de ter pensado nisso. — Ela corre os olhos pela cidadezinha enquanto passamos. Cruzamos caminho com nove igrejas ao longo da cidade. — Por que uma cidade tão pequena tem tanta igreja?

— Porque Deus precisa mais de gente comum do que de qualquer outro tipo de gente.

De repente, sinto um bolo na garganta do tamanho do Texas. Não volto a Bolton há anos e tenho bons motivos para isso. É uma cidade com gavinhas. E, assim que essas gavinhas entram na sua pele, você nunca mais se livra delas. Não tem como fugir. A verdade é que só consegui sair de Bolton porque escapei sob o manto da escuridão e algo semelhante à invisibilidade. Nunca me encaixei nesta cidade quando era criança. Sempre fui demais para as outras crianças com quem cresci. Eu era rato de biblioteca demais. Nerd demais. Estranho demais. Desajeitado demais. Magro demais. De pele preta demais. De temperamento branco demais. Jamais gostei de caçar e pescar o suficiente. Jamais gostei de brigar ou perseguir garotas o suficiente. Jamais gostei de Deus ou odiei o diabo o suficiente. Jamais plantei coisas no jardim. Não comia quiabo nem feijão-manteiga. Não suportava bolinhos.

A minha família fez o possível para que eu não me sentisse a aberração que sempre fui. Os meus primos, que Deus os abençoe, me amavam como se eu fosse um deles, embora eu argumentasse que realmente não era de ninguém. Em especial depois que o meu problema começou a aparecer.

Não sei dizer exatamente quando começou, mas posso afirmar com certeza que está ligado a esta cidadezinha de Bolton e à minha infância. Pelo que lembro, sempre vivi num mundo diferente. A minha terapeuta diz que não pode ser o caso, não para o tipo de problema que eu tenho. Ela jura que isso que eu tenho só acontece depois que a pessoa passa por algum trauma. E normalmente esse tipo de trauma deve ser algo além do bullying escolar e da baixa autoestima geral — coisas que não me faltaram na juventude.

A minha terapeuta e eu falamos várias e várias vezes sobre o que poderia ter feito a minha imaginação e os meus devaneios persistentes funcionarem do jeito que funcionam.

— Você consegue pensar em alguma coisa que possa ter ocorrido? — pergunta ela, várias vezes, a mesma pergunta que tem feito nos últimos cinco anos desde que comecei a me consultar com ela.

— Não — respondo. — Tive uma infância bem normal. Cresci numa cidadezinha de que ninguém ouviu falar nos cafundós da Carolina do Norte. Bom, se parar para pensar, talvez dê para considerar isso um trauma.

— Não acho isso engraçado.

— Nem eu. Você já esteve em Bolton?

— Você sabe que não.

— Não tem nada lá. É só um buraco vazio de borda decorada com gente morando em casas pré-fabricadas e casas de tábuas de madeira que parecem que vão sair voando na próxima brisa.

— Acho que você está exagerando — diz ela.

— Todo mundo exagera.

— Fale sobre os seus pais — pede ela.

— Por quê?

— Porque esse é sempre o melhor ponto de partida quando se começa a conversar sobre trauma.

Dou risada.

— Que coisa terrível para se dizer sobre a paternidade.

— Que tipo de mulher era a sua mãe?

Sinto um aperto nas entranhas, como sempre.

— Eu já te contei que um homem foi baleado na minha cidade quando eu era criança?

— Não — responde ela. Ela se recosta na cadeira e faz uma anotação em seu papel.

— Pois é — digo. — Foi uma tragédia terrível, ou pelo menos foi o que me disseram.

— Você não lembra?

— Nada. Tenho dificuldade para me lembrar disso. Aconteceu quando eu era muito novo e não lembro muito bem. Só me lembro de um monte de gente triste e com raiva ao mesmo tempo. Me lembro de gente protestando... acho que posso até ter ido protestar também. Me lembro de uma longa caminhada por uma estrada asfaltada cercada por um monte de gente. Tenho essa imagem do meu primo: ele era um menino grande, uma daquelas crianças que parecem ir direto da infância para um homem adulto. Entende o que eu quero dizer?

— Acho que sim. O que você se lembra dele?

— Me lembro dele andando atrás de mim enquanto a gente andava por essa estrada. Me lembro de ficar cansado e querer parar e me lembro dele me cutucando por trás como se eu fosse uma espécie de mula que se recusou a continuar arando. Meu Deus, como ele era forte. Ele me cutucou e cutucou e não me deixou parar de andar, não importa o quanto eu quisesse parar.

— Quantos anos você tinha na época?

— Não tenho certeza. Talvez uns dez.

— Então isso foi depois da morte do seu pai — diz a terapeuta.

Por um instante, não tenho certeza se ela está me perguntando ou me contando. Não lembro exatamente quantos anos eu tinha quando o meu pai morreu, então fico ali por um momento, pensando no fato de que não consigo me lembrar de partes do meu passado que provavelmente deveria ser capaz de me lembrar.

— Qual é o problema? — pergunta ela.

— Nada.

— Não. Me diz o que você está pensando agora. Me diz o que está passando pela sua cabeça nesse exato momento.

Mas o fato é que não tem nada passando pela minha cabeça agora. Nada mesmo. A minha mente é só uma imensidão vazia varrida pelo vento. Um lugar que passei quase toda a minha vida criando. E agora está aqui, e está me matando lentamente, e não parece ter nada que eu possa fazer para impedir.

A limusine de Sharon estaciona em frente a uma casinha instalada à beira de um milharal. Tem um balanço de pneu pendurado por uma corda velha em um galho de carvalho no jardim. O "hotel" que Sharon reservou para nós é uma velha casa cinza empoleirada no fim de uma longa entrada de carros ladeada por árvores e cercada por milharais.

Ao ver a casa, sinto como se estivesse num sonho. Sinto como se já tivesse estado aqui antes, embora não saiba dizer quando. Será que eu conheço esse lugar? Já estive aqui antes? Afinal, eu cresci por essas bandas, não foi?

A casa é cinza com telhado inclinado e janelas de caixilho branco. Fica em cima de blocos de concreto, e dá para ver a terra preta lá embaixo. O conjunto todo parece exausto; no entanto, parece que poderia durar mais cem anos sem metaforicamente suar.

De onde eu conheço esse lugar? Por que isso sacode as minhas entranhas e aquece os meus ossos ao mesmo tempo?

— Porque essa é a sua casa — diz Sharon.

— O quê?

— O que o quê? — responde Sharon. — Eu não disse nada.

E eu sei que tem uma boa chance de ela não ter dito nada. Dá para sentir a minha imaginação queimando novamente.

Quando o motorista abre a porta e nós saímos para a umidade e a luz forte do dia, avisto o Garoto sentado na varanda, balançando os pés para a frente e para trás na beirada, esperando por mim.

Não posso negar que certo grau de calma toma conta de mim quando vejo o Garoto.

— Será que tem internet aqui? — pergunta Sharon, olhando para a casa com desconfiança. — Como é que as pessoas vivem assim? É desumano.

Não posso evitar um sorrisinho.

— Vou ver se tem internet e começar a trabalhar. Você devia fazer o mesmo. Você tem que ir para um encontro com leitores na prefeitura daqui a pouco.

Não estou prestando muita atenção no que Sharon diz. Basicamente, estou feliz por ela estar entrando na casa e me deixando sozinho para conversar com o Garoto sem me sentir constrangido por falar com um garoto que só eu vejo.

— Bacana te encontrar aqui, Garoto — digo.

— Legal ver você de novo também.

Sento na varanda ao lado do Garoto.

— Então, como você está?

— Tudo certo — diz o Garoto. Ele dá uma longa olhada na entrada da garagem. Observa o céu azul cintilante, os pés de milho esmeralda saltando da terra, o zumbido das cigarras, a brisa fresca e úmida empurrando os galhos do carvalho para lá e para cá. — Gosto daqui.

Suspiro.

— Pois é, eu também. Cresci aqui perto, mas tenho certeza de que você já sabe disso.

— Como eu ia saber? Porque eu sou parte da sua imaginação?

Ele sorri, o sorriso branco brilhante explodindo na pele inacreditavelmente preta.

— Não vamos entrar nessa de novo se der para evitar. Prefiro só ficar sentado aqui e aproveitar isso. É tranquilo.

E *é* tranquilo. Não sinto o vento assim faz anos. Não ouço as árvores brilhando, dançando sob o sol de verão. Diga o que quiser sobre a vida no Sul e a umidade que a acompanha, mas juro que isso faz o mundo soar e parecer diferente de qualquer outro lugar do planeta. Talvez tenha algo a ver com a densidade do ar ou algum outro elemento complexo da ciência. Só sei que não existe nada como o Sul.

— Esse campo é muito legal — diz o Garoto.

— Pois é — digo.

— Tem um campo assim perto da minha casa também. É quase idêntico. O meu pai disse que era onde plantavam algodão faz muito tempo. O meu pai sempre falava de como as coisas eram antes de eu nascer.

— É mesmo?

— Ã-hã. Parecia que ele só queria falar disso. Ele tinha uns livros que lia para mim no fim de semana. Umas enciclopédias sobre negros.

— Sério?

— Sério pra caralho — diz o Garoto. Ele faz uma pausa, esperando para ver como vou reagir a ele ter dito um palavrão, mas, quando parece que vai ficar tudo bem, continua: — Todo domingo a gente sentava junto no sofá enquanto a minha mãe ia na igreja e primeiro via filmes do Clint Eastwood.

— Jura?

— Juro. Aqueles faroestes antigos. O cara estava sempre atirando nos bandidos, e o meu pai adorava. Aí, a gente sentava lá e via um filme, e, quando acabava, o meu pai abria essa enciclopédia sobre negros.

— Enciclopédias *Ebony*.

— Isso! Essa aí! Como você sabia?

— Já ouvi falar — explico, sorrindo para o Garoto. É claro que ele está animado por não ser a única pessoa a ter ouvido falar disso.

— Isso, então você sabe do que estou falando — diz o Garoto, fazendo que sim com a cabeça. — Sempre foi estranho folhear aquilo. Aqueles livros estavam cheios de gente que eu não conhecia e que nunca tinha ouvido falar, e o meu pai ficava todo sério quando a gente lia.

— Sério como?

— Sério como se ele estivesse tentando... não sei... tentando fazer uma coisa importante. Sério como se fica quando se está trocando o óleo do carro. Como se ele fosse ficar todo focado e tenso. Dava para sentir isso. E ele lia as palavras devagar. Bem devagarzinho. Lendo palavra por palavra. Uma vez perguntei por que ele lia assim e ele disse que era porque queria ter certeza de que entendeu tudo sem confundir nada. Não tenho muita certeza do que isso significava.

— Eu acho que sei. A minha mãe também falava assim comigo às vezes.

O Garoto fez que sim com a cabeça.

— E depois?

O Garoto encolheu os ombros.

— Nada de mais. Ele lia para mim. Aqueles livros pareciam ser superimportantes para ele. Ele dizia que aquelas pessoas eram como eu e que eu era como elas. Mas nunca acreditei muito nisso. Eu não sou como ninguém.

— O que você quer dizer?

O Garoto olhou desconfiado para mim. Então ergueu a mão de ébano.

— Isso — disse ele. — Isso aqui faz com que eu seja diferente de todo mundo. Sempre foi assim e sempre vai ser.

Quero dizer ao Garoto que ele está errado. Mas não posso.

— As crianças na escola me atazanavam por causa disso. Diziam que eu era uma aberração porque eu era preto demais. Me trancavam em armários, me batiam no ônibus. Um monte de outra coisa também. Uma vez, um garoto entrou no ônibus de manhã e derramou uma lata inteira de óleo de motor em mim quando a gente estava chegando na escola. Derramou bem na minha cabeça. — O Garoto fez um movimento de derramar com a mão. Então, acredite ou não, ele riu. — Dá para acreditar? — perguntou ele, meio rindo. — Foi uma sujeirada. O motorista do ônibus ficou furioso porque ia ter que limpar tudo. Nós dois fomos mandados para a diretoria.

— O quê? Por que *você* foi para a diretoria?

— O outro garoto disse que fui eu que comecei. Disse que estava com o óleo para a aula de oficina, mas que eu comecei a mexer com ele e que a gente estava brigando por causa disso e eu derramei tudo em mim.

— E eles acreditaram nessa merda?

O Garoto deu de ombros.

— Não tenho certeza. Acho que não, porque não tentaram me fazer limpar. Só ligaram para a minha mãe ir me buscar, mas ela estava no trabalho, então eles pediram para um dos professores me levar em casa para eu poder me limpar.

— Crianças podem ser bem babacas.

— Não esquento muito com isso — respondeu o Garoto. Dava para dizer pelo som da sua voz que ele já não estava bem muito antes de derramarem óleo de motor nele. — Às vezes é assim que as coisas são. Mas é por isso que, quando o meu pai folheava aqueles livros, eu nunca entendia por que ele pensava que eu era igual àquelas pessoas. Você acha que algum deles foi perseguido por crianças no ônibus? Você acha que algum deles foi chamado de "Meia-Noite" e tudo mais? Não. Eu sou diferente, e aquelas crianças nunca me deixam esquecer isso. Pois é, eu era negro, mas era mais que isso. Eu era alguma coisa que não se encaixava em ser negro, e eles faziam com que eu me lembrasse disso sempre que podiam.

O Garoto parecia deprimido. Como não ficaria depois de uma história triste como essa?

— Eles que se fodam, Garoto — digo. — Todos eles que se fodam.

228

Por três semanas, Paul levou Fuligem para a floresta para lhe dar aulas de tiro. Era uma velha pistola enferrujada que se transformou na ferramenta de doutrinação sobre como funciona a autodefesa no Sul.

— Era do meu pai — disse Paul, revirando a arma na mão. Era de aço com pontos de ferrugem e manchas de encardido aqui e ali. — Eu devia cuidar melhor dela. Mas dá para acertar a asa de uma borboleta se aprender a usar direito — continuou ele, voltando a atenção da arma para o sobrinho. — Nunca foi tão importante para alguém como você aprender a usar essa coisa. Na minha opinião, você demorou demais para aprender. Devia ter aprendido isso faz muito tempo com o seu pai. — Ele suspirou. — Me desculpa. Eu não queria trazer esse assunto à tona. Mas eu queria que ele estivesse com uma arma quando aquilo aconteceu. Passei anos falando para ele que esses policiais daqui não se importam com a gente. Isso aqui é o Sul. Sempre foi e sempre vai ser assim.

— Papai disse que as coisas talvez pudessem ser diferentes — respondeu Fuligem.

Paul grunhiu uma afirmação sombria.

— E o que aconteceu com ele?

O sol estava alto e o dia, longo e quente; tudo isso seria preenchido pelo som de tiros. Paul parou na loja de caça e saiu de lá com um saco inteiro de munição. A sacola fez um som metálico quando ele a deixou no chão empoeirado e começou a carregar a pistola.

— Você vai dar todos esses tiros — disse Paul.

— Não gosto de armas — respondeu Fuligem.

— Nem eu — acrescentou Paul.

— E se eu não quiser fazer isso?

— Dizendo assim parece que você tem escolha.

A mandíbula de Fuligem se retesou e o seu tio notou.

— Olha só — disse Paul com a voz firme —, não fui eu que fiz esse mundo. Mas pode ter certeza de que vou sobreviver nele até onde der. E eu sei que você não quer machucar ninguém. Mas a ideia não é machucar os outros. A ideia é continuar vivo. Você viu o que aconteceu com o seu pai. E eu sinto muito por isso. Mas não posso simplesmente ficar sentado e ver isso acontecer com você. A sua mãe me contou como ela está tentando te ensinar isso. Ela tem o jeito dela de fazer as coisas e eu tenho o meu. Ela me pediu para ajudar, e é o que estou fazendo. — Ele olhou em volta, frustrado. — Gostar disso não faz diferença — disse ele, soando exausto de uma hora para outra. — É como tomar remédio. Às vezes é preciso fazer coisas para não se machucar. E as coisas que você sente estão te fazendo mais mal do que as coisas que você está tentando evitar. Mas isso não muda o fato de que você precisa fazer essas coisas. Então é isso e pronto.

Pelo resto da tarde, a única lembrança do garoto seria a arma disparando sem parar. Um tiro atrás do outro. E a cada tiro ele sentia a arma dar um coice em suas mãos. Cada tiro fazia seu corpo inteiro tremer. No fim da tarde, suas mãos estavam com bolhas e ele mal conseguia fechá-las, mas Paul parecia orgulhoso e agradecido por tudo.

— Vamos — disse ele, recarregando a pistola uma última vez.

Os dois se acomodaram na caminhonete, e Paul devolveu a arma ao porta-luvas. Então Fuligem caiu no sono.

Quando acordou, ele viu que o sol tinha se posto e que a noite havia florescido à sua volta, e ele também acordou com um novo flash de luzes azuis e o som do porta-luvas abrindo.

— Tio Paul? — chamou Fuligem, tentando decidir se estava sonhando.

— Fica aí sentado e não se mexe — disse ele.

Finalmente Fuligem estava desperto. O flash das luzes azuis fez um arrepio correr por sua espinha.

Fuligem ouviu o som de uma porta de carro se fechar. Pouco depois, o policial se aproximou da caminhonete, apontando a lanterna para dentro. Quando a luz caiu sobre Fuligem, ele ficou com a testa suada.

— Habilitação e documento do carro — disse o policial.

— Estou com uma pistola aqui — avisou Paul, mantendo as mãos no volante. — Só estou dizendo isso para que saiba com antecedência. Eu tenho porte.

O brilho da lanterna percorreu a caminhonete.

— Cadê a arma?

— No banco — disse Paul. — Visível. É o que a lei diz, não é?

— Acho que sim — respondeu o policial.

A luz caiu sobre a arma, depois brilhou no rosto de Fuligem, cegando o garoto.

— Quero ver as suas mãos! — mandou o policial, a voz dura feito uma faca.

— Fica calmo — disse Paul suavemente. Ele se virou para Fuligem. — Coloca as mãos no painel.

Fuligem fez o que o tio pediu.

— Por que vocês dois não saem da caminhonete? — disse o policial.

231

— Para quê? — perguntou Paul. — Você ainda não me disse por que me parou.

— Saiam — disse o policial. A voz dele ressoou pela pequena caminhonete, e Fuligem sentiu a respiração acelerar.

— Está tudo bem — disse Paul. — Só obedece e sai da caminhonete.

O rosto de Fuligem estava coberto de lágrimas.

— Não.

— O que que você disse, menino? — perguntou o policial.

— Está tudo bem — disse Paul. — Ele só está nervoso. Ele vai sair.

— Eu sei que vai. Vocês dois vão sair da caminhonete.

O policial colocou a mão na arma.

— Tá bom — concordou Paul.

Foi então que Paul olhou para dentro da caminhonete e descobriu que Fuligem tinha sumido.

— Deus do céu.

— Que que foi? — perguntou o policial. Ele iluminou o banco com a lanterna e também descobriu que o menino tinha sumido. — Para onde ele foi? — As luzes iam para cima e para baixo no pequeno espaço onde Fuligem estava momentos antes. — Cadê ele? — O policial tirou a arma do coldre. — Sai da caminhonete e deita no chão! — vociferou.

— Sim, senhor — disse Paul.

Assim que Paul abriu a porta, foi puxado para fora da caminhonete e jogado no chão.

— Opa! — rugiu ele. — Não precisa disso.

— Cala a boca — ordenou o policial. — Cadê aquele menino? Cadê o menino?

O policial forçou as mãos de Paul para as costas e se atrapalhou com as algemas. Assim que as algemas foram colocadas, o policial colocou um pé nas costas de Paul.

232

— Sai de cima de mim — gritou Paul.

— Cala a boca — respondeu o policial. — Fica aí senão eu te dou um tiro por resistir à prisão.

A atenção do policial estava direcionada para o interior da caminhonete. A porta e os vidros estavam fechados, por isso ele não conseguia entender aonde o menino podia ter ido. Ele deu a volta na caminhonete e abriu a porta. A porta rangeu. Ainda assim, ele iluminou o banco de cima a baixo, mas não havia ninguém ali.

Quando ouviu algo na escuridão ao seu lado, ele sacou a arma e girou.

— Quem está aí! — esbravejou ele, apontando o cano da arma para a escuridão que se estendia sobre o campo. O som estava perto. Parecia que alguém estava pisando no cascalho à sua frente, por isso ele se ajoelhou, iluminou a parte de baixo da velha caminhonete e apontou a arma na mesma direção. Mas a única visão que o recebeu do outro lado foi Paul, ainda de bruços com as mãos algemadas para trás e o rosto no asfalto.

Ele levantou e voltou sua atenção para o campo de escuridão ao lado da caminhonete.

— Para onde ele foi? — perguntou o policial. O brilho da lanterna continuava balançando de um lado para o outro na escuridão.

A única resposta que ele recebeu foi o discreto som da risada de Paul.

O policial deu a volta na caminhonete e parou ao lado de Paul.

— Qual é a graça?

— Não é proibido rir, é? — perguntou Paul.

O policial se agachou ao lado de Paul.

— Olha para mim — disse ele.

— O que foi?

— Olha aqui para mim, moleque.

Paul esticou o pescoço, afastando o rosto do asfalto para olhar para cima.

— Você acha que eu não sei quem é aquele menino? — disse o policial. — Você acha que eu não reconheci? Não é difícil reconhecer aquele menino.

Ele olhou para a carteira de motorista de Paul.

— Você é tio dele ou algo assim?

— Algo assim — disse Paul. Ele sabia o que estava prestes a acontecer.

— Bom — disse o policial —, eu só queria que você, ele e qualquer outra pessoa soubessem que nós não gostamos muito do que aconteceu por aqui. Aquele policial que vocês estão tentando fazer ser demitido, ele é um bom homem. Ele tem família. E vocês estão ameaçando a família dele.

Paul riu de novo.

— Que bom que você acha isso engraçado — disse o policial, esfregando as mãos.

— Como você acha que nós estamos ameaçando a família dele?

O policial encostou a arma no meio das omoplatas de Paul, o cano batendo forte na coluna.

— A gente está falando de um modo de vida, de como o mundo funciona — disse o policial. — Gente como vocês quer mudar como as coisas são. Vocês não têm ideia de como é, gente igual a você. Vocês acham que o mundo é assim porque sim. Vocês são uns ingratos. É isso que mais me irrita, eu acho — despejou ele. — Esse país é o melhor lugar do mundo. E não vou dizer que não tem os seus problemas. Mas, quando se compara esses problemas com o resto do mundo, com o jeito como as coisas aconteceram em outras partes do mundo, até a pior pessoa desse país se sai muito bem. — Ele balançou a cabeça. Paul sentiu o cano da arma pressionando sua coluna com mais força.

— Aquele homem que vocês estão atormentando, ele pode perder o emprego. — Ele pigarreou. — Esse trabalho não é fácil. E às vezes as pessoas revidam quando não deveriam. Foi o que aconteceu com aquele menino que levou um tiro. Se fizesse o que mandaram, ele não teria levado um tiro.

As mãos de Paul tremiam nas algemas. Ele fez força com os pulsos, mas as algemas aguentaram.

— Ele era meu cunhado — disse Paul.

— Espero que o tipo de comportamento dele não seja de família. — O policial se ajoelhou perto do rosto de Paul, com a arma ainda nas costas do homem. — Não é de família, é?

O momento se estendeu.

— É?

Paul virou o rosto para o asfalto.

— Preciso que você me diga *alguma coisa* — disse o policial.

— Vai se foder — murmurou Paul.

— Mmm-hmm. — A pistola foi engatilhada. — Foi bom o menino ter fugido. Facilita as coisas... Não se deve resistir à prisão.

Paul respirou fundo e esperou que o tiro fosse disparado. Esperou que a bala penetrasse em sua coluna. Talvez ele morresse, talvez só ficasse paraplégico. Não sabia qual dos dois era pior. Ele viu, em sua imaginação, o próprio velório. Viu o túmulo ao lado do túmulo do cunhado. Viu Fuligem, o pobrezinho do menino de pele preta, de pé sobre aquelas sepulturas, esperando sua vez.

— Sinto muito — disse ele.

— Como é? — perguntou o policial. — Você disse que sente muito?

O cano da arma foi retirado da coluna de Paul.

— Isso — disse Paul. — Eu disse que sinto muito. Mas não era com você que eu estava falando. Você pode ir para o inferno.

O policial sorriu.

— Tá bom então.

Mais uma vez, o cano da arma estava em sua coluna. O tiro estava chegando, assim que o dedo do policial apertasse o gatilho.

— Não! — gritou uma voz da borda da escuridão.

Paul e o oficial ergueram os olhos para a escuridão. O policial apontou a arma para o som da voz. Ele semicerrou os olhos, vendo apenas escuridão. Mas logo o contorno das roupas começou a se destacar contra o brilho dos faróis da viatura. Então Fuligem, com sua pele inacreditavelmente preta que parecia se misturar à noite, avançou para a luz.

— Por favor, não atira — disse Fuligem.

— Sai daqui! — gritou Paul. — Corre!

— Cala a boca.

Fuligem e o policial se entreolharam. O policial semicerrou os olhos como se estivesse vendo um fantasma, algo que vinha das profundezas da imaginação.

— Caralho, como você é preto — comentou o policial. — Eu vi você nas fotos, mas não achei que fosse verdade. Vi você no jornal, mas não conseguia acreditar que alguém podia ser tão preto assim.

Ele riu.

— As crianças me chamam de Fuligem — disse Fuligem.

— Faz sentido. Quero te fazer uma pergunta — avisou o policial.

— Tá bom — respondeu Fuligem.

— Você nunca iria resistir à prisão, não é?

— O quê?

— Se você fosse preso — ele gesticulava com a pistola enquanto falava —, você não iria revidar, ia? Não ia ficar gritando sobre direitos e raça? Não ia começar a falar sobre revistas ou mandados de busca, esse tipo de coisa, ia?

— Não, senhor — respondeu Fuligem com a voz trêmula.

— Tem certeza? Tem certeza de que não? — O cano da sua arma balançava de um lado para o outro num arco escuro enquanto ele falava. Às vezes apontava para a coluna de Paul. Às vezes, por apenas um instante, lançava seu olho escuro sobre Fuligem.

— Tenho certeza, senhor — disse Fuligem.

E seguiu-se um completo silêncio. Um silêncio que se prolongou e que lançaria uma sombra sobre o resto da vida de Fuligem muito depois de ele e o tio terem permissão para sair dali e de os dois fazerem o caminho para casa sem Paul falar absolutamente nada e, às vezes, chorar baixinho, e Fuligem estender a mão e tocar nele, e Paul afastar a mão do menino, e olhar pela janela, e só balançar a cabeça, e só conseguir pronunciar estas poucas palavras:

— Sinto muito que você tenha nascido no meio disso.

Quando pergunto ao Garoto se ele vai ao encontro com leitores esta noite, ele responde com uma cortesia surpreendente:

— Nem ferrando, cara. Quero distância do que vai rolar lá.

— Eu te entendo, Garoto. Eu te entendo.

De fato é uma visão e tanto. Nem sei por que estamos indo a esse encontro, mas se existe uma pessoa otimista é a Sharon. Ela oferece uma visão e tanto aqui nessa cidadezinha usando roupas de grife que valem por baixo uns vinte mil dólares. Parece ter fugido de um desfile de moda em Paris e agora se destaca como um relâmpago no meio da noite enquanto andamos pela longa fila de picapes enlameadas e carros nacionais dos anos oitenta que são o meio de transporte básico em Bolton e em toda cidadezinha parecida.

Fico me perguntando como Sharon se sente atravessando o estacionamento cercada de gente que não sabe apreciar quanto as suas roupas são exclusivas e caras. Da parte dela, Sharon parece estar se divertindo. Na verdade, arrisco dizer que ela parece pouco interessada nas próprias roupas e no modo como os caipiras de cidade pequena reagem a elas.

— Eu achava que esse tipo de coisa não acontecia em cidades pequenas como essa. Em Chicago ou Nova York, dá para entender. Mas aqui? Simplesmente não devia acontecer. Tem lugar que devia ser imune a esse tipo de coisa.

— Ninguém está imune a coisa nenhuma — digo enquanto atravessamos a multidão que fica mais densa a cada passo. O povo de Bolton me reconhece quando passo. Não reconheço quase ninguém, embora saiba que deveria. Algum tipo de memória seletiva, acho. Simplesmente o método usual do meu cérebro de enfiar o passado no passado. As pessoas acenam com a cabeça e dão tchauzinho e eu aperto uma tonelada de mãos. Velhinhas me parabenizam pelo sucesso de *Puta livro bom*. Me falam do orgulho de finalmente ter alguém da nossa cidade saindo e fazendo sucesso no mundo. Faço que sim com a cabeça e concordo quando dizem que sabiam que alguém ia conseguir um dia. "Somos uma raça especial", dizem elas. "E já é hora de o mundo saber disso." As velhinhas são todas cor de mogno. São tão parecidas que não posso deixar de me perguntar se são parentes. O que não falta em Bolton são famílias ligadas pelas tramas do casamento.

Quando não são as velhinhas me dizendo como estão orgulhosas, são as mães e os pais de meia-idade apertando a minha mão e dizendo como estão orgulhosos. Eles me dizem o mesmo que as velhinhas: do orgulho que sentem por saber que alguém da nossa cidade finalmente ganhou o mundo e fez algo que vale a pena. Digo que tudo que eles fazem vale a pena e que não tenho nada especial — o que para mim é verdade —, mas eles discordam silenciosamente. Depois perguntam se posso falar com os filhos deles. "Seria ótimo se você aparecesse e dissesse algumas palavras", dizem eles. "Eles precisam saber que são capazes. Precisam acreditar que não estão presos aqui. Você sabe como é com as crianças negras. Elas nunca veem um modelo.

Não um modelo de verdade. Só rappers e jogadores de basquete, e isso não é realista. Aqueles caras não são pessoas de verdade. Mas escritores são! E você, você morou aqui. Cresceu nessas ruas de terra. Você sabe como é e você fez alguma coisa. Preciso que eles saibam que também podem."

Antes que eu possa dizer que sou tão irreal quanto aqueles rappers e jogadores de basquete, que sou tão irreal quanto os sonhos de transformar os Estados Unidos num lugar onde pessoas como eu não tenham medo de andar na rua, Sharon interrompe:

— Ele vai, sim. Prometo. Assim como o Superman, ele não vai deixar ninguém na mão. Só me passe as suas informações e me certifico de que ele vá lá conversar com o seu filho. Na verdade, talvez dê para organizar alguma coisa na escola. Ele podia falar com a escola toda e contar das outras opções que existem para eles no mundo.

Em seguida nós entramos.

A prefeitura de Bolton também faz as vezes de igreja, porque não existe separação entre Igreja e Estado nas cidades negras do Sul. Deus está em toda parte, especialmente na lei. Pelo menos deveria estar. Mas pelo tom e pelo timbre das pessoas dentro dessa igrejinha em ruínas dá para dizer que elas acreditam cada vez menos na capacidade de Deus aparecer e fazer a coisa certa nas suas vidas.

— Alguma coisa tem que ser feita — grita uma voz no fundo da igreja antes que alguém possa dizer uma palavra.

— Ninguém vai fazer nada — grita alguém. — Ninguém nunca faz nada.

O pastor ergue a mão e gesticula para que todos se calem.

— Por favor — diz ele com uma voz tão retumbante e firme que a escolha que as pessoas teriam entre ouvir ou não é retirada delas.

A multidão esmorece nos bancos e logo resta apenas o som de gente inquieta nos velhos bancos de madeira da igreja arrastando os pés, e em pouco tempo essa música também desaparece e todos sentam e esperam que o pastor lhes diga o que fazer. O que, evidentemente, era a maneira de Deus lhes dizer o que fazer.

— Antes de tudo — começa o pastor —, nós temos que seguir em frente, aqui e agora, e reconhecer que já passamos por isso antes. Já passamos por isso muitas vezes antes, então não podemos nos comportar como se não fosse o caso.

A multidão murmura em concordância.

— Estamos cansados — grita alguém.

— E devemos estar — confirma o pastor. — Estou tão cansado quanto todos vocês. A minha mãe estava cansada. O meu pai estava cansado. A minha avó e o meu avô estavam cansados. E antes disso já estávamos cansados. Cansaço, cansaço e mais cansaço. Um caso após o outro. Vocês sabem disso, e eu sei disso. E nós somos filhos de todas essas gerações de pessoas cansadas. Filhos daquelas gerações de pessoas que estavam tão cansadas que tudo o que elas podiam fazer era esperar e rezar por algo mais. Aquelas pessoas que se entregaram a Deus porque ele era o único que estava disposto a recebê-las em amor e libertação. É isso que nós somos, todos nós. E a cada geração ficamos mais cansados. — Mais murmúrios de concordância. — E a cada geração ficamos mais frustrados. — Murmúrios mais altos de concordância. — E de repente aquela frustração começa a amadurecer e se transformar em outra coisa, não é? — Os murmúrios se transformam em gritos de concordância e confirmação. — E todos nós sabemos o que é essa outra coisa. Todos sabemos qual é a palavra para isso.

— Qual é a palavra? — pergunta alguém na igreja.

O pastor sorri.

— "Raiva" — diz ele. — Não, "puto da vida" é mais preciso.

Aplausos e gritos de apoio surgem da congregação improvisada que foi lá para desabafar.

— Não tem nada de errado com a raiva — continua o pastor.

242

É claro que ele tem um rumo específico em mente para essa conversa. E também está claro que ele vai chegar lá no seu próprio tempo e pelos seus próprios meios, mas ele tem que fazer a multidão se sentir parte da jornada. Ele não está sozinho nesse percurso.

Como escritor, consigo entender isso.

— Eu senti raiva a vida toda — continua o pastor. — Sinto amargura e frustração desde que me entendo por gente. Alguns de vocês talvez saibam do que estou falando. Alguns de vocês talvez saibam alguma coisa sobre esse sentimento. Você acorda todo dia e sente que o mundo inteiro está tentando moer você. Simplesmente te esmagar e triturar o tempo todo. Você cresce pobre e falido, como todos nós. Nós amamos Bolton. Eu sei que vocês amam essa cidade tanto quanto eu. Mas todos nós aqui somos pobres. E, para piorar, somos pobres e pretos, e isso significa que as cartas que nos deram são duas vezes piores. Mas nós tentamos superar isso. Tentamos acreditar que isso pode mudar. Por isso nós vamos lá e fazemos as coisas certas e tentamos viver do jeito certo. Tentamos viver do jeito que Deus quer que todo mundo viva. Mas sabemos que é difícil. Mais do que difícil, é exaustivo. Porque viver assim significa que você tem que ser capaz de ignorar muita coisa. Você tem que ser capaz de saber que as coisas estão quebradas e fora do seu controle e ainda assim, de alguma forma, tem que ser capaz de olhar isso nos olhos e sorrir. — O pastor balança a cabeça. A congregação faz que sim com a cabeça. Ele sabe mais o que aquelas pessoas querem do que este escritor jamais poderia saber.

Tenho inveja desse pastor. Invejo a maneira como ele é capaz de oferecer consolo a essas pessoas pelo que elas estão passando, enquanto eu só posso vir aqui e assistir e me preocupar com o fato de que o meu segundo livro precisa ser entregue em breve e ainda não estou nem perto de ter um livro pronto.

Sim, há coisas melhores no mundo com que se preocupar. Sim, há tragédias, tiroteios, estupros, violência, fome, tráfico humano e todas essas outras coisas, e eu descobri um jeito de ignorar isso: pensar em mim mesmo.

Gosto de pensar que é disso que o pastor está falando quando fala da capacidade de olhar além das coisas e ainda assim ser feliz. O único problema é que não posso dizer honestamente que sou feliz. Certamente sou alguma coisa, mas não chamaria de feliz.

Desanimado, talvez. Confuso, com certeza. Excitado, sem dúvida.

Mas feliz? Não, não sei bem se um negro pode ser feliz nesse mundo. A história tem tristeza demais e está sempre puxando o seu pé. E não importa o quanto tente superar isso, a vida sempre vem com aqueles lembretes, avisando que, acima de tudo, você é parte de um povo explorado e de um destino negado e que a única coisa que pode fazer é odiar o próprio passado e, indiretamente, a si mesmo.

Mas esse pastor, sinto que para ele o mundo talvez seja diferente. Sinto que talvez ele veja algo muito diferente quando se olha no espelho, e não posso deixar de sentir um pouco de inveja. E talvez de alguma forma o pastor sinta a minha inveja, porque ele volta os olhos para mim.

— Temos essa noite entre nós um convidado especial, como muitos de vocês sabem.

E então há mais murmúrios, olhos se voltam para mim, e imagino que deve ser assim que o Garoto se sentia andando pela escola, com todos olhando para ele e lançando todo tipo de julgamento.

— Ele é um garoto daqui que não é alheio ao nosso tipo de dor e à nossa luta, como muitos de vocês sabem.

Ele faz uma pausa e aponta a mão para mim, indicando que eu deveria ficar de pé. Mas resisto a essa mão. Não quero ser parte disso. Não é o meu estilo. Isso é para tolos, falar em público. Todo mundo olhando para você assim. Não. Eu não quero ser parte disso. Vou só ficar sentado aqui e deixar essa mão pairar no ar como um peido num elevador.

— Levante — sussurra Sharon.

— Não quero — respondo sussurrando. Todo mundo na igreja consegue me ouvir, mas não ligo. Não. Ninguém vai me tirar daqui.

— Você tem que levantar.

— Por quê?

— Porque é isso que você tem que fazer — afirma Sharon. — Essas pessoas estão procurando alguém que possa expressar uma coisa que elas não conseguem. Você é escritor. É isso que você deve fazer.

— Sabe... Você não é a primeira pessoa que me diz isso. E eu continuo não acreditando.

— Tá legal — diz Sharon. — Então que tal isso: eles são potenciais compradores de livros. E você ainda não entregou o segundo romance. E eu tenho a sensação de que você já gastou o dinheiro do adiantamento e assim que essa turnê acabar vai estar completamente falido, e, se não tiver um manuscrito, vai dever para a editora um caminhão de dinheiro que não tem. E por isso talvez você devesse tentar vender todo livro que puder. E por isso talvez você devesse levantar e dizer alguma coisa. E por isso talvez você devesse ser uma boa pessoa. — A cada palavra o sussurro dela evoluía rumo a um rosnado tenebroso. Um som tão grave e peçonhento que eu jamais adivinharia que poderia ser produzido por um corpo pequeno como o dela. Tem mais: acho que o melhor que posso fazer, independentemente do motivo, é levantar e dizer alguma coisa.

Mas as minhas pernas ainda não funcionam. A minha cabeça dói. Transpiro da cabeça aos pés. Estou soterrado debaixo de uma muralha de déjà-vu e não sei por quê. Não consigo me livrar da sensação de que já estive aqui antes. De que já vivi tudo isso antes. Mas como? Quantas vezes fui a uma igreja na cidade onde um menino foi assassinado? Nenhuma, essa é a resposta.

Então, por que tudo isso parece tão familiar?

Em algum lugar distante, muito, muito longe da igreja, ouço um pavão uivando na noite e me lembro daquele pavão de obsidiana que o Garoto e eu vimos no banco do parque naquele dia. Me lembro da risada do Garoto. Me lembro do sorriso dele.

A lembrança do sorriso dele leva embora a minha ansiedade, então eu levanto. Eu digo algo.

A primeira vez que Fuligem viu o pai morto foi no dia seguinte ao desentendimento que ele e Paul tiveram com o policial. Ele acordou e o pai estava parado na porta, vendo-o dormir. Fuligem sorriu e sentou, e o pai também sorriu, depois deu meia-volta e saiu andando pela casa. Fuligem saiu da cama e, quando chegou à cozinha, o pai tinha sumido. O menino ficou parado por um instante, olhando para o ambiente tão familiar, pensando.

— Tá bom — disse ele.

Ele já esperava ver o pai em algum momento. Nas semanas que se seguiram à morte do pai, Fuligem começou a ver muitas coisas, então ele sabia que, na hora certa, o pai iria até ele. Ele viu sombras de animais subindo ao céu ao pôr do sol. Enquanto estava na varanda observando o sol se esvair abaixo da linha do horizonte, enquanto o céu dançava em tons opulentos de ouro e carmesim, Fuligem viu sombras subirem do horizonte e voarem, navegando pelo céu como nuvens vivas. Às vezes eram formas de animais, às vezes de pessoas. Mas tudo sempre foi real, real o suficiente para ele estender a mão e tocar.

O pôr do sol se tornou sua parte preferida do dia porque ele nunca sabia o que ia ver. Mas então as coisas que ele via quebraram o elo que tinham com o pôr do sol e começaram a ir até ele a qualquer hora do dia. E já não eram só animais, havia também pessoas. Pessoas de livros que ele tinha lido e de histórias que tinha ouvido. Uma vez, sentado no refeitório da escola, ele viu John Henry saindo da fila do almoço carregando um prato de pizza e um copão de leite com achocolatado. Fuligem sabia quem era por causa da pele inacreditavelmente preta e das duas marretas penduradas no cinto. A história de John Henry sempre foi uma das preferidas de Fuligem, e a visão do homem — com ombros como montanhas e braços como troncos de árvores — fez Fuligem sorrir com um orgulho que ele não conseguia nomear. Era como ver uma versão maior e mais corajosa de si mesmo. Ele não se importava que aquilo provavelmente não fosse real.

Nos melhores dias — os mais raros e bonitos —, Fuligem olhava para o céu e via a maior de todas essas maravilhas. Ele via outra Terra. Não. Não era a Terra. Era outra coisa. Um planeta inteiro, como o nosso, mas diferente. Aquilo pairava no céu como a resposta para uma pergunta que o seu coração lhe fazia todo dia. Esse lugar era todo da cor do ônix. Oceanos, montanhas, florestas, todos tão profundos e escuros quanto a pele que ele tanto odiava. No entanto, ali, naquele outro mundo, ele não odiou o que viu. Lá, ele amava a cor de sua pele.

Como esse lugar parecia um lar, ele quis lhe dar um nome. Se o lugar tivesse um nome, ele poderia invocá-lo sempre que precisasse. Poderia levá-lo consigo, escapar para lá. Nunca sentiria solidão, medo ou vergonha. Ele poderia se amar a qualquer momento. Poderia se amar sempre.

O que ele precisava era de um nome.

Queria chamá-lo de África. Afinal, era de lá que vinham seus antepassados. Mas a África não era seu lar. Ele só conhecia a África por fotos, e isso jamais poderia ser um lar.

Esse lugar que ele viu não era os Estados Unidos, porque os Estados Unidos não o conheciam por inteiro melhor do que ele conhecia a África das fotos.

Ele era o garoto de lugar nenhum. E, por causa disso, durante a maior parte da vida ele se sentiu um nada.

Mas ali, naquele outro planeta que só ele podia imaginar, naquele lugar para o qual ele não tinha nome, ele era tudo.

Era o lugar de seu pai e de sua mãe, de sua pele, de sua linguagem e de suas piadas. Era o lugar das superstições de seus avós. O lugar dos churrascos no quintal. Era o lugar que ele carregava consigo, carregava nas costas como uma cidade, carregava nas costas como um emblema, carregava nas costas como uma canção, e mesmo assim ele não tinha um nome para aquele lugar.

Era um lugar onde traficantes e presidentes tinham a mesma origem. Onde poetas e Esses Neguinhos Analfabetos compartilhavam sua sabedoria. Um lugar onde piadas sobre gente preta saíam das mesmas bocas que, ao fim do dia, declaravam: "Ainda assim me levanto." Era um lugar de escravos, cantores e vencedores do Oscar. Um lugar onde neguinhos nerds e Hustle Man discutiam sobre 2Pac e Jack Kirby.

Era um lugar maravilhoso. Era um lugar. E, para um garoto que vinha de lugar nenhum, isso bastava.

Mas era tudo um sonho, e Fuligem sabia disso. Ele sabia que nada disso era real e não se importava. As coisas que imaginava tornavam sua realidade menos dolorosa e era isso que importava para ele. Então, quando começou a ver o pai enquanto sonhava acordado, ficou grato.

Mas, conforme o tempo se desdobrava e se estendia e os meses quase se transformavam em um ano, a capacidade de Fuligem de distinguir o que era real do que não era começou a desaparecer. Numa manhã de segunda, ele chegou à escola e cometeu o erro de contar para amigos e professores sobre o bagre de dezoito quilos que ele e o pai tinham pescado na represa no fim de semana. Os colegas — incluindo os mais velhos — pareciam não ter mais energia para provocá-lo como antes. Desde a morte do pai, nem mesmo Tyrone Greene o importunava mais. Fuligem era só o garoto digno de pena, o que era quase pior do que ser atormentado.

Quando se espalhou a notícia de que ele estava pescando com o pai morto, a professora, Sra. Brown, chamou o garoto num canto e, com a compaixão de que ele já andava cansado, disse que aquilo não era verdade e que não era saudável para ele sair por aí contando esse tipo de mentira.

Quando ele falou que não estava mentindo, a Sra. Brown sorriu com um toque de tristeza nos cantos dos lábios, deu um tapinha na cabeça dele, pegou sua mão e disse, quase sussurrando: "Lamento muito que você tenha passado por isso." Esse era o bordão das pessoas quando falavam com Fuligem. Desculpas eram tão comuns quanto cumprimentos, e, embora soubesse que não ia durar para sempre, isso o entediava. Na verdade, tédio talvez fosse a melhor maneira de descrever o que ele sentia por tudo naqueles dias.

Ficava entediado com as cartas de condolências e com os presentes. Ficava entediado com as equipes de reportagem que ainda apareciam algumas vezes por semana e faziam novas perguntas que levavam a mãe a cair no choro toda vez. "Qual é a sensação de saber que o seu marido morreu nas mãos de um policial?", perguntavam. Ou talvez: "Qual é a sensação de saber que o seu filho viu isso acontecer?" Ou talvez: "Como é saber que o seu marido morreu só por ser negro?" Ou talvez: "Qual é a sensação de saber que o seu filho nunca mais vai ver o pai?"

Faziam as perguntas de novo e de novo de maneiras diferentes, e toda vez a mãe de Fuligem respondia às perguntas e parecia prometer a si mesma que não ia chorar de novo, e toda vez descumpria a promessa.

Quanto mais o tempo passava, quanto mais eles vinham e faziam suas perguntas e ela respondia e chorava, mais ela parecia desaparecer. A cada dia ela ficava mais magra, mais dura, mais angulosa.

250

A suavidade parecia ser sugada dela pouco a pouco. Ainda se importava o suficiente para demonstrar amor pelo filho, mas a maneira como demonstrava esse amor tinha endurecido. Ela demonstrava o amor por meio da disciplina e da hierarquia. Ela demonstrava o amor por meio de palmadas e castigos. Ela demonstrava o amor por meio de advertências. Ela demonstrava o amor ensinando a Fuligem que o mundo era perigoso, embora nunca tenha dito por quê. Ela nunca disse por que o mundo era diferente para ele.

É fim de noite e estou cansado. Muito tempo na frente de pessoas não é bom para mim. Por isso virei escritor. Bom, outro motivo foi uma imaginação que não consigo controlar.

Decido dar uma volta porque é o tipo de coisa que se faz em noites como essa. Para mim, o objetivo é sempre ficar longe das pessoas. E uma coisa que esqueci é o quanto adoro o sossego das cidades pequenas e das longas ruas que parecem não levar a lugar nenhum e ao mesmo tempo levar a todo lugar. Pouquíssimos prédios. Casas que brotam como lembranças de tempos em tempos ao longo da calçada e do cascalho. É um esplendor formidável.

Não me lembro do que disse na igreja. Mas parece que o efeito foi exatamente o que as pessoas queriam. As minhas palavras capturaram alguma coisa. Deram voz àqueles que precisavam se expressar. Quem dera conseguir lembrar o que disse. Às vezes, graças ao meu problema, a todos os devaneios, à perda de memória, aos pensamentos confusos, fico pensando em tudo que já esqueci na vida. Fico pensando se tem alguma coisa grande e maravilhosa que eu sabia e que agora me escapa.

Mas talvez seja bom eu não conseguir me lembrar de tudo direito. Eu sei o que aconteceu com o meu pai. Mas com a minha mãe... algo me diz para não pensar nisso. É como se a ideia de ter perdido os dois fosse demais para caber na minha cabeça, então optei por não saber. Mas tem uma pegadinha quando se quer se convencer de que não sabe alguma coisa: claro, isso mantém a vida nos trilhos, mas, no que diz respeito à coisa ou à pessoa que deliberadamente não se vê ou se esquece, acaba-se com a sua integridade. E não é pouca coisa a se fazer com uma pessoa. Ou com um grupo de pessoas. A ignorância deliberada não é terrível?

Estando de volta aqui na minha cidade natal, acho que sinto essa caixa se abrindo... e isso me apavora.

Então ando pelas ruas desde o pôr do sol até os meus pés ficarem cansados e eu ter me afastado o suficiente na noite para que só reste a opção de voltar. Ainda assim, há pessoas nos quintais. Pessoas paradas sob o brilho fraco das luzes da varanda conversando umas com as outras sobre todos os problemas do mundo, sobre o que devia mudar e, acima de tudo, falando sobre raiva e frustração. Mas a conversa sobre raiva e frustração é cuidadosa para evitar que resvale na tristeza. Porque, no fim das contas, a tristeza é a base de toda a raiva que essas pessoas sentem diariamente. Tristeza por terem ficado para trás e por serem deixadas de fora de tanta coisa que todas as outras pessoas parecem ter nesse país, nesse mundo.

Pertencer a esse povo significa não ter pátria, ser parte de uma tribo perdida, um povo cuja única ligação é com os outros do mesmo grupo, e mesmo isso não é uma constante. Às vezes, tudo o que fazemos é acenar um para o outro no meio da noite, e isso é o mais próximo a que chegamos de estarmos juntos.

É quando cruzo a cidade no caminho de volta, passando sob a sombra das igrejas que se erguem altas e silenciosas no céu iluminado pela lua, que sou parado pelo homem que eu não esperava que me detivesse.

— Com licença — diz o sujeito. Sua voz é fraca e envergonhada, como se estivesse tentando sussurrar ao mesmo tempo que precisasse muito ser ouvido.

— Boa noite — digo com o máximo de ânimo que sou capaz de reunir. Pela minha experiência, quando se encontra um estranho no fim da noite numa rua deserta, a melhor coisa que se pode fazer para se manter seguro é tentar ser o mais alegre e agradável que puder.

— Você é o tal escritor? — diz o sujeito. Ele tem pouco mais de trinta anos. Branco. Cabelo loiro sujo com uma aparência vagamente familiar. É raro encontrar gente branca em Bolton. É claro que tem branco que mora em Bolton. Mas a primeira coisa que me passa pela cabeça é que ele faz parte de uma das equipes de reportagem que andam por aqui desde o tiroteio. O que não falta é repórter andando pela cidade. O que começou como um acontecimento local e regional ganhou asas no cenário nacional rapidamente, e, embora os jornais queiram desesperadamente passar para a próxima pessoa baleada, e todos sabemos que é questão de tempo, por enquanto a pequena Bolton e o que aconteceu aqui são o foco principal da imprensa.

O homem parece nervoso. Ele se mexe e olha em volta enquanto fala. Ao longe há algumas casas, e de vez em quando dá para ouvir uma conversa ou uma porta de caminhonete sendo batida, seguida do ronco de um motor e de pneus no asfalto. Cada vez que isso acontece, o homem fica paralisado feito um cervo e presta atenção, quase farejando o ar, como se esperasse que a caminhonete fosse a própria Morte vindo buscá-lo.

— Você é o tal escritor? — repete ele. O tom é um pouco mais agudo, um pouco mais apressado.

— Eu sou um escritor — digo. — E, para ser sincero, provavelmente o que você está procurando. Não tem muitos aqui.

— Bom — diz ele, dando um suspiro pesado de alívio. — Podemos ir para algum lugar e conversar?

Sempre fico nervoso quando as pessoas pedem uma conversa em particular. Já vi filmes que começam assim e nunca terminam bem para personagens como eu.

— Sobre o que você quer falar?

— Podemos só conversar? — sussurra ele. Só então reconheço e entendo perfeitamente o que vejo escrito no seu rosto: medo. Um medo abjeto, inegável e inevitável.

— Você está bem? — pergunto.

— Por favor — diz ele. — Por favor.

Voltamos para casa. Esse lugar me lembra da casa em que cresci. Mas se fosse o mesmo lugar eu saberia, não? Não sou um caso tão perdido assim, sou?

Não tenho mais certeza de que horas sejam. O meu corpo cheira a suor, umidade e fim de noite.

— Aceita alguma coisa para comer ou beber? Não sei bem o que tem lá dentro, mas a minha mãe me ensinou a sempre fazer o possível para cuidar das pessoas que vêm me visitar.

— Não — diz o homem. Ele fica na soleira da porta como um vampiro que não pode entrar sem ser convidado.

— Quer entrar? — pergunto.

— Não, obrigado — diz ele. Há um nervosismo pesado na sua voz. — Prefiro ficar aqui fora. — Ele tira um instante para olhar para trás, para a longa estrada que leva à cidade de Bolton. — Se importa se a gente sentar aqui e conversar?

— Pode ser — digo. — Mas você está começando a me deixar meio nervoso.

Ele dá risada.

— Por que você estaria nervoso? Se tem alguém com motivo para ficar nervoso aqui sou eu.

O sotaque sulista é pesado como o do Garoto e duas vezes mais ansioso.

— Por quê? — pergunto.

O rosto do homem fica pálido.

— O quê? Você está de sacanagem comigo?

— Acho que não — digo depois de refletir por um instante para ter certeza de que não estou de sacanagem. De vez em quando até sacaneio os outros, mas parece que não estou fazendo isso agora. — Então, por que você está tão nervoso?

— Você não sabe quem sou eu? — pergunta o homem, e noto pelo tom de voz e pela expressão no rosto que ele não consegue decidir se deveria estar feliz ou assustado por eu não saber quem é ele. — Espera — continua, os olhos inquisidores. — Você não sabe mesmo quem sou eu?

— Não faço a menor ideia. E, para ser sincero, nem tenho certeza se você é real ou não. Até onde sei, posso estar falando comigo mesmo.

— Do que você está falando?

— É que eu tenho um problema. Isso é tudo que você precisa saber.

Enquanto o homem fica parado na soleira da porta da velha casa de fazenda, vou preparar um copo de chá gelado bem doce e volto para o assento na beirada da varanda.

— Bom, podemos ir direto ao ponto, seja lá qual for? — pergunto.
— Tenho um monte de coisas para fazer, tanto reais quanto imaginárias. E só quero fazer tudo que preciso e ir embora dessa cidade.

Finalmente, o homem senta ao meu lado na varanda. Ele ainda parece inquieto, como um animal preocupado com predadores.

— Talvez seja melhor você não saber quem sou eu.

— Acho que isso vale para todo mundo — respondo. — Conhecer as pessoas acaba gerando problema.

— Acho que você está certo — diz o sujeito. Dá para ver que ele não consegue ler quem sou eu. Ele se esforça ao máximo para me entender, mas acho que sou um mistério para ele.

— Antes de mais nada, acho que você devia saber que eu nunca li o seu livro. Parece o tipo de coisa que eu deveria dizer. Não quero que você ache que sou um fã ou algo assim. Não sei muito sobre você.

— Então a gente está em pé de igualdade, meu amigo — digo.

— Mas nós dois estudamos na mesma escola.

— Sério?

— Ã-hã. Eu cresci aqui.

— Em Bolton?

— Descendo a rua, em Freeman.

— Um nativo, hein?

— Ã-hã — diz o sujeito. Ele dá um sorriso tímido. Enfim ele não parece estar sendo caçado no meio da noite. — Mas eu estava uns anos atrás de você na escola. Então você não me conhece. Talvez tenha conhecido o meu irmão. Harold Bordeaux?

Penso por um momento.

— Não, me desculpe. Acho que não me lembro dele.

O homem ri.

— Não estou surpreso. É um tipo bem esquecível. Mas ele te conhece. Está sempre falando que você e ele estudaram juntos. Anda para cima e para baixo dizendo que vocês dois eram melhores amigos. Ele diz que você era meio esquisito na época.

— Essa parte faz sentido.

— Disse que você passava o tempo todo sentado no canto lendo livros. Mas acho que valeu a pena. Aquele burro do Harold nunca leu um livro na vida.

— Conheço o tipo — comento. — Mas a quantidade de livros que se lê não faz de você uma pessoa boa ou má. A quantidade de livros que se lê é só a quantidade de livros que se lê. O meu pai não lia muitos livros, nem a minha mãe. Mas eram pessoas muito boas.

— Acho que você tem razão — diz o sujeito. Ele relaxa gradativamente. A respiração fica mais lenta. A tensão que fazia parecer que estava sendo perseguido desapareceu. — Você foi embora, hein?

— Acho que sim. — Dou uma longa olhada no céu estrelado. — Mas às vezes queria não ter ido embora.

— Não. Você fez a coisa certa. Não tem nada de bom aqui.

— Alguma coisa boa deve ter.

— Não — diz ele, olhando para o mesmo céu. — Nem tudo é ruim. Mas isso não significa que é bom. E, quando se para e pensa no passado, percebe que as coisas vão mal faz muito tempo. As coisas nunca foram de fato boas. Só teve uns breves momentos de coisas que não eram tão ruins.

Ele balança a cabeça.

— Você não é a pessoa mais otimista, hein, amigo? — aponto. — Mas acho que entendo. Acho que já fui assim e conheço pessoas que são.

— O meu irmão disse que você teve dificuldades na escola — continua o sujeito. — Diz que pegaram no seu pé depois do que aconteceu.

— O que aconteceu? — pergunto.

O rosto do homem se contrai.

— Você... Você está de brincadeira?

— Acho que não — respondo. Tento contorcer o rosto para exibir uma expressão que mostre que não estou debochando dele, mas não tenho certeza se estou passando a ideia certa. Acho que basicamente estou só confundindo o sujeito.

— Você está me sacaneando? — Há um repentino tom de raiva em sua voz.

— Por que eu iria te sacanear?

— Então você está me dizendo que não lembra o que aconteceu?

— Deve ser isso que estou dizendo. Ainda não sei do que você está falando, então não posso confirmar nem negar se lembro. Além do mais, você deve saber, eu tenho um problema. Não vou entrar em detalhes, mas o ponto é que eu tenho uma imaginação hiperativa e é difícil diferenciar o que é real do que não é.

— Você é esquizofrênico?

Dou risada.

— Não. Nada do gênero. Sou só imaginativo.

O sujeito me olha desconfiado. Por fim, balança a cabeça.

— Não tenho tempo para isso — diz ele. O sujeito se senta empertigado, olhando nos meus olhos. — Olha só, você é escritor, então preciso que escreva uma coisa para mim.

— Desculpa, eu não trabalho como ghostwriter.

— Cala a boca! Eu... Eu preciso que você conte para as pessoas o que aconteceu. — A voz está à beira do pânico. É um tom cheio de dor, desespero e de alguma outra coisa que não consigo entender.

— O que aconteceu? — pergunto.

— Eu não sou uma pessoa ruim — declara o homem.

— Eu acredito. Você parece um cara comum para mim.

— Aquele menino — diz o homem. A voz não sai. — Não posso deixar as pessoas pensarem isso de mim. Não posso deixar pensarem que eu sou uma espécie de assassino.

Sinto um arrepio na espinha. Muita gente já pediu que eu escrevesse a história das suas vidas, mas nenhuma dessas histórias envolvia um cadáver.

— Eu não matei aquele menino — afirma o homem.

— Tá bom.

— Quer dizer... — O homem engole em seco, como se a garganta estivesse tentando traí-lo. — Quer dizer, foi o meu dedo que apertou o gatilho, mas não fui eu. Não sou o tipo de pessoa que mata. E ninguém quer ouvir o meu lado da história. Ninguém quer ouvir o que aconteceu comigo naquela noite. Ninguém quer pensar que talvez eu não seja um assassino descompensado.

Penso no cadáver do Garoto deitado naquela maca, cheio de buracos e sem vida. Penso na mãe dele chorando. Penso em mil outros cadáveres que se pareciam com o Garoto e em mil outras mães chorando e quero que ele veja o mesmo que eu. Quero que ele cale a boca e pare de falar. Mas ainda não tenho certeza se ele é real ou não, e, como talvez ele seja fruto da minha imaginação, decido deixar que continue falando. Estou sem palavras, de qualquer maneira.

260

— O que você precisa entender é que não tem só a ver comigo. Tem a ver com tudo. Tem a ver com todo mundo. Eu sou só um cara normal. Sim, eu sou policial... ou fui policial... mas isso não faz de mim um monstro. Sou só um cara normal. Tenho mulher e filha. — Ele cospe. — Agora a minha mulher não me liga e não me deixa falar com a minha filha. Tentei contar tudo isso para a minha mulher. Tentei explicar tudo para ela do jeito que estou tentando explicar para você, mas ela não deixou. Simplesmente se levantou e me abandonou, chorando como se fosse o filho dela... Bom...

— Aí você decidiu me procurar?

— Mais ou menos isso — diz o sujeito. — Estou ficando na casa de um amigo do meu irmão desde o incidente. Tenho que andar escondido por aí. Quase não saio de casa porque tenho medo do que pode acontecer se me pegarem na rua. É por isso que estou aqui no escuro. Você tem ideia do que vai acontecer se esse pessoal daqui me achar? Se eles chegassem agora e me pegassem sentado aqui ao ar livre?

— Você acha que eles iam te machucar?

— Iam me matar — diz ele.

— Como você sabe?

— Porque... você sabe.

— Não — insisto. — Não sei. Por que eles iam te matar?

— Não seja assim. Não finge que não sabe o motivo. Não finge que nunca pensou nisso. Não finge que você não fica sentado às vezes com raiva, ruminando, como o meu pai costumava dizer, tudo o que fizeram nesse país com gente como você.

— Gente como eu?

— Negros. Você está com raiva. Por que não estaria? Mas o problema é que eu não fiz isso. Eu não fiz nada disso. Eu não tinha nascido quando toda aquela merda de escravidão aconteceu. Eu não era nem um brilho nos olhos de alguém. E você, você nunca foi escravizado. Você nunca foi propriedade de ninguém. A gente estudava na mesma escola. Você cresceu tão falido quanto eu. A gente viveu a mesma vida,

261

mas eu carrego toda a culpa. Me chamam de opressor. Me falam que tudo que os meus ancestrais fizeram foi terrível. Bom, como é que eu vou saber? Como é que você sabe? Nenhum de nós estava lá. Nem você nem eu. Então, como você sabe que os meus pais tinham escravos? Como é que você sabe que os meus pais machucaram os seus pais, que fizeram mal para eles? E mesmo assim você quer me culpar por aquilo. Você quer me culpar só porque está com raiva de coisas que não tem controle. Não vou negar que o seu pessoal se deu mal. Não vou negar isso. Mas agora todos eles já morreram. Todo mundo que passou por isso. Todos eles já partiram. E agora as coisas são justas. Todo mundo tem oportunidade. Todo mundo nesse país pode ter uma oportunidade justa. Que merda! Olha só *você*!

Ele aponta um dedo zangado para mim e me cutuca no peito.

— É só olhar para você — continua ele —, um escritor chique pra caralho. Está na TV. Deus sabe quanto livro vendeu. E você fez tudo isso sendo negro. Chegou muito mais longe do que eu. Quer saber o mais longe que já fui? À Flórida. Isso é o mais longe que já fui. A única vez que andei de avião. Fui lá para um enterro. Você já se hospedou num hotel?

— Como é?

— Você já se hospedou num hotel?!

— Já.

— Desses chiques.

— Claro.

O homem olha para as próprias mãos como se tivesse sido traído por elas.

— Eu não tive vantagem nenhuma. Zero. Isso não conta? Então, sim, talvez eu tenha ficado meio irritado quando encontrei aquele menino. Eu vi o menino e vi gente como você, gente que conseguiu coisas que supostamente estavam prometidas para mim. — Ele balança a cabeça. — Não. Isso não é verdade. A verdade é que eu não sabia se ele tinha uma arma. Aí eu fiz o que fiz.

262

— Você atirou nele.

O homem contrai os lábios por um instante e se afasta de mim. Vejo um tremor percorrer o seu corpo como uma cabra que comeu um raio. Ele pigarreia, e as suas mãos se fecham em punhos e os seus braços envolvem o corpo, e ele se encolhe e solta um soluço de choro pesado e úmido.

— Eu não vou dizer isso — afirma ele.

— É a verdade.

— Mas eu não vou dizer isso.

— Esse é o problema.

Ele deixa escapar outro soluço do tamanho do Texas. Enfia a mão no bolso e tira uma arma.

Consigo erguer uma sobrancelha. Não posso dizer que não previ isso. Armas são como animais de estimação. Mesmo que você não tenha uma, é questão de tempo até um vizinho, amigável ou hostil, trazer uma para a sua vida e você ter que cruzar os dedos e torcer para que seja amigável.

— Preciso que faça uma coisa — diz o sujeito.

— Bom, acho que você tem uma boa moeda de troca na mão.

— Não precisa se preocupar — diz ele. Finalmente, ele se senta. Seca as lágrimas do rosto na quase escuridão da noite e respira fundo. — Duvido que eu faça alguma coisa com isso aqui.

— Então por que trouxe?

O sujeito olha para a arma. A sua testa franze como se ele tivesse acabado de perceber que está armado, como se o seu corpo tivesse tomado a decisão sem ele e só agora a mente estivesse percebendo o que tinha na mão.

— Não sei — responde ele. — Acho que porque alguém tinha que fazer isso.

— Não sei se entendi essa lógica.

Ele ri.

— Então você não entende as pessoas.

— O que você quer de mim?

— Eu quero que você me ajude a entender.

— Entender o quê?

Ele acena com a mão para o mundo.

— Isso — diz ele. — Tudo isso. Não consigo entender. Só consigo entender uns pedacinhos de vez em quando. E mesmo esses pedaços estão presos dentro de mim. Não consigo colocar para fora. Se eu conseguisse pôr isso para fora, dava para consertar tudo isso. Dava para melhorar as coisas. As pessoas iam entender quem eu sou. Iam saber que eu não sou uma pessoa ruim. Iam saber que aquela era a única coisa que eu podia fazer naquela situação.

— Tem muita gente que pensa o contrário.

— E é exatamente disso que estou falando — diz ele. Ele coloca a arma na varanda entre nós. Está perto o suficiente, e, se eu fosse bem rápido, provavelmente daria para estender a mão e pegá-la antes que ele pudesse me impedir. Mas não faço isso. Se eu fizesse, talvez ele parasse de falar. Talvez ele levantasse e fosse embora. E, Deus que me perdoe, quero ouvir o que ele tem a dizer. Preciso ir em frente e ver para onde ele vai.

— Não sou uma pessoa ruim — declara ele. — É isso que mais dói. As pessoas pensam que eu sou ruim. Eles não sabem que eu sou bom pai. Não sabem que eu sou bom tio. Sabia que eu pago a escola da minha sobrinha? Sabia disso?

— Não.

— É verdade — diz ele. Ele enfia a mão no bolso e pega o celular. Depois de alguns toques rápidos, me mostra uma foto dele sendo abraçado por uma garota loira com um sorriso brilhante de boné e vestido. — O Harold não conseguiu o dinheiro e eu tinha um pouco mais, então estou ajudando. Isso não faz de mim uma pessoa boa?

— Parece uma coisa boa.

— Mas ninguém fala disso — diz ele. — Só querem ouvir sobre o que aconteceu. Querem me reduzir a um mero minuto. Como se eu não tivesse uma vida inteira antes disso. Como se eu não tivesse sido o bebê de alguém. O passado não importa?

— Importa. Não só três quintos, mas ele todo.

Um leve movimento no campo ao redor da propriedade chama a minha atenção. Olho para fora e lá, ao brilho fraco do luar, está um homem. A sua pele é preta e o seu cabelo é crespo. A pele é tão preta que não consigo deixar de pensar no Garoto. O homem tem lábios carnudos e as suas mãos estão algemadas. Os pés também.

— O passado importa — digo.

O homem percebe uma mudança na minha voz, e os seus olhos acompanham os meus.

Agora tem outro parado na beira do campo. Uma mulher dessa vez. O seu cabelo é longo e decorado com búzios. Usa uma roupa feita de kente, e, ao seu lado, há uma criança nua de pé. Ele tem a mesma pele preta que parece brilhar azul ao luar. A mulher e a criança também estão com as mãos e os pés algemados.

Quanto mais olho, mais gente aparece, efervescendo no milharal. Nem todos estão algemados. Alguns estão com roupas rasgadas e mãos enfraquecidas. Alguns têm marcas de chicote na carne. Mãos e pés decepados. Marcas nos braços para identificar os donos. Todos ficam de pé e observam. Eles me observam. Observam o homem.

Silenciosos e eternos, eles vigiam, e eu não sei o que dizer a eles.

— Você também está vendo? — pergunta o homem.

Não sei o que dizer a ele.

Ele estende a mão, pega a arma e sai da varanda.

— Queria que aquele menino estivesse aqui — comenta ele.

Depois disso ele parte para o milharal. Enquanto anda, acontece algo mais estranho do que aquilo que estou acostumado a ver na minha vida. A cada passo o homem parece desaparecer um pouco. Ou melhor, ele não desaparece, mas é substituído por algo. Uma escuridão. Uma negritude. Logo, depois de apenas alguns passos, quando ele ainda está perto o suficiente para eu estender a mão e

265

tocá-lo, ele se torna apenas uma silhueta de escuridão. Uma sombra que caminha. Mas não é só a escuridão que compõe aquela forma. Tem estrelas lá... Eu acho. Dentro da Forma que ele se tornou, vejo alguma coisa cintilante, como aquele céu de verão nas horas profundas da noite. No entanto, a Forma que já foi um homem segue em frente, passo a passo, em direção ao milharal e às figuras que o aguardam.

— Por quê? — pergunto à Forma. — Por que você gostaria que aquele menino estivesse aqui?

Mas a Forma não responde. Só acena solene, dando adeus, e não olha para trás enquanto segue para o milharal que dança sob a noite eterna da Carolina.

As figuras no milharal o veem entrar. É como se estivessem esperando por ele, pacientes como um rio.

Logo a Forma se vai.

Logo as pessoas se vão.

Logo sou só eu, e eu, e a noite solitária.

266

— Acho que ele não está bem — disse a mãe de Fuligem. Os dois estavam sentados um do lado do outro num sofazinho no consultório psiquiátrico enterrados no som de ondas do mar que saía de um pequeno CD player do outro lado da sala. Nas paredes havia frases positivas sobre força interior, resiliência e a responsabilidade que o indivíduo tem de não ser controlado pelo seu passado. Fuligem não tinha certeza se acreditava naquelas coisas, mas tentou dar o benefício da dúvida.

— Qual você acha que é o problema com ele? — perguntou a psiquiatra. Era uma mulher magra de cabelo escuro que sorria sempre que olhava para Fuligem. Era o mesmo sorriso que a maioria das pessoas dava para ele agora que seu pai estava morto. Um sorriso que tentava transmitir tristeza e empatia, mas com um leve toque de alegria. Só o infortúnio alheio nos faz lembrar de nossas bênçãos.

A vida de Fuligem tinha se transformado num lembrete ambulante das bênçãos dos outros.

— Ele vê coisas — disse a mãe de Fuligem. Ela pegou a mão do menino e sorriu para ele. Um pedido de desculpas dançou em seus olhos. — Várias coisas diferentes — continuou a mãe, voltando-se para a psiquiatra. — Animais, cores estranhas, todo tipo de coisa. Mas na maioria das vezes ele vê o pai.

A psiquiatra anotou alguma coisa num bloquinho.

— Ele sabe que o pai morreu — continuou a mãe de Fuligem. — A gente já conversou sobre isso. Então, não é que ele pense que o pai está vivo.

— Ele viu acontecer, correto? — perguntou a psiquiatra.

— Viu — respondeu a mãe de Fuligem. O corpo dela ficou tenso por um instante, depois relaxou de novo. — Mas ele diz que está fazendo coisas com o pai. Ele falou na escola que ele e o pai foram pescar no fim de semana. — As mãos dela lutavam uma com a outra no colo. — Ele sempre teve uma imaginação fértil, algo que a gente sempre incentivou. Mas isso é diferente. Ele acredita nisso. Ele acredita de verdade. E eu não sei o que fazer.

A psiquiatra ergueu a mão.

— Espera um minuto — disse ela. — Vou falar com ele e descobrir no que ele acredita mesmo ou não. Tá bom?

A mãe de Fuligem fez que sim.

— É melhor eu sair?

— Se não se importar. Assim a conversa com ele fica um pouco mais fácil.

— Tá bom. — A mãe de Fuligem passou as mãos nas costas do garoto e deu um beijo de leve na testa dele. O perfume dela tinha toques de baunilha e lavanda. — Espero lá fora.

— Sim, senhora — respondeu Fuligem.

Depois que ela saiu, a psiquiatra guardou o bloco e deu mais um sorriso amigável para Fuligem.

— Vamos sentar no chão — disse ela. — Sempre me sinto melhor quando estou sentada no chão.

— Tá bom — concordou Fuligem.

Os dois se acomodaram num par de pufes e Fuligem se perguntou quantas mães levaram os filhos àquele lugar e os deixaram sentados naqueles pufes com essa mulher.

— Então, a sua mãe falou que você está vendo coisas — começou ela. — É verdade?

— É — respondeu Fuligem. Ele coçou as costas da mão para não pensar nas perguntas e evitar olhar para a árvore que crescia no canto do consultório da psiquiatra. Era preta como o breu com flores brancas resplandecentes e não estava lá quando ele entrou. A planta brotou no canto momentos antes, mas já tinha sessenta centímetros de altura e os galhos se entrelaçavam no papel de parede florido, com novas flores brancas surgindo a cada segundo.

— Você vê o seu pai?

— Às vezes — disse Fuligem. No canto, a árvore preta continuava a crescer. Os galhos consumiam o canto do escritório. As flores explodiam como estrelas.

— E o que acontece quando você vê o seu pai?

— Como assim?

— Ele fala com você?

Fuligem sorriu.

— Por que não falaria?

A psiquiatra respondeu com outro sorriso.

— Sobre o que ele fala?

— Várias coisas — respondeu Fuligem.

— Ele pede para você fazer coisas?

— Às vezes.

Na parede oposta, atrás da psiquiatra, a árvore brotava alta e comprida. Os galhos e as flores cobriam a parede e subiam até o teto. As raízes escavaram o chão acarpetado, romperam o concreto e afundaram na terra firme e preta que ficava por baixo de tudo. Os galhos quebraram a parede de gesso e se enrolaram no centro da sala, rachando vigas de madeira e quebrando janelas. A copa da árvore, preta e reluzente, atravessou o teto e abriu o escritório pequeno e abafado para a luz do sol, que se derramou numa grande e brilhante faixa de brilho e calor.

Fuligem sorriu.

— Que tipo de coisa ele te pede para fazer? — perguntou a psiquiatra.

— Ele diz que é para eu me cuidar — disse Fuligem. Do outro lado da sala, a árvore balançava para a frente e para trás como uma canção que embala uma criança. — Diz para eu não ter medo.

— Não ter medo de quê?

— Não sei — respondeu Fuligem. Ele se esforçou para manter as mãos calmas. O que mais queria era atravessar a sala correndo, subir naquela árvore e usá-la para se afastar da psiquiatra e das perguntas sobre o pai morto. No lugar para onde aquela árvore podia levá-lo, seu pai não estaria morto.

— Você sabe que o seu pai está morto, não sabe? — A psiquiatra fez a pergunta com a voz mais suave que conseguiu, como se manuseasse algo precioso, frágil e fadado a quebrar em algum momento. Acima de tudo, queria evitar que aquilo quebrasse em suas mãos.

— Sei — disse Fuligem.

— Então você sabe que ver o seu pai depois que ele morreu significa que aquilo que você está vendo é só parte da sua imaginação.

Acima dele, a árvore dançava e as folhas pretas filtravam a luz que formava pernas pretas, braços pretos e mãos pretas que se lançavam contra a parede oposta e dançavam com o vento e pareciam dizer o nome de Fuligem, e, naquelas formas dançantes, viu o pai sorrir para ele.

— Eu sei — respondeu Fuligem. E ele riu, acenou para o pai e disse baixinho: — Estou com saudade.

Estou com saudade.
Que coisa pesada para se dizer a alguém.
Os meus dedos digitam as palavras no celular, e em seguida todos os dez me olham sério, ameaçando enviar as três palavras para Kelly. Por mais que a minha cabeça tente passar a existência em qualquer lugar que não seja o mundo real, o meu corpo parece saber o que está acontecendo. Especialmente os meus dedos. Eles sempre sabem o que o meu coração está fazendo.

E, antes que você pense em me dar bronca, eu sei que enviar mensagens em maiúsculas significa que você está gritando, mas às vezes é precisa gritar "estou com saudade" para alguém que está mais na sua cabeça do que nos seus braços. Ainda bem que estou a quase dez quilômetros de altitude de novo. Porque daqui de cima posso gritar "estou com saudade" o quanto quiser, que, como o meu telefone está no modo avião, ninguém nunca vai ouvir. Sempre achei que o melhor momento para ser poético sobre uma mulher que mexeu com a sua cabeça é dizer isso de um jeito que jamais possa ser ouvido. Isso mantém você seguro. Mantém o seu mundo nos trilhos. Descobri que essa é a melhor coisa a fazer com qualquer informação perturbadora.

E eu sei que ela me proibiu de chamá-la de "boneca", mas esse é o jeito mais fácil de fingir que ela não é especial.

ESTOU COM SAUDADE.

Quinze letrinhas com muito a dizer. Quinze letras dolorosamente óbvias como uma unha encravada num sapato apertado. Fico me perguntando: o que será que ela ia pensar se eu mandasse aquelas letras para ela? E, sim, eu sei que desde que derrotamos os terroristas o modo avião não é mais necessário, mas dá uma segurança ficar sem poder dizer nada por um tempo. Não poder enviar essa mensagem traz a sensação daquele momento inebriante em que uma ideia está só na sua cabeça. Aquele momento em que as coisas ainda não foram ditas e são perfeitas. Aquele momento antes de os seus dedos e mãos entrarem em cena e estragarem tudo, antes de a mensagem sair do outro lado totalmente diferente daquela coisa pela qual você se apaixonou. Tenho a impressão de que é assim com toda história e com todo relacionamento. Ou talvez seja só eu.

ESTOU COM SAUDADE.

Puta mantra esse. Será que pode ser verdade? Só encontrei Kelly uma vez e dá para contar nos dedos das mãos e dos pés as horas que passamos juntos. Às vezes não consigo acreditar nem em mim, mesmo quando acho que sei o que estou fazendo ou sentindo. Então, não é de admirar que eu questione a veracidade de tudo quando aquela mensagem que ainda espera para ser enviada — com aquele meu polegar fininho pairando sobre o botão Enviar — é interrompida por uma mensagem recebida que diz: Está com saudade de mim?

É Kelly. Em carne e osso, digitalmente falando.

Não sei como, mas o modo avião foi desativado no meu celular. Não sei como, mas as mensagens estão chegando. Não sei como, mas fui expulso do esconderijo e colocado numa conversa, porque, não importa o quanto eu queira ignorar esse Chamado à Aventura, sei que não posso. Preciso responder. Tento não questionar a Divina Providência ou as principais operadoras de celular quando elas se unem e batem à minha porta.

Acho que sim, respondo.

Você não sabe?, pergunta ela.

Qual é o seu filme preferido?, pergunto.

Não muda de assunto, responde ela. Está com medo?

Por que eu estaria com medo?

Porque dizer que está com saudade de alguém é admitir uma quedinha.

Nesse momento eu estou a dez quilômetros do chão. Faz sentido eu ter medo de uma queda.

Mas só é uma queda se você pensar no fim. Senão, o nome disso é voar.

E aí os meus dedos estão parados ali, aleijados, tentando encontrar a coisa certa para dizer. Mas são só dedos. Não se pode esperar que eles digam a coisa certa para a pessoa que apareceu e fez você sentir coisas que tentou não sentir por muito tempo. Não dá para esperar isso de um dedo.

E eu sei o que você está pensando: você não é escritor? Essa não é toda a sua *raison d'être*? É uma expressão francesa que aprendi com uma nigeriana. Não falo francês, mas sou fluente em existência. Sou fluente em medo. Sou fluente em insegurança. Sou fluente no que é preciso quando são sei lá que horas da noite e estou cruzando os céus e fazendo o possível para descobrir por que uma mulher que conheci não sai da minha cabeça num momento da minha vida em que as coisas da minha cabeça continuam transbordando para o mundo real. É o suficiente para me fazer pensar se ela é real. Como se ela pudesse ser só mais uma coisa que estou usando para me distrair.

Eu sou real, diz a mensagem seguinte dela. Você é real. Isso é real.

Ela é? Eu sou? Alguma coisa é?

Não vejo o Garoto faz dias e estou com saudade dele. Ele não aparece desde Bolton. Desde que me encontrei com o assassino dele. Talvez o Garoto ache que eu devia ter feito alguma coisa. Talvez quisesse que eu vingasse a morte dele como um super-herói bilionário. Talvez quisesse que eu ficasse furioso. Talvez quisesse que eu chorasse. Talvez quisesse que eu gritasse.

E o que eu fiz? Eu falei.

Não é à toa que o Garoto me deixou.

Mas ele tem que aprender umas coisas. Tem que entender como o mundo funciona. Talvez, se ele tivesse vivido o suficiente, teria entendido que também faz parte de tudo isso. Todos nós fazemos.

Quero dizer, eu não fui o bebê de alguém em algum momento? Não fui criança e adolescente por pelo menos dezoito anos? Então, quando foi que eu deixei de ser uma vítima da crueldade do mundo para me transformar em parte disso? Quando foi que eu me tornei aquilo que promove o ciclo de coisas horríveis que se espalham pelo mundo todo dia?

Nunca, essa é a resposta. Assim como todo mundo, eu não faço parte do problema. Não é minha responsabilidade mudar nada, assim como não é responsabilidade do Garoto. E, se eu tinha uma responsabilidade, então ele também tinha. Tenho certeza de que ele podia ter feito mil coisas de outro jeito. Tenho certeza de que ele deu um motivo para aquele cara. Ele levantou as mãos muito rápido ou muito devagar. Não ajoelhou quando mandaram. O que não falta são motivos para uma coisa assim dar errado, e aí querem me dizer que eu tenho que fazer alguma coisa?

Sharon tem coragem de dizer que eu preciso falar alguma coisa sobre tudo isso? Renny tenta me dizer que, como autor negro, eu tenho a responsabilidade de dizer algo sobre o mundo? Não. De jeito nenhum.

A minha responsabilidade é vender livros. A minha responsabilidade é me manter fora do abrigo para pobres. A minha responsabilidade é continuar fazendo o que faço sem assumir nenhuma tarefa além das que já tenho. É isso que a minha mãe e o meu pai iam querer. Sou uma boa pessoa com uma dor toda minha. Por que eu tenho que tentar consertar o mundo?

O melhor que posso fazer é manter o foco. Preciso fazer essa entrevista em Denver ser importante. Essa entrevista tem que vender livros suficientes para que a editora saiba que não pode se livrar de mim. O importante é garantir que eles me mantenham por perto. Que continuem me pagando. Que me mantenham em turnê. Que me mantenham circulando. E, se eles fizerem isso, se eu fizer isso, vou até encontrar um jeito de ligar para Kelly e de me apaixonar do jeito que eu devia ter feito desde sempre.

O amor cura tudo. Amores acabam com a dor. O amor nos faz esquecer, e todos nós merecemos um pouco de esquecimento. O meu pai me disse isso uma vez.

Apareço em Denver e descubro que vou ser acompanhado por uma mulher animada e excessivamente em forma chamada Bonnie. Quando chego à esteira de bagagem, ela está segurando uma placa com o meu nome. Usa roupas esportivas do tipo que não vejo desde a época da Jane Fonda. Parece alguém que está sempre em movimento, como se fosse patrocinada pela Energizer.

— _____? — pergunta ela.

— Sou eu — digo.

— Sou responsável por você, Bonnie.

— Prazer, Bonnie.

— Vamos pegar a sua bagagem.

Seguimos para a esteira e, enquanto esperamos as malas, Bonnie faz séries de agachamento. Ela está em perfeita forma.

— Então, como foi o seu voo? — pergunta ela sem perder o ritmo.

— Ótimo.

Estranhamente, ninguém olha para ela. Ninguém parece se importar. Vai ver isso é normal em Denver.

— Já esteve em Denver? — pergunta Bonnie.

— Eu nunca tenho certeza.

Bonnie para com os agachamentos e começa a fazer breves corridinhas pelo aeroporto.

Mais tarde, estamos no SUV de Bonnie costurando o trânsito da rodovia de Denver. Ela tem uma espécie de aparelho instalado entre o banco do motorista e o do carona que permite que ela faça exercícios de bíceps e/ou tríceps enquanto dirige. Não é o tipo de acessório que eu gostaria de ter no carro, mas cada um com seu gosto.

O treino de bíceps não parece interferir na capacidade de Bonnie de lidar com os cinco mil quilos de aço e fibra de vidro. Depois de alguns quilômetros, ela enfia a mão no porta-luvas e pega uma folha.

— Olha só, aqui diz que a gente tem umas gravações de rádio e uma entrevista na TV agendadas.

— Me parece familiar — digo.

Bonnie joga o itinerário no banco traseiro. Verifica o relógio.

— Vai dar tempo — afirma ela. Depois estende a mão para o banco traseiro e puxa um Thighmaster. Ela coloca o aparelho entre os joelhos e começa uma série. O SUV desvia ligeiramente para os lados ao ritmo das repetições. Tudo nesse universo está conectado. Nunca se esqueça disso.

— Então, você é da Carolina do Norte — diz Bonnie.

— Sou.

— Belo estado. Adoro.

— Já esteve lá?

— Não — responde ela. — Nunca saí de Denver.

— Por que não?

— O que eu vou encontrar em outro lugar que não esteja dentro de mim?

— Eu achava que viajar mexeria com você por dentro. Te ajudaria a encontrar partes novas suas.

— Só se você ainda não se conhece. Quanto a mim — diz ela com orgulho —, eu sou quem eu sou. Eu me encontrei. — Ela enfia a mão no banco traseiro e, depois de alguns segundos tateando e desviando o carro para lá e para cá atravessando algumas pistas, puxa um exemplar de *Puta livro bom*. Ela o joga no meu colo. — Autografa para mim? — Em seguida, ela joga o Thighmaster no banco traseiro e volta ao treino de bíceps. — Puta livro bom.

Autografo.

— Obrigado.

— Puta livro brilhante, furioso, caótico! Então, qual é o assunto do seu próximo livro?

Ignoro a pergunta de Bonnie olhando pela janela do carona. Olho para fora bem a tempo de ver um cara de um guincho de frente para um motorista que está com o carro pifado. O motorista segura uma prancha de madeira — estilo demonstração de caratê. O cara do guincho dá um soco que atravessa as tábuas. Os dois comemoram.

Denver é uma cidade interessante cheia de gente interessante. Mas isso só me faz pensar em Kelly.

Alguns quilômetros à frente na rodovia congestionada tem outro carro parado no acostamento. Ao passarmos por ele, vejo Kelly sentada ao volante. Ela olha para mim. Um balão de diálogo aparece ao lado da sua cabeça:

VOCÊ ESTÁ AÍ?

Não digo a ela se estou ou não.

Chegamos ao estúdio de televisão, e Bonnie entra derrapando numa vaga de estacionamento. Os pneus cantam. A fumaça sobe. As cinco toneladas de aço doméstico e borracha importada param perfeitamente entre as linhas.

Ela me leva para dentro do estúdio andando no ritmo mais rápido que já andei. Sequer estamos atrasados. Acho que ela só quer ter certeza de que está fazendo um bom treino. Me lembro de ela ter dito alguma coisa no SUV sobre o fato de as pessoas não saberem andar. Algo sobre nós usarmos os músculos errados para a locomoção. Não tenho certeza do que ela queria dizer, mas parecia estar falando sério.

Que seja.

— O meu autor está aqui para a entrevista — diz ela ao recepcionista. O recepcionista é um sujeito magro de cabelo curto e calça jeans coladinha, mas não parece um daqueles idiotas de calça jeans coladinha. Parece um cara decente. Diz para a gente sentar e que não vai demorar muito. Então ele volta para os seus dominós.

Os dominós.

Ah, os dominós.

Nunca vi tantos empilhados tão perfeitamente. Pelo menos não fora de um comercial de televisão. Não sei dizer exatamente quantos são, mas o número deve estar na casa das centenas, pelo menos. Milhares, talvez. Há dominós de tudo que é cor e eles estão por toda parte. Há dominós em cima da mesa, espalhados pelo chão, na cadeira e na parede onde antes havia prateleiras.

Parece que foram necessárias oito vidas para criar toda essa diversão. Talvez milênios.

Enquanto fico sentado lá, fascinado pelos dominós, Bonnie preenche os documentos na recepção e depois se joga no carpete fofo e faz uma série de flexões. Daquele tipo em que você tira as mãos do chão e bate palmas quando está no alto. Bem impressionante, eu diria.

O tempo se arrasta nesse lugar. Nada parece começar na hora quando se está em turnê e lutando contra demônios internos. A última coisa que quero é ficar sentado aqui com tempo para pensar. Preciso fazer alguma coisa.

Sem ninguém pedir, eu me aproximo e começo a ajudar o recepcionista com seu projeto. Acontece uma coisa estranha: parece que ajudar é muito fácil. Parece que eu sei o que fazer antes mesmo de tocar no primeiro dominó. É como se eu tivesse ajudado a construir aquela estrutura de dominó a vida inteira. Como se fosse um projeto meu, uma brincadeira minha. Meio que sinto que estou criando alguma coisa grande e importante. Meio que sinto que estou me criando.

— Faz quanto tempo que você trabalha aqui? — pergunto ao recepcionista.

— Trabalho aqui onde? — responde ele, sem jamais desviar o foco dessa grande pilha de coisas incríveis em que estamos trabalhando.

Faço um gesto para os dominós.

— Como é para ficar quando estiver pronto?

— Pronto?

A conversa é logo interrompida pela aparição de uma produtora de TV que põe a cabeça para fora pela porta grande e alta no fim do corredor. Ela chama o meu nome.

— Sim?

— Estamos prontos para você.

Quando vou até a porta, ela aperta a minha mão como o meu tio apertava a bolsa de tabaco antes de pegar o fumo.

— Puta livro bom, a propósito.

— Foi o que me disseram.

Eu me viro para dar uma última olhada no que estou deixando para trás. Os dominós. Sinto que eu e aquele recepcionista estávamos a apenas algumas peças de terminar tudo. E, se eu terminasse tudo, o universo inteiro seria exposto diante de nós. Tudo seria respondido. Talvez o Garoto até voltasse!

Mas não há tempo. A entrevista me espera como o capítulo final de um romance. Como uma batalha contra o chefão num videogame. Não posso me esconder para sempre.

Entro na sala. A porta se fecha atrás de mim.

Acho que ouço os dominós caindo.

As luzes são brilhantes e a música da vinheta é irritante. É uma configuração típica de três câmeras com um palco elevado e uma pequena plateia de estúdio. Você conhece o tipo: o talk show matinal em que dão ingressos para o Rotary Club e para o Farmers Guild e aonde todo velho sem muito o que fazer a essa hora da manhã vai para ver que tipo de convidado a afiliada local conseguiu atrair.

Hoje sou eu.

— ... E estamos de volta — diz a entrevistadora. É uma mulher branca alta e magra, com traços marcantes e um sorriso que parece uma boca cheia de quadradinhos de porcelana. Uma moça divertida e alegre daquele jeito que se vê em talk shows matinais, então acho que ela se encaixa no perfil para o trabalho. — Estamos quase no fim de nossa entrevista de uma hora com _____, autor de *Puta livro bom*.

Ela mostra o livro uma última vez, se vira e olha para mim com aquele sorriso cheio de dentes.

— Eu só queria agradecer novamente por você conseguir um tempo para vir aqui conversar com a gente no *Cafés da Manhã*.

— Foi muito bom estar aqui — afirmo com a minha melhor voz de fim de entrevista.

— Ah, nós estamos tão felizes por ter recebido você para falar sobre o seu livro.

Ela sorri.

Eu sorrio.

A plateia sorri.

— Então — diz ela —, conte sobre o que é o seu livro.

O meu sorriso diminui um pouco. Olho para o relógio. Faltam só alguns segundos para as dez. Já estamos aqui faz uma hora. Por que ela quer uma recapitulação nos últimos dez segundos do programa?

Sorrio.

— Como é?

— Ah, vamos lá. Não seja tímido. Conte sobre o seu livro. Afinal, é por isso que você está aqui. — Ela sorri para mim, depois sorri para a câmera.

— Você quer dizer de novo? — pergunto. — Não sei bem se temos tempo para fazer isso de novo. Afinal, a gente está nisso faz uma hora.

Sorrio para ela, depois sorrio para a câmera.

Dou outra olhada rápida no relógio na parede oposta do estúdio. O meu estômago revira. O relógio diz que são só nove e dois. Mas isso não pode estar certo. Então dou uma conferida no meu relógio de pulso. Não sei como, mas diz a mesma coisa. Conta a mesma mentira. De acordo com os dois, a entrevista está só começando.

— Eu juro — digo para a entrevistadora —, a gente acabou de ter essa conversa. Você e eu passamos uma hora falando do meu livro.

— Que bobagem — retruca a apresentadora —, estamos só começando, como diz a velha canção.

Ela dá uma risadinha. O riso da plateia do estúdio é tenso. Eles estão tentando descobrir o que está acontecendo com o autor que têm diante de si. E o autor que têm diante de si está tentando descobrir o que está acontecendo com a vida que tem diante dele.

Sinto que estou começando a suar.

— Então — começa a entrevistadora —, conte...

— A gente já falou bastante disso — afirmo, mal-humorado. — Já fizemos a entrevista. Podemos, por favor, não fazer de novo? Não quero continuar falando do livro.

Parece que a gravata está me sufocando. Parece que algum lutador tomou gosto pela minha traqueia. Afrouxo o nó e seco o suor do pescoço. Olho para o relógio na parede. Faltam só cinquenta e cinco minutos para acabar a entrevista.

— Bom... — diz a entrevistadora. Ela está sendo gentil. Mais gentil do que tem que ser.

— Não entendo por que eu tenho que continuar contando essa história tantas vezes — digo. A minha respiração vem rápido e cambaleante. — Não consigo entender esse processo. As entrevistas, os hotéis, as leituras. Por que eu não posso simplesmente escrever e ir embora? É isso que eu quero fazer. Por que não posso dar uma entrevista só e pronto? Por que eu tenho que continuar vivendo esse mesmo dia infinitamente?

— Porque as pessoas querem te ouvir — diz a entrevistadora. — Porque você é um autor e era isso que você queria.

Estou tendo problemas para respirar, mas parece que sou o único que percebe. Olho ao redor, esperando que aconteça alguma coisa, que alguém apareça, qualquer coisa que possa me ajudar a passar pela próxima hora, pela próxima entrevista que já dei centenas de vezes antes. Estou preso no meu próprio romance e ninguém vai me deixar escapar.

— Então vamos começar — diz a entrevistadora. — O seu livro é todo baseado em fatos reais.

— Não — digo, corrigindo o que ela falou. — É ficção. Diz isso bem ali na capa. Está escrito "romance". Portanto é ficção. Eu continuo dizendo isso e todo mundo continua me dizendo o contrário. Já falei para vocês, já falei para todo mundo, é ficção. É tudo ficção. Nada disso é real. Nada é real.

Ela olha para mim e ri.

— Tá bom, então — diz ela. O público ri. — Agora, conte para a gente a história. Como surgiu esse romance. Fale sobre a inspiração. Sobre a trama. As dificuldades para escrever. A dúvida. O pânico. A insegurança. A gente quer saber tudo. Fale exatamente como você falou todas as vezes antes.

Mal consigo respirar agora. Continuo esfregando o pescoço porque preciso ter certeza de que não tem a mão de outra pessoa em volta dele, fechando as minhas vias respiratórias. Escrutino a sala de novo, procurando uma saída, talvez. Mas o estúdio não parece ter portas. É uma caixa e estou preso nela, com as câmeras, a apresentadora e a plateia.

A plateia. Eu podia jurar que era bem pouca gente um instante atrás. Quinze ou vinte pessoas no máximo. Agora há pelo menos o dobro disso. Talvez o triplo. Todos os olhos voltados para mim. Dá para sentir o calor do olhar deles.

É aí que eu vejo que ela está lá.

Ela está sentada na primeira fila, com sua camisola hospitalar. Me observando. Não entendo como não vi antes.

— Então, vamos voltar à base desse livro — diz a entrevistadora.

— Não quero.

— Lamento, mas acho que você precisa.

— Não — digo. — Eu quero que isso acabe.

— Isso nunca vai acabar.

Olho para o público mais uma vez. Vejo Renny, sei lá como. Vejo a esposa de Renny, Martha. O segurança do aeroporto. A minha agente. A minha assessora de imprensa. O meu editor, Sean. Todas as Kellys que já namorei. A aparição de Nic Cage. A Equipe de Cultura Corporativa do Inferno de Baias. Bonnie. O recepcionista com os dominós. A recepcionista com os Post-its. Vejo uma criança com um terno com um caimento ótimo que se parece muito comigo. Vejo o meu pai. Vejo a mulher com a camisola hospitalar.

Todos eles me encaram.

As luzes do estúdio me ofuscam de repente. Protejo os olhos.

— Então — continua a entrevistadora —, conte como foi ver a sua mãe morrer.

— Como é?

As câmeras do estúdio se aproximam de mim.

— Ela morreu lentamente, não foi? — diz a entrevistadora. Ela pega o seu exemplar de *Puta livro bom* e começa a ler. — Foi doloroso e demorado. Um fim que sangrou de um nascer do sol até o outro.

— Para com isso — digo.

— Mas são palavras suas.

— São? Não lembro.

É verdade. Não consigo me lembrar de nada sobre o meu livro. Não me lembro de nada desde que escrevi. Escrever o livro foi como arrancar um pedaço de mim. E, depois que aquilo tinha sido extirpado, deixei lá. Segui em frente, talvez um pouco mais incompleto do que antes, mas pelo menos era mais fácil ignorar a dor do vazio do que suportar a dor da memória.

— Você não lembra? — pergunta ela.

— Não.

— Claro que lembra — diz ela. — E é isso que te assusta. Você achou que depois de escrever não ia mais lembrar, que ia esquecer o quanto doeu. Mas agora você tem que contar isso várias e várias vezes, cada mínimo detalhe. Todas essas pequenas recontagens vão se somando até chegar ao ponto em que você está constantemente revivendo tudo. Seixos se acumulam numa montanha. O nome disso é *Puta livro bom.*

— Eu sei o nome do livro! Fui eu que escrevi, porra! Fui eu que escrevi todos vocês! Eu escrevi todos vocês! Você acha que eu não sei o nome do livro?!

Uma pausa atordoada.

— É o quê? — diz a entrevistadora. — O que você quer dizer quando fala que você me escreveu?

— Você não é real. — Eu choro. Não tenho certeza de quando o choro começou. Mas aconteceu. — Nenhum de vocês é real. Vocês são só personagens. Fantasias. — Engulo em seco. — Não são?

Outro olhar pelo estúdio. Todo mundo que já conheci na vida está lá agora. Olhando para mim. Me vendo desmoronar. Mas na frente de todos eles está a mulher com camisola hospitalar... a minha mãe.

Percebo agora que toda entrevista que dei sobre o meu livro foi sobre a morte dela. É por isso que não me lembro delas depois.

— Sobre o que é o seu livro?

— É sobre a morte da minha mãe.

Eu me vejo com clareza, em toda entrevista, repassando a história:

— Era fim de semana do Dia das Mães — começo. — Eu estava partindo para um viagem e ela pediu para ir comigo. Ela queria transformar a viagem numa aventura de mãe e filho. Uma coisa para guardar na memória. Mas eu disse não. Ela quase chorou, acho. Mas não fez diferença. Fui embora.

"No Dia das Mães, enquanto voltava para casa, recebi a ligação. Ela estava trabalhando no jardim e desmaiou. Tinha ido para o hospital. Quando cheguei lá, disseram que tinha tido um derrame. Disseram que não sabiam a extensão do dano, mas não queriam criar expectativas.

"Ela passou uma semana em coma. Quando se recuperou, eu estava lá. A culpa me transformou num filho responsável, do tipo que não saía do lado dela. Ela olhou para mim com olhos turvos e disse 'Casa'.

"Os médicos chamavam de afasia. A mente diz uma coisa. A boca diz outra. Você está preso dentro da própria cabeça. Muito parecido com o que acontece com um escritor. Por seis semanas, ela me viu e me chamou de 'Casa'. Tudo era 'casa'. Se ela estava com sede, pedia 'casa'. Se estava com fome, pedia 'casa'. Quando eu dava um beijo na testa e boa-noite, a última coisa que ela falava antes de pegar no sono era 'casa'.

"Aí ela morreu. E não consigo decidir se foi porque desse jeito ela finalmente foi para casa ou se foi porque eu nunca poderia ter tirado ela do hospital, nunca poderia levar ela embora de verdade, de volta para o lugar glorioso da memória dela em que ela criou o filho único. Eu falhei nisso. Eu falhei com ela."

... bipe... bipe... bipe...

— E então, um dia, escrevi um livro sobre isso. Isso me transformou num sujeito bem-sucedido. Peguei o amor dela e o transformei em lucro porque queria ficar longe dela, queria escrever para tirar a minha mãe da cabeça.

... bipe... bipe... bipe...

Olhei para o público. Vi apenas ela.

— Não deu certo.

O som daquele monitor cardíaco ressoa nos meus ouvidos, vindo de todo lugar ao mesmo tempo.

Estou suando e com falta de ar agora. Não sei quando começou, mas não consigo respirar.

— Você está bem? — pergunta a entrevistadora. — Talvez a gente devesse responder a uma pergunta da plateia. Que tal?

A entrevistadora sorri e aponta o dedo para o auditório do estúdio, onde uma mulher espera. A pele dela é cor de mogno. Ela usa rabo de cavalo. Uma saia florida pende da cintura coroada por uma blusa vermelha. Ela parece tanto com a minha mãe que mal consigo respirar. Todas as linhas da minha vida estão se confundindo.

— Você aí — diz a entrevistadora. — Estávamos esperando por você.

— Posso subir aí? — pergunta a mulher. É nessa hora que a reconheço.

— Claro que pode — responde a entrevistadora, exibindo uma boca cheia de dentes brancos reluzentes. — Pode ficar no meu lugar, na verdade.

— Não — protesto.

Mas ela sobe no palco. De alguma forma, ela é duas coisas ao mesmo tempo, da mesma forma que uma memória está viva e morta. Ela é a minha mãe morta e é a mãe do Garoto. Ela é a mãe morta de todo filho morto, de toda filha morta. O meu coração não consegue acreditar nos meus olhos, e, arruinado pela descrença, o meu coração dói.

— O meu filho morreu — diz a mãe do Garoto. — Ele foi morto a tiros faz umas semanas. Talvez você tenha ouvido falar disso. — A voz dela treme. As mãos lutam uma com a outra no colo.

— Ouvi — digo.

Quero me esticar e pegar as suas mãos nas minhas, encerrar o conflito entre elas, o mesmo conflito que vi nas minhas próprias extremidades. É a batalha entre querer aceitar a vida e se sentir impotente para mudá-la.

— Ouvi falar do seu filho — digo, recuperando o fôlego enquanto olho nos olhos da minha mãe, mesmo quando olho nos olhos de uma estranha. — Tentei sentir alguma coisa por ele quando ouvi, mas, quando procurei, não tinha nada lá. Nada nas minhas entranhas, sabe? Estou assim desde que a minha mãe morreu, acho. Alguma coisa causou uma pane depois disso. Sentir doía, então parei de sentir.

A mulher que é e não é a minha mãe concorda gentilmente com um aceno de cabeça.

— Eu sei — diz ela enquanto as lágrimas começam a cair. — Mas as mães devem morrer. Não os filhos delas. E os filhos não devem desistir quando os pais morrerem.

Eu sei que essa mulher não é a minha mãe. Ela é um excesso da memória e da imaginação, não importa o que o seu rosto possa dizer ao meu coração. Não sei como ela veio parar aqui. Não sei de onde ela veio nem o que ela quer de mim, e, acima de tudo, não sei se ela é real. Mas isso não importa. O seu olhar, o seu rosto coberto de lágrimas, são a única coisa que eu realmente preciso ver agora, a única coisa que preciso saber.

— O que o meu filho fez? — pergunta ela. — O que ele fez para merecer morrer assim?

— Pela minha experiência, a vida não se importa muito com o que a gente merece.

— Mas e Deus? Por que Deus permitiu que isso acontecesse?

— Não me faça perguntas assim. Eu sou só um escritor. A gente já tem complexo de Deus suficiente, e não posso fingir que sei os desígnios de Deus, seja lá em qual Deus as pessoas acreditem hoje em dia.

Olho para a plateia do estúdio, mas todo mundo foi embora. Cadeiras vazias. Câmeras sem operadores. O terror das vidas desaparecidas.

Somos apenas eu e ela, enterrados na nossa dor no estúdio vazio.

— Não sei o que fazer com isso — diz a mãe.

— Nem eu.

— Isso não devia acontecer.

— Acho que a morte não devia acontecer, mas é a única coisa em que a gente pode confiar de verdade. Ela arranja tempo para cada um de nós.

— Que tipo de resposta é essa? O meu filho está morto!

— Eu sei — digo. — E lamento muito por isso. Mesmo que eu não conheça o seu filho e que tenha acabado de te conhecer, lamento muito por isso. Acredite ou não, a morte do seu filho me tira o sono. Me deixa inquieto. Me aperta por dentro porque eu sei que devia parar tudo o que estou fazendo na minha vida para chorar com você, para que você saiba que não está sozinha, para que saiba que o seu filho realmente importava e que a morte dele foi uma tragédia que não pode acontecer de novo nesse mundo. Eu quero tudo isso.

Quero dizer mais alguma coisa, mas não tenho coragem porque sei o que ela vai perguntar. Eu sei que ela vai me manter falando e que quanto mais eu falar mais vou sentir. É tão inevitável quanto um trem de carga indo na direção da sua cabeça. Eu queria que ela fosse embora. Queria poder mudar de canal, fechar a janela, abrir uma nova aba, afastá-la da minha realidade.

Eu queria ficar invisível como o Garoto, mas não posso.

Então fico sentado e espero o que está por vir.

— Se você acredita em tudo o que diz que acredita, então por que não faz alguma coisa?

A pergunta me atinge em cheio.

— Você sabe por quê — consigo dizer, meio balbuciando, fazendo o melhor que posso para não dizer nada. — Você sabe como é. Isso... só aumenta. Tudo isso. Vai se acumulando todo dia e nenhum de nós consegue mudar nem uma vírgula, então o que se faz é passar por isso sem nunca deixar que nada te prenda. É sobrevivência. É assim que se mantém são. É assim que se mantém vivo. E não tem como mudar.

A mulher que é e não é a minha mãe balança a cabeça.

A mulher que é e não é a mãe do Garoto seca as lágrimas do rosto.

— Quero o meu filho de volta — diz ela.

— Eu sei.

— Imagino que você queira os seus pais de volta.

— Quero.

— Mas eles não podem voltar.

— Eu sei. Nem o seu filho.

— Eu sei.

— Mas isso não faz doer menos — afirmo. — A dor continua mesmo quando se sabe que não tem como mudar nada. Aquela oração de serenidade que as pessoas estão sempre repetindo... Eu sempre soube que era besteira.

— As coisas não deviam ser assim — diz ela. — A gente devia ser uma família. Ando tão cansada disso. Cansei das notícias. Cansei de acordar cansada. Cansei de ter medo de gente que se parece com ele, de gente que se parece comigo, de gente que se parece com você. Só fico lá deitada e exausta com tudo isso. — A voz dela treme, do jeito que a da minha mãe tremia. — Todo dia, toda hora, isso me desgasta. Fica pairando em cima da minha cabeça, assim como paira em cima da sua cabeça. E paira sobre a cabeça de todo mundo que é igual a nós.

Estendo a mão e pego as suas mãos instáveis nas minhas. Pela primeira vez, elas relaxam.

A lembrança mais antiga que tenho é das mãos da minha mãe. É uma lembrança desconexa, como um lampejo de luz no fundo do meu coração. As suas mãos são grandes na minha lembrança, grandes o suficiente para me segurar inteiro. As suas mãos irradiam calor. Tem cheiro da terra escavada da horta dela.

Memória e morte são países que desconhecem geografia. De alguma forma, ambas passaram a residir nas mãos da mulher que é, e não é, a minha mãe. Enquanto seguro as suas mãos nas minhas, acalmando-as, pela primeira vez em décadas, sinto alguma coisa que não é medo.

— Aquele seu garoto — digo —, ele parece ser um bom garoto.

— Você diz isso como se conhecesse ele.

— Só na minha imaginação — explico. Depois: — Posso te perguntar uma coisa?

Ela faz que sim com a cabeça.

— Por que eu? — pergunto. — Por que você me procurou com a sua história?

— Porque você é a voz — responde ela. — Dessa vez.

— "Dessa vez"?

E então ela não fala. Parecem se passar horas enquanto nós dois ficamos sentados em silêncio. E então, como se ele sempre tivesse estado lá, somos mais uma vez cercados pelo público. Estou no palco de novo, olhando para a câmera. O público está tão chocado e maravilhado quanto antes de a minha mãe e a do Garoto irem embora.

Claro, ela nunca esteve lá de verdade.

— Acho que vou embora — digo para a apresentadora do programa matinal, as minhas palavras ficando presas na garganta.

Desde que Fuligem começou a tomar a medicação, todo dia era de torpor para ele. O mundo estava sempre distante. Às vezes ele ficava sentado na beira da cama olhando para os pés tentando entender como o chão tinha se afastado tanto deles. Seus pés ficavam pendendo ali, como se fossem de outra pessoa. Todo o seu corpo parecia pertencer a outra pessoa.

Ele não ria. Não chorava. Não sentia raiva — ele já não sentia muita raiva antes do remédio, mas esse não é o ponto. Quando pegava o ônibus escolar pela manhã e Tyrone Greene se aproximava e começava a perguntar por que ele era tão preto — a breve moratória concedida após a morte do pai não duraria para sempre —, Fuligem já não sentia medo, preocupação ou vergonha. Ele só ficava em silêncio e deixava Tyrone fazer sua pergunta várias e várias vezes. Só ouvia as palavras que diziam que ele era "tão preto" e deixava os pensamentos sobre o que isso significava para ele chegarem e logo irem embora.

O remédio deveria fazer o menino parar de ver coisas, mas não foi isso que aconteceu. Ele continuava vendo criaturas ao pôr do sol. Continuava vendo árvores pretas brotarem do nada e florescerem em tudo. Continuava vendo o pai morto falar com ele. A diferença era que agora ele mal conseguia ouvir o que o pai lhe dizia. Seu pai agora era pouco mais que uma imagem, um filme em movimento que às vezes vinha e se sentava ao lado dele e tentava falar com o garoto sobre a vida e o mundo, e talvez tentasse dizer ao filho que o amava mesmo depois da morte e que a única coisa que ele queria era que o menino estivesse seguro neste mundo.

Mas Fuligem não ouvia mais as palavras do pai nem sentia o amor que o morto tentava transmitir. Seu pai era apenas um fantasma agora, do jeito que os fantasmas existiam nas histórias. Era só uma aparição, uma sombra do homem que tinha sido, que agora vinha para assombrar aqueles que ficaram para trás.

A psiquiatra disse para Fuligem que esse era o melhor caminho. Disse que, uma hora, até os fantasmas iam desaparecer.

— Basta confiar no remédio. Confie que vai funcionar.

E Fuligem confiava nele. Confiou o máximo que pôde, mas já não sentia mais o amor de sua mãe nem o seu próprio. O amor, assim como o pai morto que antes era tão real para ele, não passava de uma ideia. Ele sabia que amava a mãe e que era amado por ela, mas não sentia isso.

Quando acordou com o som dela chorando sozinha no quarto, o menino sabia que queria se importar com isso. Queria ficar triste por ela. Queria sair da cama, sentar ao lado dela, abraçar a mãe e deixar que ela chorasse nele, se perder no frescor do corpo dela era a única maneira de se fundir com o amor de uma mãe.

Mas noite após noite ela chorou, e noite após noite ele ficou acordado ouvindo, e tentou encontrar compaixão pela dor dela, e tentou encontrar em si mesmo a tristeza pelas lágrimas dela, e tentou encontrar em si mesmo amor suficiente para ir até ela, mas não encontrou nada. O remédio tinha levado tudo embora.

Por isso ele parou de tomar o remédio, e em pouco tempo tudo aquilo que não era real voltou correndo para ele junto com tudo aquilo que era. Aquelas impossibilidades que só ele via pareciam felizes por estar com ele novamente. As criaturas o amaram novamente, e o pôr do sol voltou a brilhar, e ele pôde ouvir mais uma vez a voz do pai quando apareceu do nada e disse: "Eu te amo, filho."

Foi quando Fuligem descobriu a escrita. Era um jeito de capturar o amor do pai, uma forma de manter o homem vivo, página após página, história após história. Foi o jeito que ele encontrou de ver o pai sem se envolver a ponto de a médica perceber que ele estava sem o remédio.

Estou sentado sob o esplendor e o brilho da pálida luz do sol direcionada pelo design que imita um ambiente ao ar livre do Aeroporto Internacional de Denver, e, graças a um cartão de crédito que a editora ainda não teve a chance de desativar, estou bem encaminhado na tentativa de me embebedar como autoflagelação. O tipo de porre que todo mundo merece quando a vida desmorona e tudo o que resta são os cacos ao redor dos pés. Estou num barzinho futucando a aba do meu chapéu — tentando juntar os fios da minha sanidade — e olhando para uma tela onde vejo a minha própria imagem e, pela primeira vez, acho que não estou só imaginando. Apareço na tela gritando para a câmera: "Eu escrevi vocês!"

A legenda embaixo do vídeo diz: "SURTO DE ESCRITOR ENCERRA CARREIRA EM ASCENSÃO."

O mundo trabalha rápido.

Ninguém imaginaria que tudo o que uma pessoa se esforçou para conseguir trabalhando na vida poderia desabar tão rápido assim, só porque um leve surto semipsicótico na TV local viralizou. Quero dizer, não parece que a vida podia levar uma coisa assim na boa?

Sinto como se estivesse morando nesse aeroporto. Não sei dizer há quanto tempo estou aqui. Horas? Anos? Vai saber. Só sei que os Illuminati fizeram um ótimo trabalho projetando esse lugar. As pistas em forma de suástica, os murais assustadores com espadas azuis e selvageria vermelha, o cavalo azul com olhos de laser. É o tipo de lugar que perturba uma mente inquieta e que responde a perguntas que só um cérebro despedaçado é capaz de fazer. Talvez seja por isso que me sinto tão em casa aqui.

Se deixassem, eu poderia morar aqui. Por que não? Já teve gente que morou em aeroporto. É só perguntar para aquele cara que morava no Charles de Gaulle. Dezoito anos vivendo no espaço entre destinos, no mundo entre mundos. Ele fez isso porque não tinha país, e acho que gente como eu consegue se identificar com isso. Dizem que eu tenho um país, mas, sério, tente dizer isso para o meu país. Tente dizer isso para o meu mundo.

É de admirar que eu tenha pirado?

Continuo tentando não olhar o meu celular, mas, convenhamos, quem consegue ficar sem verificar aquele pequeno assassino de almas retangular? O que estou procurando quando pego o celular o tempo todo, mexendo no bolso compulsivamente feito um exibicionista com TOC com uma queda por se masturbar por cima da calça?

Estou procurando por ela, claro. A Kelly Alfa. Aquela que conseguiu escapar.

Digo a mim mesmo que preciso dela.

Uma mensagem. Uma ligação. Qualquer coisa.

Eu amo aquela mulher...

... acho.

É difícil identificar o amor, mesmo com uma plaquinha do lado. Só sei que é mais fácil chamar isso de amor. É mais fácil pegar essa palavra que está lá na sola do sapato — depois de você ter sapateado em cima dela por anos — e colocá-la na cabeça e decidir que é daquilo que precisa para ficar bem.

Me pergunto se Kelly ainda existe. Me pergunto se ela ainda está esperando que eu volte para ela, se ainda está disposta a acreditar em mim quando digo que estou em busca de uma história de amor. Preciso que acreditem quando digo isso. Preciso que todo mundo acredite em mim quando digo isso, mesmo que não seja verdade.

Gosto de pensar que, se eu ligasse para Kelly, ela podia resolver o meu problema. Mas e se ela for só mais uma fantasia? Só mais uma pessoa que não existe de verdade? Só um fantasma criado pela mente de outro Garoto Ensandecido que envelheceu?

Verifico o celular de novo. E, dessa vez, para a minha surpresa, alguém está ligando. O identificador de chamadas diz "Kelly Alfa".

— Alô?

— Oi — diz ela, a voz soando como um sonho. — Ainda está aí?

— Acho que sim.

Estou incrivelmente agradecido pelo fato de tudo isso estar acontecendo por meio de ondas de rádio e sinais de fibra óptica e não cara a cara. Não tenho certeza se conseguiria encará-la agora.

— Então, eu vi a sua entrevista — diz ela.

— Sei — respondo, girando o bourbon no meu copo, observando o mar cor de cobre me convidar para um mergulho. — Foi um espetáculo, não é? Fico me perguntando o que o pessoal que mede a audiência na Nielsen vai dizer sobre isso. "Viral", esse é o termo, certo? Eu oficialmente viralizei. Que bela conquista.

— Por que você continua fazendo isso com você mesmo?

— Quê?

— Por que continua fugindo de tudo até você desabar?

— Não sei do que você está falando, bebê.

— Não vem com essa merda de "bebê". Seja uma pessoa. Uma pessoa de verdade, caramba.

Tomo um longo gole de uísque. Esvazio o copo e a voz dela começa a sumir. A luz do sol que entra pelas janelas à la Illuminati

297

projetadas pela maçonaria parece perder cinco tons do seu dourado. É o começo de uma nova fuga. E dessa vez vai ser permanente. Eu sei disso, e acho que ela também.

— Não sei mais o que é uma pessoa de verdade — afirmo. — Esse é o meu problema. Você não prestou atenção em nada? Por que não começa de uma vez?

— Começo o quê? — pergunta ela, e ouço a frustração na sua voz. Parece que a paciência dela comigo acabou, e quem pode culpá-la?

— Começa a me consertar, boneca.

— Já disse para não me chamar assim.

— Eu preciso ser consertado. Preciso que alguém dê um jeito em mim, e esse é o seu papel. Você é o interesse amoroso, desde o começo. Fiz promessas sobre a gente, promessas para pessoas que você nem conhece. Prometi coisas para pessoas em todo lugar. É assim que tem que ser. É assim que tem que acontecer. Você devia me ensinar sobre as minhas falhas, sabe? Me curar com o poder do amor.

— Curar você com o poder do amor? — diz ela, e parece querer rir. Ou talvez ela queira chorar. Nunca é fácil diferenciar os dois. Mas é sempre fácil dizer quando se perdeu a chance de mudar quem você é. Você pode negar esse momento, mas é impossível não reconhecê-lo.

Ia dar errado de qualquer jeito mesmo, então vamos em frente.

— Não fique tão surpresa — digo, acrescentando algumas arestas ao meu tom. — O seu papel é uma das grandes tradições não só da narrativa estadunidense mas também da narrativa ocidental como um todo. A mulher é o oráculo por meio do qual homens como eu encontram redenção e autocorreção. Você é o espelho no qual eu posso me ver como realmente sou e, com isso, corrigir as falhas que me atormentam desde a infância.

— Vai se foder — diz ela. Cada palavra é uma bigorna arremessada na minha coluna.

Digo a mim mesmo que o ressentimento dela é equivocado. Veja bem, quem não quer ser a ferramenta que ajuda alguém a se curar?

É tipo o camisa-vermelha que se sacrifica no começo de um episódio de *Star Trek* para o espectador saber que o monstro não está de brincadeira. Gerações inteiras de narrativas vêm usando gente como eu como camisas-vermelhas.

— É só você desempenhar o seu papel — digo a ela. — Olha só, se parar para pensar, você tem sido um grande personagem secundário nessa minha narrativa. Mas o problema é que eu não tinha entendido o seu papel. Achei que você fosse o troféu inatingível. Mas você não é o Troféu, você é a Curandeira. Então... sabe... vai nessa e começa a me curar. Resolve os meus problemas. Resolve os meus problemas e me manda para casa. Me transforma num homem melhor, como os cartões da Hallmark e os filmes da Lifetime dizem que você deveria fazer.

A luz do sol quase se foi agora. Alguma coisa cinza e impenetrável surgiu e cobriu o céu azul-claro acima do vidro do aeroporto. Para piorar, o aeroporto está totalmente vazio. Os cretinos foram todos embora. Ficamos só eu, o bar e a escuridão do outro lado do vidro.

Não, não é só isso. Tem mais uma coisa: o silêncio. O longo vácuo de duas pessoas penduradas no espaço entre a vida que poderia ter sido e a vida a que um deles condenou os dois.

Sempre vivi nesse silêncio. Sempre encontrei conforto nele. Por mais cruel que possa ser, é mais fácil do que dizer alguma coisa. Dizer alguma coisa soa a mudança, e mudança não é algo de que eu particularmente goste.

E talvez dê para dizer o mesmo sobre ela. Como saber? Nunca tratei Kelly como uma pessoa real, então não tem como eu saber como ela é. Eu só queria conhecer alguém além de mim.

Portanto, eu poderia dizer alguma coisa para que ela fique no meu mundo, ou poderia deixar que ela vá embora e ver se consigo descobrir como é o meu mundo. Talvez conhecer essa mulher de verdade em outro momento, se aquelas três senhoras gregas que nos guiam nos derem uma folga.

Depois de pensar em tudo, só tenho uma escolha.

Desligo. Deixo que ela vá.

Assim que a ligação termina, o vazio escuro ao redor do aeroporto desaparece. A luz do sol floresce nos céus novamente. Mas... não parece a mesma de antes. Não está tão quente, e não sei se vai voltar a estar. Algumas decisões são irrevogáveis, mesmo para imaginações como a minha.

As pessoas repovoam o aeroporto, arrastando suas vidas. Até voltei para a TV, entrando em colapso outra vez na frente do mundo. Prova da irrevogabilidade.

Bem nessa hora, o meu celular vibra, e sinto um aperto no coração imediatamente. Se for ela ligando de volta, não sei o que vou fazer. Feliz, ou infelizmente, dependendo de qual é a versão da vida para a qual você está torcendo, não é a Kelly, é a Sharon:

— Vou ser breve. Depois da cena de hoje... Bom... Acho que eu e você não vamos mais ter como continuar trabalhando juntos...

Encerro a ligação. Não tem nada para ver aqui. Circulando.

Mais bebida.

Mais tempo passa.

— Sinto muito — diz o Garoto.

Eu me viro na cadeira e ele está sentado do meu lado. Eu sabia que ele viria.

— Pelo quê?

— Pelo que aconteceu com a sua mãe.

— Você não tem que se desculpar por coisas que não fez. E, a menos que tenha rompido o vaso sanguíneo no cérebro dela e me feito escrever um livro inteiro sobre isso, não foi culpa sua.

O Garoto reflete sobre isso por um instante.

— Só porque eu não fiz, não significa que não possa lamentar uma coisa que aconteceu com você.

— Lamentar é ter pena. E eu não quero pena.

— Acho que quer — diz o Garoto. Ele continua olhando para mim, como se estivesse esperando por alguma coisa. É um tipo gentil de exigência. Ele fica lá sentado com aquele seu pedido de desculpas pendurado no ar entre nós, garantindo que talvez alguém neste mundo realmente se importe comigo e com tudo pelo que passei. Eu sei que ele é só fruto da minha imaginação, mas talvez seja a melhor forma que a mente tem de cuidar de si mesma.

— Eu não sou imaginário — afirma o Garoto.

— Não quero discutir isso com você, Garoto. Estou muito cansado. Perdi coisa demais. Só quero ficar aqui chafurdando nisso tudo sem me sentir mal por isso. E é isso que você faz, Garoto. Você me faz sentir mal com as coisas. Você me faz sentir mal sobre o mundo.

O Garoto finalmente desvia o olhar, e eu me odeio por obrigá-lo a fazer isso. Me odeio por não ter espaço suficiente na cabeça para ele e todas as outras crianças como ele. Me odeio por passar por cima de notícias sobre crianças mortas, mães mortas e pais mortos. Me odeio por ignorar tudo que tem a ver com pessoas que sofrem, por passar todo esse tempo correndo. Mas o que eu posso fazer? É o único jeito que conheço de viver.

— Você vai fazer? — pergunta o Garoto. Pela primeira vez em muito tempo, há um leve tom ácido na sua voz.

— Fazer o quê? — pergunto, fingindo não saber o que ele quer. Mesmo que na verdade eu saiba o que esse garoto quer desde o instante em que o conheci. Sempre esteve lá, não importava o quanto eu tentasse negar.

— Quero que você fale de mim.

Dou risada.

— Você quer que eu conte a sua história.

— Ã-hã — diz o Garoto. — É o que todo mundo quer.

— Mas você não é todo mundo. Você é um garoto negro morto por um policial que se tornou fruto da minha imaginação.

— Não — retruca o Garoto. — Eu sou a pessoa que está do seu lado. E só quero que você fale de mim. Quero que você pare de me ignorar. É como eu te disse no começo: só quero que você me veja.

301

— Eu te vejo, Garoto. Agora vai embora. Me deixa em paz.

— Não, eu quero que você me *veja*. Que me conheça, que não me afaste. Quero que você conte a minha história.

— Não sei como contar a sua história. É grande demais. É muita coisa. O que aconteceu com você, o que aconteceu com gente como você, é grande demais para alguém fazer alguma coisa. É uma história muito grande para contar. É doído demais. Você não viu o que fez comigo? Já não fez o suficiente? Eu não consigo dormir. Não consigo nem lamentar a minha própria dor porque estou preocupado com a sua. A dor deixa as pessoas egoístas. As pessoas têm um espaço limitado para a dor, então não posso carregar a sua também. Não posso ser responsável pela sua vida, Garoto.

— Não estou pedindo para você ser responsável por nada — diz o Garoto. — Só quero que você veja. Só quero que você veja como é de verdade. Só pare de ignorar e olhe. Pare de fingir que eu não existo. Chega de piadinhas. Chega de desviar o olhar. Chega de fugir. Me veja!

— Tá bom. Tá bom.

Em algum lugar, um menino negro anda sozinho por uma rua à noite. Talvez seja uma estrada secundária. Talvez sob a luz ofuscante de uma cidade movimentada. Talvez em um pequeno bairro residencial de classe média onde a maioria das pessoas não se parece com ele e ele sempre esteve ciente disso.

Ele anda por essa rua sem motivo, só porque quer. Talvez tenha sofrido bullying na escola naquele dia por causa da sua pele escura. Talvez ande porque isso ajuda a clarear a mente quando a preocupação que o acompanhou ao longo da vida começa a ficar grande demais e nubla tudo o que ele vê e sente. Talvez as altas horas da noite sejam o momento em que ele finalmente consegue se libertar. Talvez multidões o deixem nervoso porque implicavam com ele ou simplesmente se sentiu um estranho a vida toda e ficar sozinho leve embora esses sentimentos.

Ou talvez o pai tenha sido morto na frente da sua casa anos atrás e ele não se lembre mais disso porque é mais simples não lembrar do que viver com essa memória todos os dias, então ele criou um mundo no qual o pai não está morto. Criou um mundo em que não tem pai.

Um mundo no qual o pai simplesmente se mudou. Um mundo no qual o pai está na prisão. Um mundo no qual o pai está se aventurando. Perseguindo dragões e enganando sereias. Está escalando grandes montanhas, desafiando a morte repetidamente. Está morando em uma praia no Caribe, tomando sol e dormindo até o meio-dia. Está em Wakanda, cercado por pessoas que se parecem com ele e o filho que ficou para trás, e um dia esse pai vai voltar para buscá-lo. Um dia o pai vai vir para levá-lo para casa. Um dia o pai vai voltar e acabar com toda a dor. Um dia, o pai vai vir para levá-lo para um lugar onde ele não tenha medo, onde não se sinta um estranho, onde sua pele não seja uma maldição ou uma aflição... um lugar onde ninguém o chama de "Fuligem".

Ele criou um mundo onde, um dia, o pai vai vir e vai levá-lo para um lugar onde ele tem nome.

Ele criou um mundo em que o pai morreu de câncer. O menino criou todos esses mundos porque são mais fáceis do que o mundo em que o pai foi baleado e morto na sua frente pelos longos braços de um sistema que ele é impotente para superar.

Então, esse menino, que vive em todos esses mundos imaginários só porque o mundo real ao seu redor é mais do que ele é capaz de suportar, sai para passear uma noite. Em uma das versões, ele se torna um escritor que viaja, bebe e sonha. Em outra, é uma criança que morre e, no entanto, de alguma forma encontra um jeito de seguir em frente. Em outra ainda, é uma criança que se torna um escritor que se esconde tão profundamente nos seus personagens a ponto de as histórias que ele conta sobre as criações se confundirem com a história que ele teme contar sobre si mesmo, então lança pitadas de verdade em meio às mentiras, até que não sabe mais dizer qual é qual.

Essa criança está no campo, e o céu acima dela, repleto de estrelas. Ele olha para o alto enquanto anda, como toda criança devia fazer, sonhando com a vida naquelas estrelas e imaginando as histórias que poderiam acontecer no espaço entre elas. Imagina naves espaciais e alienígenas, mundos fantásticos onde as mazelas deste mundo não se aplicam. Em um momento, ele se imagina viajando sozinho pela imensidão do espaço, apenas o zumbido dos parcos componentes eletrônicos de uma navezinha espacial para lhe fazer companhia. Em outro, imagina a humanidade inteira ao seu redor na sua jornada. Milhões de pessoas se aglomeram sob uma grande janela a bordo da nave e todas olham para uma nuvem de gás que é puxada para uma estrela. A trilha rodopiante de partículas brilhantes é puxada para baixo na gravidade de uma estrela brilhante, e todos se levantam a bordo da nave observando admirados. E nesse mundo particular, nessa nave, Fuligem está acima da multidão, observando-a e observando o espetáculo da estrela ao mesmo tempo, e ele sente como se fizesse parte deles. Não sente medo. Não sente vergonha. Não se sente excluído. Ele sente como se estivesse atolado com eles enquanto eles fazem a jornada por essa vida, mesmo estando afastado das massas, observando e esperando que todos passem a amá-lo e a se importar com ele do mesmo jeito que ele sendo criança, não pode deixar de amá-los e de se preocupar com eles.

Todas essas visões e sonhos passam pela cabeça do menino enquanto ele anda sozinho e observa as estrelas. Ele está com uma calça jeans velha de guerra e um moletom com capuz porque é começo de um outono que veio e tomou conta da terra, e ele adora a sensação que isso lhe dá.

Enquanto anda, o mundo ao seu redor canta. Há corujas e grilos, um pavão e, em algum lugar distante, o zumbido baixo do tráfego enquanto as pessoas andam por este mundo. O menino imagina que o barulho do trânsito é o som de um grande oceano que está além do alcance de sua visão. O oceano brilha na luz fraca das estrelas, refletindo o universo em sua superfície vítrea. O oceano se estende e chega a todo canto desse mundo, e Fuligem sonha, brevemente, em navegar por esse oceano.

Viajar, o menino sempre sonha em viajar. Por que não sonharia? Em algum lugar do mundo deve haver um canto melhor que esse. Em algum lugar do mundo ele não tem como sentir medo. Em algum lugar do mundo ele não tem como estar triste. Em algum lugar do mundo ele é aceito e amado, e o seu pai não está morto. É questão de encontrar esse lugar. É questão de ir longe o suficiente no comprimento e na largura da Terra, e esse lugar vai aparecer. Todas as coisas que ele deseja serão visíveis se ele for longe o suficiente. Se ele puder andar o suficiente. Se ele puder entrar num carro ou embarcar num avião e desaparecer no horizonte, vai existir um lugar onde nenhum desses medos viverá. Um lugar onde a sua mãe é feliz.

Várias e várias vezes ele imagina a felicidade. E é por estar tão imerso em sua imaginação que ele não vê o homem parado na rua à sua frente. É por causa de sua imaginação que ele não vê as luzes azuis piscando. É por causa de sua imaginação que ele acredita que vai ficar bem.

— Mãos para o alto.

As palavras sobem como fogos de artifício, assim como as mãos. Ele aprendeu isso tão cedo que nem consegue lembrar. "Mãos para o alto", dizia o pai quando ele ainda nem sabia se vestir. Era uma brincadeira dos dois. "Mãos para o alto", dizia o pai. E Fuligem — que ainda não tinha sido chamado de "Fuligem" pelo mundo — levantava as mãos acima da cabeça e sorria quando o pai tirava a camiseta dele. "Bom trabalho", dizia o pai.

— Mãos para o alto.

As palavras sobem como foguetes. As luzes azuis obscurecem a noite, cegando Fuligem, e, instintivamente, antes que saiba o que está acontecendo, ele olha para cima e vê as mãos no ar. O corpo sabe melhor do que a mente o que fazer para mantê-lo seguro. Talvez o pai não estivesse apenas vestindo o menino. Talvez fosse um treinamento.

— O que eu fiz? — diz Fuligem. Novamente seu corpo tenta mantê-lo seguro. O corpo lhe diz *Fica quieto. O silêncio mantém você seguro. Só faz o que te pedirem.* Mas, enquanto o corpo fala com ele, a mente diz *O silêncio nunca nos manteve seguros. Então, o que que a gente faz?*

— O que você está fazendo aqui? — grita o vulto à sua frente.

— N-Nada — diz Fuligem, as batidas do coração nos ouvidos. — Só saí para andar.

— Para onde você está indo?

— Lugar nenhum — diz Fuligem. — Só... só andando. Não vou para lugar nenhum. Só andando, só isso.

— Me mostra a identidade.

— Saí sem nada — diz Fuligem. Ele sente o medo no corpo, que lhe diz que corra. Diz que corra e se esconda. Diz que se ajoelhe e implore que não seja morto como o pai. Diz que implore que não coloquem uma arma em suas costas como fizeram com seu tio. Seu corpo implora que ele não seja abatido como tantos outros meninos e homens parecidos com ele que depois se tornaram meras hashtags e nomes em camisetas, em vez de viver a vida que estavam a caminho de viver. Tudo o que Fuligem queria naquele momento era desaparecer. Desaparecer total e completamente. Desaparecer era uma saída para tudo em sua vida. Era uma saída para o ciclo de violência. Era uma forma de não se odiar ao ver aquela sua pele no espelho. Era uma forma de não odiar todos os outros que tinham a pele como a sua. Desaparecer era uma saída para tudo, e ele sabia que foi por isso que sua mãe o ensinou a fazer aquilo. Foi por isso que ela e seu pai insistiram tanto em ensiná-lo a desaparecer. Se pudesse desaparecer, estaria livre do medo. Se pudesse desaparecer, não teria que se preocupar com as provocações dos meninos mais velhos. Não teria que se preocupar com policiais. Não teria que se preocupar com as leis criadas para gente com a pele igual à sua. Não teria que se preocupar com a história da escravidão que o trouxe até aqui. Não teria que se preocupar em se sentir inferior. Não teria que se preocupar em sentir raiva e medo, e não teria que ficar pensando qual sentimento era melhor, porque as duas coisas doíam de jeitos diferentes, mas pareciam ser as únicas opções que lhe restavam. Não teria que se preocupar em não saber o que sentir quando assistisse a vídeos de pessoas parecidas com ele sendo alvos de mangueiras de incêndio. Não teria que se preocupar quando visse imagens antigas e granuladas de um homem parado nos degraus de uma escola gritando "Segregação hoje! Segregação sempre!". Não teria que se preocupar quando visse homens com tochas marchando na Virgínia. Não teria que se preocupar quando um menino de sua idade na Carolina do Sul fosse encontrado pendurado numa árvore. Não teria que se preocupar em assistir a filmes e programas de TV em que pessoas que se pareciam com ele sempre morriam ou, se ficavam vivas, só serviam para dançar e conversar sobre a vida na prisão e sobre não ter pais. Ele não teria que se preocupar com um mundo em que essas eram as únicas opções para sua vida. Não teria que se preocupar com todas as crianças que achavam que ele não era negro o suficiente. Não teria que se preocupar em gostar de hip-hop e Dungeons & Dragons ao mesmo tempo. Não teria que se preocupar com o fato de sua pele ser muito escura ou muito clara. Não teria que se preocupar com o fato de seu cabelo ter a textura errada. Não teria que se preocupar com o fato de seus lábios serem muito grossos. Não teria que se preocupar com todas as coisas que sua mãe e seu pai temiam.

Não. Ele poderia estar livre de tudo isso. Foi por isso que os pais o ensinaram a ser invisível. Foi por isso que os dois lhe deram esse dom.

Fuligem fechou os olhos.

— O que você está fazendo? — berrou da escuridão a voz.

Fuligem não disse nada. Só se concentrou em desaparecer. Ele respirou fundo, prendeu a respiração e se concentrou em escapar para aquele outro lugar onde estaria seguro e invisível.

— Responde! — gritou o policial.

Fuligem ouviu o que parecia ser uma arma sendo sacada. Era um som que ele já tinha ouvido mil vezes em filmes e na televisão. Aço deslizando em couro. Um estremecimento de medo percorreu seu corpo e quebrou por um instante sua concentração. Ele abriu os olhos e, evidente, lá estava o cano da arma apontado para ele. O policial que segurava o revólver deu um passo para a frente e, finalmente, Fuligem pôde ver seu rosto. Era jovem, com cabelo castanho fino e rosto quadrado. Mesmo com a expressão tensa, Fuligem conseguia imaginá-lo como um homem gentil. Se ele tivesse uma família, era o tipo de pai que fazia teatro de sombras tarde da noite. O tipo de pai que era duro por fora, mas delicado por dentro. O tipo de pai que dá um sermão quando o filho faz alguma coisa errada e, pouco depois, tenta pensar numa peça que vocês dois podiam pregar na mamãe.

Não era o tipo de pessoa que atiraria em um menino.

Fuligem fechou os olhos de novo. Dava para ouvir a música que acompanhava sua invisibilidade. Dava para sentir o calor daquele lugar. A liberdade. A segurança.

— Mãos para cima! — veio a ordem, depois vieram os tiros.

Fuligem não sentiu nada antes que a escuridão o envolvesse. Sem dor, sem medo. Ele só ouvia as vozes dos pais, os dois chamando seu nome, os dois gritando por ele, gemendo e lamentando, tentando salvar sua vida, assim como vinham tentando fazer todo dia desde que ele nasceu.

Mas, no fim, como acontece com todos nós, ele não poderia ser protegido do mundo.

Essa era para ser uma história de amor. O tipo de história que começa séria, aí passa a ter certa graça e fica se equilibrando entre as duas coisas do começo ao fim. O formato típico: garoto conhece garota, garoto perde garota, garoto reconquista garota. Mas aqui estamos nós. Tudo desmoronou e eu não sei o que fazer com isso.

— Cara... e daí?

Você não entende, Garoto. Isso é maior do que todo o resto. O problema nem é eu não ter encontrado ninguém para amar. Ou eu ter perdido o prazo para entregar o novo romance. Não é nem o jeito como a minha mãe morreu.

Eu sei por que a sua mãe te ensinou a ser invisível. Ela queria te proteger. Ser quem nós somos... é dureza. Você é baleado ou te põem na cadeia. É só o que vemos. É só o que sabemos. A nossa história é toda dor e perda, escravidão e opressão. É isso que nos define. Isso se infiltra na nossa pele. Nós sangramos isso mesmo estando cobertos por isso. Nós só queremos ser uma coisa diferente da dor em que nascemos. Só queremos ser conhecidos por outra coisa. Queremos a grande história que vemos nos outros. E tudo o que nos dão é a história de estarmos com dor e de sermos forçados a superar.

A sua mãe, ela queria te proteger. Te proteger das balas. Da polícia. Dos juízes. Te proteger de espelhos em que você olharia e não veria beleza. Ela queria te proteger da pele preta que você deveria adorar e que deveria ser motivo de orgulho, mas que você vai passar a vida inteira tentando não odiar. Você vai odiar isso em si mesmo e em qualquer pessoa parecida com você. Você secretamente vai ver outros negros e odiar essas pessoas por não resolverem o enigma da aversão que te ensinaram a sentir de si mesmo. Isso vai te acompanhar em tudo na vida. Você vai sentir raiva sem saber por quê. E a raiva nunca vai embora. Ela fica lá no fundo da sua mente. Fica lá no fundo do seu mundo, te assombrando, orientando todas as suas decisões. E, mesmo quando você cansar de sentir raiva, ela não vai embora. Só se transforma em algo ainda pior. Você vai pegar essa raiva e direcionar para si mesmo, e o nome disso vai ser depressão. E, assim como a raiva, ela vai dominar a sua vida. Vai conviver com você todo dia. Você vai se olhar no espelho e odiar o que vê. Você vai dizer para a pessoa no espelho — com aquela pele que parece tão escura — que ela não é como deveria. Vai dizer que ela merece menos. Vai dizer que as coisas boas desse mundo não são para ela.

E aí, em raras ocasiões, você vai tentar escapar disso. O pêndulo vai balançar na outra direção. Talvez você tente ser otimista. Você vai dizer que raça não importa. Que todos são tratados igualmente e que você vai tentar viver essa vida. Você pode até dizer que não enxerga a cor da pele das pessoas. Você vai se esconder atrás do fato de que não é tão preto quanto algumas outras pessoas pretas. Você vai olhar para gente negra que não se comporta do mesmo jeito que você e achar que está errado. Você vai ficar dividido. Você vai tirar sarro de como eles falam, de como se vestem.

Mas no fundo você vai estar tirando sarro de si mesmo.

Mas, por um tempo, você vai se sentir bem.

E aí, quando estiver otimista por tempo suficiente, você vai ligar a TV e alguém parecido com você vai ter sido morto a tiros. E talvez o otimismo dure um tempo. Talvez você seja capaz de dizer a si mesmo: "Bom, é um caso isolado. Um acidente bizarro. Não quer dizer que o mundo é assim."

E aí — e isso não vai demorar muito — você vai ver outro caso. Vai ver outra pessoa parecida com você baleada. E aí vai ver outra. E mais outra. E mais outra. E talvez você pare de ler jornal. Você vai se refugiar em livros ou filmes. Mas aí você não vai ver ninguém parecido com você. Ou, se tiver alguém parecido com você, a pessoa não vai agir tal qual você. Vai agir como um estereótipo. Vai agir como aqueles negros dos quais você sempre se considerou melhor, aquelas pessoas que usam a linguagem que você não usa. Aquelas pessoas que se vestem diferente de você.

E aí, por fim, você vai entender que vocês são todos a mesma pessoa. Você finalmente vai entender que faz parte de tudo isso. Que eles são você. E isso vai partir o seu coração e te deixar orgulhoso ao mesmo tempo. E a raiva e a depressão vão voltar várias vezes, e a única maneira de escapar delas é fingir que você não vê que o mundo está doente. Vai ser assim todos os dias da sua vida.

E aí você vai ter filhos um dia e vai desejar desesperadamente protegê-los de tudo isso.

Era o que a sua mãe queria. Ela queria te proteger. Queria ter um filho que pudesse manter a salvo de tudo isso. Queria ter um filho que pudesse existir fora de tudo isso. Ela queria um filho que pudesse se livrar disso. Um filho que jamais pudesse levar um tiro. Um filho que não precisaria ter medo. Um filho pelo qual ela não precisaria temer porque, a qualquer momento, ele poderia simplesmente desaparecer.

Ele poderia se esconder da arma. Dos policiais. Dos juízes. Do espelho.

Era só isso que ela queria para você.

E ela fez isso acontecer. Ela te deu isso. Te deu a capacidade de ser livre... mas não funcionou para sempre. Nunca funciona. Mesmo assim você morreu. Mesmo assim você levou um tiro, porque a verdade é que a gente jamais pode escapar disso. Nenhum de nós.

E eu não sei o que fazer com isso. Não sei o que fazer com o que aconteceu com você, com o que aconteceu com todas as outras crianças como você, com o que aconteceu comigo. Com o que aconteceu com todas as crianças como você que foram baleadas e que talvez até tenham sobrevivido e se tornado adultos como eu: negros, despedaçados e tentando lembrar que são belos.

Tentando e tentando e tentando, dia após dia. Através da música, da dança, das calças caídas que deixam a cueca aparecendo e das batidas dos graves. Mas estamos todos despedaçados e não tenho certeza se algum dia vamos ser inteiros. Sei que eu não vou. Não sei se algum dia vou ficar bem.

Deus sabe que estamos todos tentando. Mas talvez você possa ser um pouco melhor do que eu.

— Posso te perguntar uma coisa?

Depois de tudo que a gente passou, Garoto? Você pode me perguntar qualquer coisa.

— Eu sou real?

Você é tão real quanto eu, Fuligem.

— Eu nunca te disse o meu nome.

Eu sei. E eu nunca te disse o meu. Mas era assim que me chamavam quando eu era criança. Então é assim que te chamam.

— O seu pai levou um tiro igual o meu pai?

O que você está perguntando de verdade é se você e eu somos a mesma pessoa. E não tenho muita certeza de que isso importa. Não.

O que importa no nosso caso, Garoto, é o que a gente faz com tudo isso. O que importa é como a gente se sente em relação a isso, o que a gente sente em relação aos outros, em relação a nós mesmos. O que importa é que, se não foi o meu pai que foi morto a tiros, foi o pai de outra pessoa. O que importa é que, se não foi você ou eu que levamos um tiro e morremos, foi outro garoto.

E sempre foi alguém nesse mundo. Esse é o problema.

Eu sei que eu disse que as pessoas não eram reais, mas em algum momento você não tem como seguir em frente assim. Em algum momento uma pessoa tem que ser vista. Você me falou isso. Você me pediu isso. Em algum momento você tem que ligar a TV no jornal, ver as pessoas e deixar que elas entrem na sua casa. Você tem que ser capaz de sentar no sofá e ver essas pessoas lá. Tem que ser capaz de falar com elas como se elas estivessem sentadas bem na sua frente.

— É isso que eu sou?

Acho que sim. E é isso que eu sou também. Não sou real para ninguém. Sou só alguém que eles veem na capa de um livro. Ou talvez vejam o meu rosto no meu site, mas é pouco provável. A Sharon me dizia que pouca gente visitava sites de autores. Em grande parte, sou tão irreal quanto você. No entanto, se você me perguntasse, eu diria que sou total e completamente real. Eu diria que a história que contei sobre a minha vida é real. Diria que tudo aconteceu comigo do jeito que descrevi, assim como você diria que as coisas que aconteceram com você aconteceram do jeito que você descreveu.

Você e eu, Garoto, somos a mesma pessoa nesse sentido. E talvez em um sentido maior que esse. Lembra que eu disse que ia ser uma história de amor?

— Ã-hã.

Talvez ainda seja, mas não do jeito que eu esperava. Talvez a história de amor aqui seja mais reflexiva, sabe? Como se Narciso tivesse passado a vida inteira se odiando antes daquele dia em que viu a própria beleza, o próprio valor.

— Haha! Nossa, que piegas.

Ria o quanto quiser, mas acho que aprender a se amar num país em que dizem que você é uma praga na economia, que não passa de um projeto de prisioneiro, em que a sua vida pode ser tirada de você a qualquer momento e não tem nada que possa fazer quanto a isso — aprender a amar a si mesmo no meio disso tudo? Caramba, isso é um milagre.

Vou até o garoto, abro os braços e ele parece assustado por um segundo, como se não soubesse o que estou fazendo. Mas ele sabe exatamente o que estou fazendo e tem medo disso. Droga, eu também. Mas também estou cansado de ter medo. Tive medo a vida inteira. Tive medo a vida inteira. Vivo correndo. Não consigo me lembrar de mais nada. O mesmo vale para ele. Sei disso porque ele e eu somos iguais. Eu e todos parecidos comigo somos iguais. Todos carregamos o mesmo peso. Todos vivemos com uma espada de medo pendurada sobre a cabeça. Estamos soterrados pelo terror de que os nossos filhos recebam o mesmo fardo e fiquem encurralados, assim como nós. Então ficamos parados, correndo sem sair do lugar. Acima de tudo, as pessoas como eu temem não poder fazer nada para quebrar o ciclo.

E não sei se podemos ou não. Só sei que precisamos tentar.

Que *eu* preciso tentar.

O Garoto também sabe. Vejo isso nos olhos dele. Enfim, ele me envolve nos braços e eu dou nele o abraço mais forte que já dei na vida. Abraçar o Garoto é abraçar a mim mesmo. Finalmente, depois de uma vida inteira, sou o invisível e o inegável ao mesmo tempo.

Sinto muito, digo ao Garoto.

— Nós vamos ficar bem? — pergunta o Garoto.

316

Rápido feito um raio e com uma sinceridade brutal, digo para ele:
Não tem como saber, Garoto. Mas com certeza a gente vai tentar.

— Então é isso. Está tudo resolvido agora, certo?

— ... Mas não é isso que todo mundo quer?
Acreditar que tudo está resolvido?

— Bom, isso é anticlimático.

— ... E se não ajudar? Se nada disso ajudar. E se eu gritasse
e erguesse os punhos para o céu, mas a minha voz
fosse engolida? Só para eu continuar invisível.

— ...

— Talvez da próxima vez.

— Nomes só tornariam isso verdadeiro.
Tudo isso. Não só verdadeiro, mas real.
Não tenho certeza se a gente
pode deixar que isso seja real.
Não sei se a gente poderia
encarar essa realidade.

— Essa é uma palavra perigosa.

— E se não tiver sido "resolvido"?
E se você só tivesse esperança de ajudar?

— Mas é real. E a realidade é uma coisa
com que se continua lutando.

— Então pelo menos você disse alguma coisa.
Ainda que tenha precisado usar a voz
de outra pessoa para isso.

— Você notou que, nesse tempo todo,
você ainda não usou o nome dele?
O nome verdadeiro, digo.
Nem o seu nome, na verdade.

— Por quê?

— ... A gente?
O que mais a gente
poderia fazer?

AGRADECIMENTOS

Obrigado a todos aqueles que me levantaram cada vez que caí. Minha família: Sonya, Sweetie, Angela Jeter, Justin, Jeremy, Diamond, Aja, Zion e a infinidade de tias, tios e primos que me criaram. Aos meus amigos: Cara, Justin, Randy, Dan, Carrie, Maurice, Zach, Bill, Ramm, Will Dean (ainda estou na torcida para que Chun mande bem no basquete), Shannon, Kiki, Kristen, Paul, Terah e Aiden, Michelle White (a pessoa mais forte que conheço), Natasha Nunez, Michelle Brower e Sean Daily. Todo dia sou grato a todos vocês. Peço desculpas por não haver espaço suficiente para listar todos. Esse fato é talvez a maior bênção da minha vida.

Obrigado a todos que já aprenderam a cantar em um mundo que não quer ouvir sua voz.

Por fim, uma mensagem para todo menino negro: Você é lindo. Seja gentil consigo mesmo, mesmo quando este país não for.

Este livro foi composto na tipografia ITC Galliard Pro,
em corpo 11/16, e impresso em papel off-white
no Sistema Cameron da Divisão Gráfica
da Distribuidora Record.